U0606788

21

世纪文学之星

丛书 2021年卷

中短篇小说集

塞班岛往事

梁宝星⊙著

作家出版社

作者简介:

梁宝星，1993年生，广东省作家协会会员，鲁迅文学院第三十九届高研班学员，小说发表于《花城》《中国作家》《芙蓉》《大家》《作品》《西湖》《香港文学》《广州文艺》《鸭绿江》等刊物，曾获广东省有为文学奖长篇小说奖，贺财霖科幻文学奖，另有作品被《小说月报》《长江文艺·好小说》《海外文摘》等选载，著有长篇小说《海边的西西弗》，现为《花城》杂志编辑。

目录

总　序

袁　鹰

　　中国现代文学发轫于本世纪初叶，同我们多灾多难的民族共命运，在内忧外患，雷电风霜，刀兵血火中写下完全不同于过去的崭新篇章。现代文学继承了具有五千年文明的民族悠长丰厚的文学遗产，顺乎 20 世纪的历史潮流和时代需要，以全新的生命，全新的内涵和全新的文体（无论是小说、散文、诗歌、剧本以至评论）建立起全新的文学。将近一百年来，经由几代作家挥洒心血，胼手胝足，前赴后继，披荆斩棘，以艰难的实践辛勤浇灌、耕耘、开拓、奉献，文学的万里苍穹中繁星熠熠，云蒸霞蔚，名家辈出，佳作如潮，构成前所未有的世纪辉煌，并且跻身于世界文学之林。80 年代以来，以改革开放为主要标志的历史新时期，推动文学又一次春潮汹涌，骏马奔腾。一大批中青年作家以自己色彩斑斓的新作，为 20 世纪的中国文学画廊最后增添了浓笔重彩的画卷。当此即将告别本世纪跨入新世纪之时，回首百年，不免五味杂陈，万感交集，却也从内心涌起一阵阵欣喜和自豪。我们的文学事业在历经风雨坎坷之后，终于进入呈露无限生机、无穷希望的天地，尽管它的前途未必全是铺满鲜花的康庄大道。

　　绿茵茵的新苗破土而出，带着满身朝露的新人崭露头角，自然是我们希冀而且高兴的景象。然而，我们也看到，由于种种未曾预料而且主要并非来自作者本身的因由，还有为数不少的年轻作者不一定都有顺利地脱颖而出的机缘。其中一个重要的原因，乃是为出书艰难所阻滞。出版渠道不顺，文化市场不善，使他们失去许多机遇。尽管他们发表过引人注目的作品，有的还获了奖，显示了自己的文学才能和创作潜力，却仍然无缘出第一本书。也许这是市场经济发展和体制转换期中不可避免的暂时缺陷，却也不能不对文学事业的健康发展产生一定程度的消极影响，因而也不能不使许多关怀文学的有志之士为之扼腕叹息，焦虑不安。固然，出第一本书时间的迟早，对一位青年作家的成长不会也不应该成为关键的或决定性的一步，大器晚成的现象也屡见不鲜，但是我们为什么不在力所能及的范围内尽力及早地跨过这一步呢？

于是，遂有这套"21世纪文学之星丛书"的设想和举措。

中华文学基金会有志于发展文学事业、为青年作者服务，已有多时。如今幸有热心人士赞助，得以圆了这个梦。瞻望21世纪，漫漫长途，上下求索，路还得一步一步地走。"21世纪文学之星丛书"，也许可以看作是文学上的"希望工程"。但它与教育方面的"希望工程"有所不同，它不是扶贫济困，也并非照顾"老少边穷"地区，而是着眼于为取得优异成绩的青年文学作者搭桥铺路，有助于他们顺利前行，在未来的岁月中写出更多的好作品，我们想起本世纪20年代和30年代期间，鲁迅先生先后编印《未名丛刊》和"奴隶丛书"，扶携一些青年小说家和翻译家登上文坛；巴金先生主持的《文学丛刊》，更是不间断地连续出了一百余本，其中相当一部分是当时青年作家的处女作，而他们在其后数十年中都成为文学大军中的中坚人物；茅盾、叶圣陶等先生，都曾为青年作者的出现和成长花费心血，不遗余力。前辈们关怀培育文坛新人为促进现代文学的繁荣所作出的业绩，是永远不能抹煞的。当年得到过他们雨露恩泽的后辈作家，直到鬓发苍苍，还深深铭记着难忘的隆情厚谊。六十年后，我们今天依然以他们为光辉的楷模，努力遵循他们的脚印往前走去。

开始为丛书定名的时候，我们再三斟酌过。我们明确地认识到这项文学事业的"希望工程"是属于未来世纪的。它也许还显稚嫩，却是前程无限。但是不是称之为"文学之星"，且是"21世纪文学之星"？不免有些踌躇。近些年来，明星太多太滥，影星、歌星、舞星、球星、棋星……无一不可称星。星光闪烁，五彩缤纷，变幻莫测，目不暇接。星空中自然不乏真星，任凭风翻云卷，光芒依旧；但也有为时不久，便黯然失色，一闪即逝，或许原本就不是星，硬是被捧起来、炒出来的。在人们心目中，明星渐渐跌价，以至成为嘲讽调侃的对象。我们这项严肃认真的事业是否还要挤进繁杂的星空去占一席之地？或者，这一批青年作家，他们真能成为名副其实的星吗？

当我们陆续读完一大批由各地作协及其他方面推荐的新人作品，反复阅读、酝酿、评议、争论，最后从中慎重遴选出丛书入选作品之后，忐忑的心终于为欣喜慰藉之情所取代，油然浮起轻快愉悦之感。"他们真能成为名副其实的星吗？"能的！我们可以肯定地、并不夸张地回答：这些作者，尽管有的目前还处在走向成熟的阶段，但他们完全可以接受文学之星的称号而无愧色。他们有的来自市井，有的来自乡村，有的来自边陲山野，有的来自城市底层。他们的笔下，荡漾着多姿多彩、云谲波诡的现实浪潮，涌动着新时期芸芸众生的喜怒哀伤，也流淌着作者自己的心灵悸动、幻梦、烦恼和憧憬。他们都不曾出过书，但是他们的生活底蕴、文学才华和写作功力，可以媲美当年"奴隶丛书"的年轻小说家和《文学丛刊》的不少青年作者，更未必在当今某些已经出书成名甚至出了不止一本两本的作者以下。

　　是的，他们是文学之星。这一批青年作家，同当代不少杰出的青年作家一样，都可能成为 21 世纪文学的启明星，升起在世纪之初。启明星，也就是金星，黎明之前在东方天空出现时，人们称它为启明星，黄昏时候在西方天空出现时，人们称它为长庚星。两者都是好名字。世人对遥远的天体赋予美好的传说，寄托绮思遐想，但对现实中的星，却是完全可以预期洞见的。本丛书将一年一套地出下去，十年二十年三十年五十年之后，一批又一批、一代又一代作家如长江潮涌，奔流不息。其中出现赶上并且超过前人的文学巨星，不也是必然的吗？

　　岁月悠悠，银河灿灿。仰望星空，心绪难平！

1994 年初秋

序

《塞班岛往事》读后

徐贵祥

先讲几句题外话。

作为中华文学基金会"二十一世纪文学之星丛书"的编委，我每年都要看几部年轻作者的小说书稿，多数时候是享受，一边看稿，一边回想当年韩瑞亭等前辈扶持我这个"之星"的情景，现在终于轮到我们来扶持年轻人了，心里很有成就感。但老实说，并不是所有的稿子都那么赏心悦目，尤其是今年，初审分到我名下的书稿，基本上看不懂，那就对不起了，尽管我明明知道极有可能因为自己眼拙造成遗珠之憾，本人看不懂的稿子，我没有理由推荐。顺便说一句，也算是一个老作者同年轻作者交流吧，出道之初，还是扎扎实实地讲好一个故事，不要赶时髦，学这个派那个潮流，很容易重蹈东施效颦的覆辙，搞出一些四不像的东西，编辑、编委一时半会儿吃不准，就很容易被错过。

这次分配我写序的书稿是《塞班岛往事》，单看书名，就引起我的注意，在我的印象中，塞班岛是一个有故事的所在，上网一查，果然，在第二次世界大战中，美国以绝对优势对岛上日军展开攻势，十几万人逐鹿海岛，陆海空立体作战持续激战近百日，每日伤亡以千百计。这确实是人类战争史上的一次空前惨烈的战役，对参战双方将士的意志、战争智慧、战斗精神、生命态度……的考验，达到了极致，超越了我们的想象。如果由我来写"塞班岛往事"，我会视角下移，首先选择那个只留下符号"荣大尉"的日军中队长，他们在塞班岛大战中如何顽强抵抗、如何深入虎穴、如何背水一战，特别是在塞班岛被美军占领后，荣大尉还带着幸存的士兵进入山区进行游击战，袭扰美军五百多天，都是极具传奇性的。想想吧，这个荣大尉是个什么样的人，如果说《第一滴血》里的兰博是个银幕形象，这个荣大尉则是现实生活中的一个血肉丰满的魔鬼，而在法西斯的眼里，他应该是个英雄——无论作为英雄还是作为魔鬼，对于小说家来说，他都是一个无与伦比的典型人物。

然而，青年作者梁宝星笔下的塞班岛往事并不是我想象的那样，他没有正面写那场战争，显然那也不是他的强项，他用了塞班岛这个地名，通过现实中拍电影虚拟的"往事"，将战争的浮云悬挂在小说的天幕上，在这样的语境下，"我"在梦中听到的枪炮齐鸣变得真假难辨，电影演员扛着枪走来走去的场景，同住在地下室的田中先生在梦游中走正步，则又似乎架起了这个时空同那个时空对话的桥梁。江口老人口中关于战争、生死、故乡等等记忆碎片，以及杀死鲨鱼用以祭奠在战争中跳海的日军将士，还有作品里出现的南云忠一、斋藤义次、塔波乔山等人名和地名，似乎都在表明，纸面上的"塞班岛往事"，同七十多年前的塞班岛战役有着千丝万缕的联系，或者说是那场战役的延续，就像那个荣大尉率领的残兵败将在塔波乔山上继续打游击，继续袭扰美军。那几个日本参战老兵始终守在岛上，幽灵般地存在，鬼魂般地言行，也可以看成他们仍然在进行着精神游击战。或者更现实一点说，是那场战争留下的后遗症，包括梦游、梦呓、杀死鲨鱼，甚至包括拍那些在江口老人眼中如同儿戏的似是而非的电影，全是病态。

这部作品的主题很难说是什么，反思，控诉，恐惧，怀念……或许都不是，或许兼而有之。我想，作者在写作的时候，脑子里是有血腥的，眼前是能够看到残酷景象的，比如描述田中先生杀死鲨鱼的那一刀，应该不是随意写的。作者笔下，江口老人关于日本残兵败将在马皮角跳海的描述，"我站在阳台上，看见整个海面都是尸体""最近我总听到枪声，听到美国人的冲锋号，那些声音总在深夜以后才响起"，还有田中先生所言"我们不应该用生命来祭奠战争……事实上，世上根本没有高尚的战争"等等，这些叙述都有震撼人心的力量。

作为一个中国军人，我很在意作品对待战争的态度，注意到两个地方，一个是江口老人第一次见到身为中国人的"我"时，说了一句，"司徒先生，过去，实在抱歉"。还有一处，在江口老人同"我"喝完酒后，"走到街上，他回过头，浑身冒着酒气，突然对我鞠躬，说：'司徒君，过去，真的十分抱歉。'"我认为，这不会是笔误造成的重复，而似乎是作者有意无意地强调，一个年轻的中国作家对那场战争的看法。

《塞班岛往事》由十部中短篇小说组成，除了本篇以外，相对来说我比较喜欢其中的《巨鹿坡一号》和《苏丹女孩》，前者主要有四个人物，中国人"我"，日本人淑子，嫁给韩国人的日本女人玉子，白俄罗斯人阿拉多夫，这几个人神奇地相遇在一所名叫巨鹿坡一号的疗养院里，成了相依为命的病友，分别患有肢体变异（因为母亲怀孕时在海上受到核残留物辐射，导致"我"左手只有四个指头）、子宫癌（玉子在医院工作因机器故障受到辐射）、肌肉萎缩（阿拉多夫在切尔诺贝利核电站爆炸事故中受到辐射）、不明症（淑子在福岛核电事故中受到辐射，但作品好像没有说明是什么病症）。这个看似荒诞的跨国组合，意味深长，具有令人痛彻的共同原因——灾难。灾难是不分国界的，进一步说，灾难中人的感情也是不分国界的。联系到《塞班岛往事》最后部分出现的那道白光，作品给我们的启示是深刻的，科技文明是把"双刃剑"，在造福人类的同时，也会给人类带来深重的灾难，特别是科技文明用于战争和掠夺，事实上就是为人类自掘坟墓。

相对于《塞班岛往事》和《巨鹿坡一号》，《苏丹女孩》看起来是一篇更像小说的小说：正在东京新闻专科学校求学的三名学生，分别来自中国、日本、苏丹，因为苏丹的战争动荡，成了精神盟友，最终，为了拯救自己的祖国，苏丹女孩玛利亚决定"冒着敌人的炮火"回国。中国人"我"在反复权衡之后选择退出，日本人小池凌子在犹豫彷徨后毅然选择同玛利亚同行，"自愿团"只剩下两个女孩。站在一个旧派写作者的立场上，我对两个问题比较好奇，一是这部小说集里的几篇作品，地理背景都是日本，作者是否特别熟悉日本，有没有日本生活的经历。二是作品里有很多超出我这样旧式读者阅读经验的东西，作者是否可以归于现代派或曰先锋派的行列。为了了解作者的知识结构，我让基金会的同志要来了作者的学历和生活经历，得知作者还很年轻，好像也没有留学的经历，那么写出这样的作品，只能归功于大胆想象，远程制导，出其不意。

总体看，这个作者是很有灵气的，知道故事的价值在哪里，语言也不乏机智。如果得法，扎扎实实练基本功，是能写出好小说的。本书介绍的几篇作品，虽然有些零碎，内在逻辑还是清晰的，故事讲得都很好，思想有深度而叙事空灵。但是还有几篇，看起来比较费劲，有点琐碎，多少有点故弄玄虚，建议略作修改，再精练一点为好。

2022 年 7 月 3 日

塞班岛往事

1

我决定重提一件往事。

2014 年春天，因为天津的事业遭受打击，我不得不选择暂停营业，前往塞班岛，帮忙经营父亲的日本朋友田中先生的老酒馆。

抵达塞班岛的时候太阳已经西斜，机场大厅里挂着好几个大钟，有北京时间、东京时间、洛杉矶时间、纽约时间、巴黎时间、伦敦时间。我想，可能有二十四个我同时生活在不同的时区里，身处塞班岛的我只是二十四个空间里的其中一个，我从东八时区流落到了东十时区。

一个女子举着写有中、英文的我的名字的牌子站在铁围栏后面，她名叫秋山晴子，出发到塞班岛之前父亲跟我提起过她，她和渡边雄野负责打理田中先生的酒馆。晴子看起来有三十岁，身穿一件白色紧身背心，搭一条牛仔短裤，戴着个咖啡色太阳镜，两条黝黑的手臂高高举起，踮起脚尖往人群里张望。

走出机场大厅，一股热风扑面而来，晴子在马路边寻找她的车。她焦虑地走来走去："真不好意思，我又忘记把车停在哪里了，每次来机场我都分不清天南地北。"看见我皱着眉头满头大汗，她吃惊地喊道："你怎么还穿着长袖，热坏了吧？"

岛上没有春天。

"也没有冬天和秋天，不过慢慢就习惯了，去年冬天我回了一趟东京，一时间不能适应没有阳光的气候，为此还生了一场病。"

"你来这里多久了？"

"忘记有多久了，时间悄无声息就过去了。"

晴子终于找到了她的本田飞度，她匆匆忙忙把我的行李塞进车尾厢，又把我推进副驾驶座。她动作敏捷，坐到方向盘后面，系上安全带，汽车离开机场往岛屿中部开去。

热烘烘的风从窗外挤进来，晴子显然不是经常开车的人，她小心翼翼，途中一句话也不说，注意力都在路上。我倚靠着车窗，望着外面的热带风景，心情轻松了许多。成群黑色和白色的海鸟在灌木丛上空飞翔。椰子树沿着海岸线延伸，像舞娘的裙摆。从机场路进入市区，好几条街上都能看见身穿军装的美国人和日本人，较为空旷的广场上停着好几架螺旋桨飞机。那些人在拍电影，摄影机在广场上来回摇摆。晴子的本田飞度一下向左拐一下向右拐，天不知不觉就暗下来了。

岛上的夜晚灯光华丽，年轻人抬着汽艇、冲浪板、泳圈朝大海奔去。我摇下车窗，能够听见海浪的声音，但看不见海。海在树丛后面，在夜色里。树冠之上，有一层浮动的白光，白光轻飘飘的，星星闪闪，那不是来自人世间的光。

汽车在一条繁闹街道靠边停下，前方就是田中先生的老酒馆，名叫伊邪那美酒馆。酒馆灯火幽暗，红色的光透过纸做的灯笼和涂了红漆的灯罩照过来。酒馆门口有几个白人在抽烟，他们身穿美国海军陆战队的军装，脸上涂着泥土和颜料，显然刚从"战场"下来。我和晴子从车里出来，他们对着晴子裸露的大腿吹口哨。

晴子没有理会他们，带着我朝伊邪那美酒馆走去。她说："最近岛上在拍电影，酒馆的生意才忙了起来。美国人晚上不好好睡觉，不是去喝酒就是去找妓女，酒馆里没有人会调洋酒，所以很需要你的帮忙。"

进入伊邪那美酒馆，柜台后方走出一个光着脑袋的中年男子，他就是渡边雄野。我跟在晴子身后走上三楼，酒馆最高也就三层，房间有两个窗口，一个窗口能看见酒馆院子里的境况，另一个窗口能看见大海。

"今天客满了，田中先生安排你住这间房，这里原本是他的书房，不过他上来的时间越来越少了，大概是上了年纪腿脚不方便的缘故。"

"田中先生不在酒馆？"

"他去参加一个老朋友的葬礼了，最近他去参加葬礼的次数越来越频繁，到了这个岁数，总有一些人不能坚持下去。今天去世的是山本先生，当年跟田中先生出生入死的兄弟只剩江口老人了。"

晴子替我整理好床铺，渡边端着两份晚饭来到房间，"田中先生已经得知你安全抵达，但他可能要晚些才回来，司徒先生吃过晚饭可稍作休息，明天再去见田中先生未晚。"

"今天可买到鲨鱼？"晴子问渡边。

"今天忙着照料客人，没时间去码头，不过我跟船长打过招呼，捕到鲨鱼他会通知我们的。"

"吃鲨鱼？"我问。

晴子跟渡边都笑了起来："今天的晚饭当然不是鲨鱼，是新鲜的三文鱼，鲨鱼不是用来吃的，我们另有用途。"

渡边话不多，把田中先生交代的话传达给我便下楼去了，晴子待我吃完晚饭也收拾碗筷走出了房间。这家酒馆年代久远，除了屋顶的琉璃瓦，几乎都是用一块块的木板搭建而成的。经过几十年海风的摧残，外部的木板早已腐朽，墙上的油漆也已脱落。书房不大，窗边有一张茶几，上面摆着一副茶具，两个书柜贴着墙，还有一张办公桌，上面摆着纸和笔，纸上写着一首俳句：寒鸦栖枯枝，深秋日暮时。

我在书柜前浏览了一遍，发现上面全是历史书。书柜旁的墙壁贴满了老照片，照片里出现过很多人，背景大多是在战场，田中先生参加过太平洋战争，那些人想必是他的战友，而在照片中出现最多的那个年轻人大概就是田中先生。

田中先生回来时已经是晚上十一点，我先是看见一根黑色的拐杖，然后才看见拄着拐杖的瘦小老人。田中先生穿着黑色和服、白色袜子，满头银发，脸上有一道长长的疤痕，看见我坐在窗边，他问候道："司徒君一路可算平安？"

我赶紧起身迎接他："一路畅通，没有遇到麻烦，多谢招待。"

"最近飞机失事事件让人焦虑不安啊，虽然我没有乘过飞机。"后来我才知道，自 1944 年来到塞班岛，田中先生就再也没有离开过。"我本想乘晴子的车去机场接你的，可是今天要去告别一位朋友。我想，如果我明天还健康，我们有的是见面的时间，可是即便我明天还能醒来，我也见不着我那位朋友了，所以我感到抱歉。"

我连忙说没关系："我照父亲的吩咐来帮忙打理酒馆的生意，你们对我像客人一般，太客气了。"

"你父亲身体可好？"

"退休以后经常上山练功，身体还算健朗。"

田中先生连连点头，他站在书柜前沉默了一会儿，看一眼烟灰缸里的烟屁股说："老头们都想尽办法让自己活得更久一些，年轻人都在糟蹋自己的身体呢。"

我说："最近烦心事多，抽烟就抽得凶了。"

"我住在地下，一年不会上来多少回，这里空着也是空着，你就放心住吧。"

田中先生离开后，我重新回到窗边抽烟，直至夜深才上床睡觉。我在床上躺了很久才睡着，刚睡着就被吵醒了，西南方向传来一阵阵轰炸声，轰炸声过后是枪声、是冲锋号的嘶鸣、是浩瀚的嘶喊声……

2

整个夜晚都没有睡好，我躺在床上，看着阳光一寸寸从窗外照进来。外面十分清静，房间里能够听见海浪的声音，能够听见海鸟的咕咕叫声，仿佛我正躺在一条迷失在茫茫荒海里的幽灵船上，除我以外的所有人都变成了幽灵，他们的模样被定格在过去，被钉在墙上。

过了不久，楼下传来一阵琴声，是日本筝的调子，我在轻柔的琴声中获得了平静，一度想闭上眼睛再睡一会儿。木屐声从楼梯方向传来，一个身穿和服的女子拉开房门端着早饭走进来，我盯着她看了好一会儿才发现是晴子。

"你醒了？"晴子把早饭放在茶几上，"抽了这么多烟，很晚才睡的吧？"

"是啊，习惯了晚睡。"

"晚睡可不是好习惯。"她走到床边，盯着我看了一眼，"满眼都是血丝，昨晚没睡好？"

"你有听见炮火声吗？"

"炮火声？"

"是啊，还有嘶喊声。"

"我昨天太累了，洗完澡往床上一躺就睡到了天亮，什么都没有听见。不过，应该是在岛上拍戏的美国人制造的噪声，美国人在拍战争片呢，那些演员每天扛着步枪走来走去。"

"原来是这样。"

"就是这样，如果你不打算再睡一会儿，就去洗漱一下把早饭吃了吧。离你工作的时间还早，今天没什么活，我带你四处去逛逛。"

待我吃完早饭来到楼下，渡边刚从外面回来，拉着一箱活海鲜，他远远就朝我和晴子喊道："船长说还是没有捕到鲨鱼呢。"

"酒馆的活就拜托渡边君了，我带司徒先生出去走走。"

就这样，我和晴子开着车沿海岸线往北走，经过繁华的北海岸，先后去了塞班博物馆、美国纪念馆、冲绳纪念地、日军最后司令部遗址、马皮角、鳄鱼头沙滩、"二战"空军雷达机场，然后返回伊邪那美酒馆。

"每年四月，我们都要去码头市场雇用渔民捕杀一条小鲨鱼带到马皮角去祭奠那一千多个跳崖自杀的烈士，春天是万物复活的季节。"

"原来如此。"

"田中先生是塞班岛战役的幸存者，他对那次自杀事件至今还耿耿于怀呢。"

"耿耿于怀？"

"是啊。"

"可是都过去那么多年了。"

"最近几年他身体不好，就很少提这事儿了。"

回到伊邪那美酒馆，吃过晚饭，晴子回房间休息去了，我站上了我的岗位。客人不多，都是拍戏回来的美国人，他们大多在外面喝过酒，带着女人来吧台坐一会儿就回房间去了。没有人跟我说话，我把调好的酒往吧台上一放就会有人来取走，他们不要求我多放几块冰，也不要求我改变酒的浓度。

我晚上工作到凌晨三点，然后在吧台上坐到天亮才去睡觉，来到塞班岛的第一个星期，我和田中先生只见两次面，没说过多少话。我成了这所老酒馆的幽灵，在昏暗的灯光里游走。

四月中旬的一个午后，我迷迷糊糊醒来，晴子端着饭菜走进房间，说田中先生邀请我参加晚宴，渡边从码头带了一条鲨鱼回来，第二天他们要去马皮角行祭奠礼。

晚宴在地下室田中先生房间外的大堂进行，我来到楼下的时候酒菜已经准备妥当，在座的除了田中先生、渡边雄野、晴子，还有一位跟田中先生差不多年纪的老人，那就是田中先生仅存的战友江口老人。田中先生向江口老人介绍我的时候江口老人慢吞吞地站了起来，对我鞠了一躬："司徒先生，过去，实在抱歉。"

我有些莫名其妙："过去？我们曾在什么地方遇见过？"

"江口说的不是这个过去，是更遥远的过去。"田中先生解释道。

我依旧一头雾水。

晴子为我们倒上酒便到楼上去看守酒馆的生意，桌上剩下四个男人。渡边跟江口老人大谈海里的鲨鱼越来越难捕到手，他们等这条鲨鱼等了近一个月，因此船长要价也比往年高一些。我问为何要用鲨鱼来做祭。田中先生喝了一杯酒，让渡边重新倒上，他捋了一把胡子说："在这个地方，除了鲨鱼，我不知还有什么更应该死去，唯有杀死恶魔来祭奠往事才不会心里有愧。"

提起往事，田中先生和江口老人感慨不已，田中先生说："我们这些老头记性越来越差，再过几年我跟江口归西以后也许就没人记得过去发生过什么事情了，往事才是一个人的灵魂所在呢。"田中先生说话的时候身体微微颤抖着，"七十年前，美国人像赶老鼠那样把躲在山洞里的日本人轰出来。我本应该跟在他们身后跳下悬崖的，但是我觉得，我们不应该用生命来祭奠战争，用生命来祭奠战争显得这场战争多么高尚，事实上，世上根本没有高尚的战争。"

"四万多人全死了，尸体就埋在我们脚下这片泥土里，整个岛屿都是鲜血铺成的。"江口老人掏出香烟点着，他不像田中先生那样善待自己的身体，他知道自己最后将会躺在病床上痛苦地死去，他毫不在意，"直到现在，那些鬼魂还留在岛上，只要太阳沉入海底，他们就从地下、从门后、从床底钻出来，在街上游走。他们大多是十几岁的男孩，当年，我们也是这个年纪。"

田中先生坐在桌前流眼泪，渡边扶他到房间休息去了。

回到吧台上，我跟江口老人又喝起酒来。江口老人说田中先生喝了酒就会流眼泪，他的眼睛在战争年代被强光伤害过，前几年做了白内障手术，现在看什么都是模糊的。江口老人举着杯子指着另一边的美国人说："他们在拍关于那场战争的电影，其实他们什么都不知道，他们按照导演的布置引爆血袋，倒下，爬起来换一套衣服引爆血袋再倒下，死真是这么简单的事情吗？那场战争死了好几万人，那些人倒下以后就站不起来了，他们没有第二次倒下的机会。"江口老人喝得醉醺醺的，被晴子搀扶着从酒馆走了出去。他低声吟唱着：我知道这世界，如露水般短暂，然而，然而……

走到街上，他回过头，浑身冒着酒气，突然对我鞠躬，说："司徒君，过去，真的十分抱歉。"

3

一米五长的鲨鱼被渡边用锡纸包裹着放在车尾厢，我们一

塞班岛往事 |

行五人乘坐商务车前往马皮角。死去的鲨鱼发出一股浓浓的腥臭味，车上的人都能闻到，江口老人唱起了歌：水若不流花不落，两心永隔暗冥中。

鲨鱼瞪着白色的眼睛，微启的嘴巴露出黄色的利齿，它直直的、硬邦邦的，背部漆黑，腹部雪白，像一把大刀。我和渡边一人抬一边把它放在一块平坦的石板上，晴子点着烛火倒上清酒，田中先生抽出明晃晃的军刀捅进鲨鱼胀得厉害的肚皮。一股黑色的液体从刀口处流出，田中先生把军刀从右边划向左边，鲨鱼的脏腑哗啦啦涌了出来。

田中先生带着大伙儿绕山路往海边走，太阳火辣，大伙儿热得汗流浃背。站在山上能够看见大海，银光闪闪的海面上有一群海鸥在嬉戏。田中先生说，每到这个季节他就会频繁地梦见海鸥，海鸥啄食浮出水面的尸体。

江口老人走到我身边，说起田中先生年轻时为海上渔民所做的事情。那些年大批渔民到塞班岛附近海域捕鱼，海啸突然来临，来不及靠岸的渔民连同他们的渔船一同被大海吞没。田中先生接纳了所有逃到岸上的渔民，为他们提供食宿，还掏钱给他们买船票。

"你的父亲就在这群获救的渔民当中。"江口老人叹了一口气，"尽管我们做了不少有意义的事情，不过那些都是鸡毛蒜皮的小事，抵不过杀死一个人的罪过，过去，真的十分抱歉。"

所谓杀死一个人的罪过，我一度以为江口老人年轻时候去过中国战场，事实上他并没有，他的故乡在札幌，他唯一参加过的战争就是塞班岛战役。

我跟江口老人交上了朋友，天将晚未晚的时候他常打电话来酒馆邀请我去钓鱼。江口老人的房子距离伊邪那美酒馆不远，我第一次去找他的时候在那片密集的住宅区找了好久，不知该往何处走。晴子告诉我，江口老人的房子面向红色沙滩，我去到那里的时候天已经黑了，根本不清楚脚下的沙子是白色、黄色还是红色的。我问了好几个人才找到那所破旧的楼房，江口老人在阳台上抽烟，看见我的身影，他挥动手臂呼唤我的名字。

那是一所红砖房，海风侵蚀多年，砖头早已松动，房子里面空荡荡的，没多少家具，墙上挂满了贝壳，风一来，贝壳就哗哗响。江口老人邀请我到楼上喝茶，阳台上点着幽暗的灯，坐在阳台上可以看见黑色的磅礴的海水以及沿海繁华的商业街。

"战争刚过去那段时间这里还是一片废墟，我看着那些高楼拔地而起，只有大海没有发生改变。"江口老人指着灯光明亮处说，"有时候回想起过去，觉得时间非常短暂，有时又觉得时间十分漫长。"

"这么说，您跟田中先生一样，在这座岛上住了几十年？"

"我们都不敢离开，不只我和田中，还有好几个人同样如此，此刻他们已经在地府了，他们去地府跟七十年前死去的人交代我们当年为什么没有从马皮角跳下去。"

"他们会怎样交代？"

"他们会说'子弹没有打穿我的心脏，我不能让自己去喂鲨鱼'。"江口老人举着香烟大笑起来，"我有一段时间不在岛上，回札幌养病去了，重新回来后，我在这里读诗、种花、钓鱼、同死人说话，通过这些来获得平静。"

"同死人说话？"

"是啊，广岛原子弹爆炸的那天我看见一道强光从北方扑来，那道光冷冰冰的，像刀一样。自那以后我就能够看见鬼魂在岛上游走了，他们不伤害任何人，他们有自己的世界，他们从地上爬起来，走向马皮角，往海里跳下去……日复一日。"

晴子说江口老人的话不能当真，他患过精神疾病。

江口老人早年曾因为精神疾病被送到札幌精神病院治疗，红色沙滩四周的居民都清楚。病发当天他拿着一杆枪见人就说："美国人要上岸了，赶紧做好抗战准备，美国人要上岸了，赶紧做好抗战准备。"

在札幌度过了四年，病情好转以后他回到塞班岛，回来没多久又病发，那一次他在札幌待了十四年，直至四十多岁才重新回到岛上，才接受了塞班岛是美国领土这个事实。

我不清楚一个精神病人眼中的世界是什么样子的，透过江口老人的眼睛，我感觉他对自己所看见的鬼魂一事深信不疑。房子里贝壳响动的时候他便知道有鬼魂正从门前经过，他们正要前往马皮角，那场战争一次又一次地在他眼前重演。

"第一次看见鬼魂，是在一个闷热的午夜，我喝醉了往海边走，那些鬼魂从四面八方钻出来朝东北走去。有些鬼魂我还认识，他们保持着生前的模样。我想要拦住他们，我说有什么事情非得死才能解决呢？他们根本不听我的，他们义无反顾地往前走，第二天早晨天还没彻底亮，我站在阳台上，看见整个海面都是尸体。"

我告诉江口老人我是一个无神论者，他所说的那些就像神话故事那样奇妙。

江口老人晃晃夹着香烟的手，"这已经不是信与不信的问题了，这就是事实，死亡就是不断重复生前的行为。过不了多久我也会加入到岛上的鬼魂当中，坐在海边无休止地说话。"他轻轻笑了两声，"人终究是会死的。最近我总听到枪声，听见美国人的冲锋号，那些声音总在夜深以后才响起。"

4

坐在吧台上，我一边抽烟一边思索江口老人说的那些话。客人回房休息以后酒馆里静悄悄的，我看看门外，看看幽暗的地方。曾经有位钻研心理学的朋友告诉我，所谓灵异现象其实出自人本身的恐惧，恐惧导致神经敏感，从而让一些寻常事变得不寻常。江口老人跟我说过的话，只有一句震惊到我，那就是他跟我一样听见了远处的枪声。

有天深夜，没有客人，漫漫长夜实在乏味，我收拾好杯子，打开音响，放一首华尔兹，叼着香烟，一个人在桌椅间跳起舞来。岛上的夜色非常美，白色月光照在门前的街道上。脚步声在这个时候突然响起，我以为是有客人因为睡不着觉从楼上下来喝酒，我把音乐调低，等了好几分钟，始终没有人从楼上下来，而那个脚步声依旧在楼梯上踏踏响。

鬼魂还不至于有如此沉重的脚步。我循着声响走去，发现脚步声来自地下室。地下室是田中先生休息的地方，晚上通常是锁上的，钥匙在晴子身上。我没有敲响木门惊扰楼下的人，只是默默地听着，直至天快亮的时候，脚步声才停下来。

我把晚上听见地下室脚步声的事情告诉了晴子。晴子叫我不必担心，她说："是田中先生在梦游，田中先生总在梦游的时候练习走正步。"

晴子看见过田中先生梦游时的情形，他身姿端正、不知疲倦，在梦中走了很远的路，清醒过来以后却毫不知情。我想起和泉式部的一句诗：心里怀念着人，见了泽上的萤火，也疑是从自己身体出来的梦游的魂。

田中先生心里怀念着的人是谁？他邀请我吃晚饭的时候欲言又止，他说他脑海中有两个身影，那两个身影都十分模糊。"他们到底是谁？"田中先生喝过两杯酒又开始流眼泪，"我真想不起来了。"

田中先生的故乡在东京，是一家名门大户，但是早些年的事情已经想不起来，用他的话来说，自从他看见那道刺眼的光，关于故乡的记忆便消失了。

故乡呀，挨着碰着，都是带刺的花。

江口老人对着北方的海吟唱，跟田中先生一样，故乡在他记忆中也十分模糊。故乡留给他唯一清晰的记忆，是那所关了他将近二十年的精神病院。

背后的火在熊熊燃烧，火光映照着江口老人佝偻的后背。他告诉我，战争过后，一切都物是人非了，房屋被轰炸，繁华街道变成了废墟，好多地方都这样。

我们把钓上来的海鱼用钢叉穿起来放在火中烧烤，江口老人不像田中先生那样谨慎，他什么都吃，在他眼中，活着的时候就要尽可能多尝试新鲜的事物。

"一个人长时间躺着，死去以后他的鬼魂也会长时间躺着；一个人活着的时候多活动，那么他死去以后也会很活跃，如果是这样，生和死是同一回事啊，有什么意义呢？"江口老人把烤熟的鱼肉放进嘴里咀嚼着，"人到底能不能复活？"他对着火堆问，"一条鱼复活了还是会被人吃掉的吧？死人复活后还会再死一次。"

海里走上来几个美国人，其中一位是正在拍摄塞班岛战役那部电影的导演，江口老人认识他。江口老人朝他挥手："史密斯先生，你们的战争打到什么地方了？"

那位满脸金色胡子的美国人跟江口老人说："马上就要进攻塔波乔山。"

"这么说，南云忠一和斋藤义次马上就要剖腹自杀了？"

"正是如此。"

"这么说，那一千多个人也马上就要跳下悬崖了？"

"非常不幸。"

江口老人回过头来跟我说，他前天晚上又听见了枪声以及日本人的嘶喊声，他说："被围困在东北角的四千日军昨天晚上做了最后的挣扎。"

5

螺旋桨飞机在岛屿中部山地上空盘旋，嗡嗡作响，那是史密斯导演的战队。不少旅客举着相机拍摄，对着天空挥手、欢呼。我、渡边以及江口老人站在酒馆门前目瞪口呆地看着那些蜻蜓似的飞机，过了好久江口老人才回身往酒馆里面走。

"看来美军已经拿下塔波乔山了。"江口老人在桌前坐下，迫不及待点着了香烟，"当年我就在塔波乔山上。"

渡边在江口老人对面坐下，也点着了香烟："看着那些嗡嗡叫的飞机，心里头还真有些恐慌。"

"战争中的人都在想尽办法逃命，只有傻瓜才会站在空地上张望。"江口老人愁容满面，"我的一个战友，我现在已经想不起他的名字，但我还清楚记得他的模样，他扛着步枪向我跑来，还没来到我面前就消失了，一颗炸弹落在他身旁，他被炸了个粉碎，像冰块被砸到墙上那样粉碎了。"

天黑之前，那些螺旋桨飞机已经降落在空旷的广场上。我独自离开酒馆近距离去观察那些飞机，在那些扛着枪穿着皮靴走来走去的演员中间徘徊。没有血腥，没有硝烟，演员们低着头默默抽烟，等待负责人分发这一天的薪酬。

我决定到岛屿中部丛林去一趟。

渡边为我带路，他拿着一条竹子，撩开树丛间的蜘蛛网，哼着慢悠悠的日本曲子。天气很热，午后的太阳发出带刺的光，我们走着走着身上冒出汗水把衣服濡湿了。丛林深处长满了热带草木，有些树比晴子那本田飞度的轮胎还要粗许多，它们跟田中先生以及江口老人一样在战争年代活了下来，并用年轮记录着那些或艰难或甘甜的岁月。

丛林中有人工修建的阶梯，也有供人歇息的凉亭，游客留下的足迹在树林里随处可见。我和渡边走了好久，不时能听见螺旋桨飞机的轰鸣声，但往往看不见它们的影子，繁密的树冠挡住了我们的视线。有时我会担心飞机上突然抛下几颗炸弹，把我和渡边瞬间炸成碎片，像江口老人那位战友一样。

我们一直在爬山，树丛中有许多岩石，岩石之间偶尔出现幽暗的山洞。渡边说美军毁灭日军主力以后那些被打散的日军就躲在山洞里跟美军打游击战，"以前进山能找到许多战争年代留下来的东西，罐头盒子、破碗碟、长满铁锈的枪，后来开发了旅游业，这些东西都被游客带走了。"

傍晚时分，我们爬上了塔波乔山，那里也长满了郁郁葱葱的热带植物。山上风大，鸟群在树冠上啼叫，地上的沟壑已经被草丛覆盖，四处长满了花。我和渡边站在山坡上感慨这个地方如此安静，仿佛过去的几十年、几百年都是这样，不曾发生过改变。下山的时候，我在一块石头的边缘看见一颗长满铜绿的子弹，我把它带走了。

马皮角悬崖下波涛滚滚，巨大的礁石分布在海边，这些岩石长年被海风侵蚀，坚硬的表面没有一丁点的泥土。我赤脚在这些石头上没走多远就走不动了，不得不穿上鞋子。潮水退去后，黑黝黝的岩石散发出一股腥咸味。风很大，我和渡边躲在岩石背后抽烟，我们在岩石下显得无比渺小，假如风或者海浪把岩石推倒，我们顷刻间就会化为血泥。

我抬头看着前方的悬崖峭壁，忧心忡忡："从几百米高的地方跳下来，摔在这些岩石上面，想必会很痛。"

"疼痛感持续的时间可能不到一秒钟，身体触碰石头的那一瞬间人就死了，所以那些跳崖的人是感觉不到粉身碎骨的疼痛感的。"渡边把烟头掐进潮湿的沙子里，"可怕的是绝望。"

我们沿着海岸线环绕马皮角走了一圈，巨大的礁石像迷宫一样分布在四周，假如不是渡边带路，我很可能会在礁石林迷失，然后在乱石中被风干。

6

田中先生一直生活在地下室，有一段时间我甚至没有看见过他的身影，后来才得知他生病了。我去地下室看望田中先生。他躺在床上，蜷缩着身子背对着门口，直至我呼唤他才转过身来。

他很不好意思地坐了起来，整理一下衣服，捋了捋头发，闷声咳嗽着，在我问他身体状况如何之前他先问我是否已经适应了岛上的生活。我说我在中国南部长大，那里的夏天跟塞班岛一样炎热，因此并没有什么不适之处。田中先生听后直点头，眼睛盯着地板陷入了沉默。

"田中先生身体可好？"我问。

"我感觉时间已经不多了，"他眼睛还是看着地板，"我的眼睛已经看不见了。"

我和晴子都吃了一惊。

"我去找医生来给你看看。"

"不用了，晴子，这双眼睛看见过太多东西，它是时候歇息歇息了。"田中先生重新躺下，"司徒君，我看见过这个世界上最骇人的光。那道光把整个北方的天照得惨白，那道光过后世界突然安静了下来，草木开始枯萎，海里的鱼浮出水面，天上的鸟一只只掉下来。我这辈子都忘不掉那道光，就算我现在只能看见黑暗，只要我一想起那道光，整个世界就会变成白色。"

第二天，酒馆里来了一位不寻常的客人，我问那个人是谁。

"长泽夫人，"晴子说，"田中先生的女儿。"

长泽夫人和她的儿子站在地下室房间里默默地看着田中先生。田中先生盯着天花板，他不知道房间里头都有谁，但他能感觉到他的房间比以往任何时候人都要多。

"是谁站在我面前？"田中先生问。

"是长泽夫人和她的儿子，"晴子说，"他们得知你生病了便来看望你了。"

田中先生吐出一口气："非常感谢你们来看望我，但我真不是你们要找的那个人。"

长泽夫人，那个七十来岁穿着得体的女人连忙说没关系，"我们来看您不是想要得到些什么，只不过是担心您的身体，不管怎样，我们相识都是一种缘分。"

田中先生点点头，随即转过身去背对着所有人。

长泽夫人和她的儿子随晴子走到楼上，她问晴子是否已经找到鲨鱼行祭奠礼，晴子点点头，她问酒馆的生意是否令人满意，晴子又点点头。走到酒馆门前，长泽夫人对晴子和渡边说："如果父亲不幸去世了，烦请两位打理好这所酒馆，毕竟这里才是他所有的记忆。"她盯着牌坊看了很久，"如果可以，我真想换掉这牌坊，伊邪那美不是一个吉祥的名字。"

长泽夫人二十年前就来到了塞班岛，并想尽办法找到了田中先生。他们第一次相见的时候长泽夫人非常激动，她紧紧抱住田中先生，每一句话里头都带着父亲两个字。她没想到的是，她花了那么大心思找到阔别已久的父亲，父亲却不认她。

"我不是你要找的那个人，"田中先生冷冰冰地说，"我根本想不起来我有过一个女儿。"

自那以后，长泽夫人每年春天都会来塞班岛陪同田中先生行祭奠礼。她完全理解田中先生的做法，她感到宽慰的是她的父亲仍旧活在这个人世间，尽管他活得比一般人要艰难一些。

"不只是田中先生，"晴子说，"他那几位已经去世的战友活着的时候也是这样，他们集体忘记了早年经历过的事情，忘记了自己的家人。有时候他们围在一起喝酒，企图去回想参战前的一些事情，但是好多次都失败了，他们脑海中只有轰炸声，只有黑暗和强光。"

那几位老人尚在世的时候渡边和晴子每天都要往他们住的地方走一圈，问他们有什么需求。有几位老人早早就患上了阿尔茨海默病，行为方式像个小孩。他们不愿意住在一起，而且生活上面有许多恶习，因此渡边和晴子每天都要花好大心思去照料他们。

"其中一个半痴呆半清醒的老人说，只要他们走到一起，那感觉就好像马上要爆发战争了。"渡边站在路边抽烟，光秃秃的脑袋反射着太阳光，"来这里之前我在奈良一所养老院工作过，那里的老人跟其他养老院的不一样，他们全都经历过'二战'，也有相当大一部分老人患有阿尔茨海默病。对他们而言，患了这种病也许会轻松一些。田中先生和江口老人跟那些人不一样，那几年经历过的事情他们都记得清清楚楚。"

晴子说，虽然这两年生活负担轻了许多，但是看着那些老人一个个死去她心里非常难受。面对红色沙滩，夕阳把海水照成了金黄色，海上有一群白鹭在展翅飞翔。晴子低着头，显得十分失落，自从田中先生双眼失明，他就一蹶不振整天躺在床上。晴子说："虽然经历过战争，流过血，但其实他们跟我们一样脆弱，跟我们一样心里充满了恐惧。"美军占领塞班岛后，田中先生和他的战友躲在海边的岩洞里，过了好几年才得知战争已经结束。"时间总在流逝，不是吗，司徒君？"

"是啊，时间总在流逝。"

五月末，在岛上拍摄了两个多月的电影终于杀青了。导演史密斯先生在酒馆请演员们喝酒，那天晚上，许多演员刚从戏场回来，身上还穿着拍戏的服装，他们在酒馆猜拳、跳舞、欢呼，酒馆里热闹非凡。

"疯狂的美国佬。"晴子埋怨道。

真正疯狂的还在后头，夜晚十一点多的时候，眼看夜宴就要结束，那群极度兴奋的美国人突然唱起了军歌，然后高举酒杯大喊："美利坚合众国万岁，美利坚合众国万岁……"

我和晴子、渡边看着这个情景不知所措。田中先生和江口老人在这个时候出现在酒馆，他们在灯光下瞪着眼睛，脸色十分难看。

史密斯导演给两位老人道歉，说演员们过于入戏，需要把情绪发泄出来。

史密斯导演说："无论是谁获得了胜利，毕竟这场战争已经结束了，不是吗？"

田中先生没有说话，摸索着往楼下走去，江口老人紧跟在他身后。

7

随着电影拍摄完成，岛上已经没多少游客，酒馆的生意也开始变得冷清。我接到了生意伙伴的电话，他决意跟我联手卷土重来。我跟田中先生说，酒馆已经不需要我，我能提供的帮助十分有限，我非常抱歉在他身体抱恙的时候离开。

　　离开前的那几个晚上，虽然酒馆没几个客人，我依旧坚守在自己的岗位上，然后，在塞班岛的最后一个夜晚，我经历了一件永生难忘的事情，那就是我今天要重提的往事：

　　那天晚上，我跟渡边陪田中先生一起吃晚饭，晚饭过后渡边离开酒馆去海边钓虾，我回到吧台准备好杯子和冰块，等待客人的到来，其间晴子来陪我聊了一会儿天，具体说了些什么如今我已记不清楚。十二点钟，晴子回房间休息，酒馆大堂只剩下我一个人。

　　我在幽暗的灯光下抽烟，深夜一点钟的时候，我以为这个夜晚跟前几个夜晚一样不会再有客人光顾。我把杯子洗干净，将酒瓶安放到柜台上，准备抽烟到黎明。这时，门外走进一个身穿破烂军装的美国人，他站在柜台前观察了一遍这所老酒馆，把军帽摘下来放在桌上，点了一瓶威士忌。

　　“电影不是已经拍完了吗？”我问。

　　他没有理我，拿起威士忌在角落处坐下。

　　我给他拿杯子和冰块，问他从哪里来，是否要住店。

　　“我有自己的房间，”他十分疲惫的样子，“我刚从塔波乔山回来。”

　　“塔波乔山？战争还没结束？”

　　他夹着香烟的手微微发抖：“清理战场，到处都是地雷，漫山遍野都是尸体。”

　　我看见他脸色苍白、精神恍惚，便不再跟他说话。他很快就把那瓶酒喝完了，然后走到楼上去。

　　过了半小时，门外又走进来一个人，是个面目清秀的日本男子，他穿着旧式服装，想必也是刚从戏场下来。他熟悉地来到吧台前，点了一瓶清酒一盘花生，问刚才那个美国人有没有跟我透露什么信息。

我感到冒昧，我说："那个人很累，他喝完一瓶酒就上楼休息去了。"

男子拿着酒和花生坐到美国人坐过的地方，一声不吭地喝起闷酒来。我一边擦杯子一边观察着他的一举一动，觉得他眼熟，但又想不起来他是谁。

"我们是不是在什么地方见过？"我问他。

他十分警惕地抬起头来看了我一眼，然后摇摇头。

喝完酒，男子站起来要走，他来到我面前，跟我说刚才上楼的那个人是美国空军，"他负责开飞机把两个超级炸弹扔到广岛去。"

深夜三点多，门外的月光变得跟往常不一样，月光在浮动，像烟雾一样浮动。我看见街上有人在走动，不止一个，是一大群人，他们走起路来轻飘飘的，十分诡异。这些人从东北方向走来，有的穿着军装，有的穿着和服，大部分是妇女小孩，他们从月光朦胧的街道四下散开，钻进两边幽暗的楼房里。

天边浮起白光的那一刻，那群人当中的最后一个也消失在屋檐下了。

8

晴子送我去机场的时候跟我说了许多话。她说田中先生最近总喜欢自言自语，他对自己每年杀死一条鲨鱼的做法感到十分惭愧。他从广播新闻里得知因为渔民的猎杀，鲨鱼的数量在急剧减少，鲨鱼不是什么恶魔，它们不过是生物链上的一个环节。他要求渡边以后不要再杀鲨鱼来行祭奠礼了，他之所以这样叮嘱渡边，是因为他意识到自己可能活不到第二年四月了。

我一直没有把我在岛上看到的灵异事件告诉任何人，包括晴子和渡边，包括田中先生和江口老人。

没有跟田中先生说，是因为那天晚上我看见的面目清秀的日本男子正是年轻时的他，天亮以后我走进房间看见墙上的照片才恍然大悟。没有跟江口老人说，是因为我看见的跟他所说的不一样，他说死者都在重复生前的行为，他看见那些鬼魂无限次前往马皮角跳下悬崖，而我看到那些鬼魂正从马皮角回来。

2014年9月，在地下室躺了两个多月后田中先生去世了，晴子给我打来电话，说田中先生去世前一直在流眼泪，他说他想念妻子和女儿，可惜的是，他去世的时候长泽夫人不在身边。

2019年10月，江口老人去世了，还是晴子给我打来的电话。晴子跟渡边结婚后生了两个男孩，江口老人去世前几个月他们把老人接到酒馆里，安排他住在地下室田中先生的房间。晴子说，江口老人去世的时候十分平静，他吃完粥坐在沙发上看电影，看着看着就走了。

发表于《花城》杂志2021年第1期

巨鹿坡一号

1

从北京到东京要坐四个多小时的飞机。出发时是北京时间十一点三十五分，飞到东京上空的时候我把手表调为东京时间，那时是十四点五十五分。

父亲来机场接我，一年不见，他又沧桑了许多。他把我的行李提到后车厢，载着我前往他和母亲在东京市区租住的公寓。他问我为何突然来东京，我坐在副驾驶座看着街上的广告屏幕没说话。东京下雨，广告屏幕上的画面被雨打散了，在光洁的地面上胡乱流淌。我熟悉东京，十七岁之前，一年当中我有相当一部分时间生活在这里。十七岁那年我去北海道疗养院治病，在那里度过了四年，随后便直接回国读书了，我在国内和外婆住在一起，其间再也没有来过东京。这次来日本，不是为了看望我的父母，我要去的是北海道，那是一趟势在必行的旅程。

我把车窗摇下来，雨小了一些。东京比北京要暖和，街道拥挤的缘故，海水削弱了西北风的缘故。父亲不时侧过脸来观察我，他十分谨慎地开着车，跟我说了许多这些年发生在东京的事情，对于他正在经营的海鲜市场只字不提。

我的父母还住在原来的地方，四周的风景我依旧感到熟悉。

母亲撑着雨伞走来，问我一个人来东京，外婆在家里谁来照顾。我说表妹在北京上大学，我出来的这几天，她住我们家。母亲看我闷闷不乐的样子，明白我这次来日本的目的不简单。她盯着我把饭吃完，然后领我到楼上的房间。

房间保持着我离开时的模样，连尘埃都没有积下。母亲说她经常到房间里来翻我的东西，特别是跟父亲吵完架十分想念我的时候。她比父亲老得快，经常发愁的缘故，发愁的时候她就打电话到北京找我说话，好几次她都说在东京太孤独，他们想找机会放下海鲜市场的生意回国，然而又一年过去了他们还没放下。他们喜欢小孩，特别是女孩，那样的生活会热闹一些，但是他们不敢再给我生一个妹妹，害怕生出一个像我这样的怪物。

看着房间里的一件件东西，过去的画面不断在我脑海中翻滚，这几天我都生活在回忆与现实不断切换的模糊状态下。12月15日，我在北京的家里接到一个电话，淑子告诉我玉子去世了，去世之前她一直在呼唤我的名字。

"你该去送送她。"淑子说。

站在窗边能够看见繁华的东京市区，车辆像神经点在立交桥上穿梭。雨还在下，不知要下到什么时候，这个时节，北海道已经大雪纷飞了。

我第一次去北海道，同样是在下着大雪的寒冬。我和父母从东京出发，坐了好久的电车抵达青森县，那时我精神状态不好，整个人昏昏沉沉，不停地睡去又一次次醒来，以至于东京到北海道的距离在我印象中变得无比漫长。

从电车里出来，坐船渡过津轻海峡，再坐电车前往札幌，穿过札幌市还要往北走二十多里路，父亲开着租来的汽车在林间水泥路上疾驰，后来他说那是他开过最快的车，走过最长的路，他当时以为我要死了，顾不上安危，忘记了饥饿与疲惫将我带到巨鹿坡一号。我被北方的寒风吹醒了，摇下车窗看见父亲在跟保安说话，他急匆匆交代我的病情，恳求保安尽快放我们进去。保安依旧有条不紊地登记着我们的信息，我看到了被大雪覆盖的北海道，漫山遍野都是白色，只有后面的水泥公路留下黑色的车辙。

进入疗养所时我已经清醒了许多。医生拿着手电筒观察我的五官，护士测量我的血液。母亲在旁边跟医生讲述我发病时的症状，在她口中，我发病时浑身发抖，眼睛泛白，口吐白沫，怎么叫都没有反应。这些症状是否真正在我身上出现过，我无从知晓，我只记得我沉睡过去了，醒来时已经身处医院，医生正在向父亲介绍坐落于札幌北部的巨鹿坡一号辐射病疗养所。

那是一所占地面积很大的疗养所，有三座六层高的大楼，分别属于癌症科、变异科和调理科。医生让母亲安静下来，他观察了半天我那只有四根手指的左手，然后让护士带我到变异科去等候进一步治疗。辐射病康复治疗需要一个漫长的过程，父母很不情愿地把我留在那里，等待医生将我体内被损害的机能重新激活。

大部分时间里，我都在疗养所接受治疗，开始的时候父母十分频繁地来看我，我身体渐渐恢复以后他们便很少到北海道来了。在巨鹿坡，那个四周布满密林的山地里，安静带走所有的痛苦和烦恼，那年我十七岁，身体已经不再生长，身高定格在一百七十二厘米，左手依旧是四个手指，除了无法完成必须要五个手指才能做的事情，我尚能掌控自己的生活。

我的病情较为稳定，只要每天注射维生素和抗体，食用抗辐射食品，身体指数均能维持在健康状态，因此护士对我的看管不严。白天我会和调理科的人到山林里去散步，面对漫山遍野的雪我并不觉得单调乏味，我喜欢在山坡上晒太阳。护士不允许我们在太阳底下待太久，因为太阳光带有辐射，但是北海道太冷，再者，长时间生活在被树林覆盖的地方，太阳光实在诱人。遇见淑子的那天她和我一样穿着厚厚的衣服，头戴一顶针织帽站在山坡上贪婪地吸收阳光，护士在不远处使劲招手叫我们回病房休息，我们假装没看见，淑子拉着我的手逃出护士的视线跑到山的另一边去了。

"你怕不怕山上有熊？"淑子问我，她比我大三岁，但是她身体瘦小，丝毫看不出她已经二十岁了，她看上去像个十五岁的小女孩，"在富良野和知床的森林里，随时都可能碰到棕熊。"

我说这里不是富良野，也不是知床，这里是札幌，再说熊不会吃不健康的人的。她问我得了什么病，我挣脱她的手，摘下手套，露出左手。她有些吃惊地盯着我的左手，确认那根消失的手指并不是因为意外而被截断的，而是实实在在忘了长出来。"你是变异科的？"我点点头，"你不是日本人？"我又点点头，说我是中国人，"中国人？你日语说得很好嘛。我从来没有离开过日本，但是在这家疗养所我认识了几个外国人，一个是白俄罗斯人，一个是韩国人，你是第三个，中国人。"

淑子所说的白俄罗斯人是 X·阿拉多夫，一个在切尔诺贝利核电站爆炸事故中被灼伤的农夫，而韩国人就是刚去世的玉子。

2

清晨，我醒来的时候父母已经到海鲜市场去上班了，早餐放在一楼餐桌上。我给淑子打电话，告诉她我已经顺利抵达日本，正准备北上，会在天黑之前抵达新千岁机场。吃完早餐，到外面去散步，这个地方好些人曾经认得我，现在如果不去看我的左手，大概不会想起我就是当年那个中国男孩。

海鲜市场就在附近，跟公寓相隔两条街，母亲在跟员工讨论什么问题，看见我走过去，她被吓了一跳，她不希望我到海鲜市场来，因为我以前对海鲜的腥味有一种莫名的恐惧感。我曾告诉母亲这些都是过去的事情了，在巨鹿坡的时候我体内已经培养出了抗体。母亲还是担心我旧病复发，她和父亲永远无法忘记1995年夏天，四岁的我哭着从幼儿园回来问他们为何我只有九个手指头的那个情景。父亲当时说他们是在海上生下的我，我的一根手指变成白鲸游到大海里去了。当我自豪地把这个故事告诉幼儿园那些说我是怪物的小朋友的时候，他们并没有因为这个具有传奇性的故事而仰慕我，反而嘲笑我是"鲸鱼男孩"。事实上，我的病情是母亲怀着我在海上作业的时候，被海上的辐射渗入体内造成的。那时候太平洋有核弹引爆试验，海洋污染严重，而我的父母在那片寂静的海域毫无警惕。

我告诉母亲我要去一趟北海道，已经订了下午的机票。这些话原本只要在电话里交代清楚或者留字条告知他们即可，我的路程太匆忙，还没跟父母好好说会儿话就要离开，为此我决定到海鲜市场亲自跟他们说明白，虽然我已经二十五岁，在他们眼中我依旧是个需要被人关照的男孩。父亲说他可以送我到机场，我拒绝了。我想坐地铁去机场，我要给自己一点时间去准备面对玉子的死。

其实玉子不是韩国人，她是个地道的日本女人，只是嫁到韩国后入了韩国国籍。最初认识玉子，是通过淑子的介绍。由于不能使用电子通讯，图书馆成了巨鹿坡最受人欢迎的地方，在那个狭小的图书馆里，图书被翻过好多遍，皱巴巴的，在漫长而枯燥的日子里，这些书都是大伙儿消遣时间的道具。跟玉子见面那天，她坐在灯下，正在看太宰治的小说。这个四年前还是三十四岁的女人看起来比她的实际年龄要大，我从淑子口中得知她是癌症科的，在医院放射科工作的时候由于机器出现故障导致辐射外漏，她患了子宫癌。玉子见到我们十分高兴，她把书合上，跟我们到图书馆外面去喝茶。她喜欢向我们打听山林里的景致，说她来这个地方一年多了，还没有到山林里去过，每天只能通过房间的窗口往那边眺望。

"你在这里一年多了？"我问。

"实际上，我可能要在这个地方过完这一生呢。"玉子望着不远处被雪覆盖的山林说，"我的一生并不长久。"

"我们不能老这样子，"淑子说，"这里所有人都死气沉沉的，我们不要跟他们一样，我们要过得开心才是。"原本是灾难的受害者，在这个地方却成了幸运儿，淑子的心境比其他病人开朗，她牵着玉子的手走进图书馆，告诉玉子不要老看太宰治的书，应该多读读海明威的小说，毕竟，人是不能被打败的。

玉子对我这个刚来到巨鹿坡的男孩给予了足够多的关怀，她告诉我在医院要遵守规则，告诉我怎样才能讨得护士的欢心，"跟护士关系好的话她们打针的时候会温柔一些，在限制出行方面也不那么死板。"她还给我介绍她家乡长野县的景色和美食，跟我说韩国女人多么温柔。

抵达机场，飞机误点，我在候机厅里静静地坐着，看着窗外那些飞走又飞回来的庞大机器，有些心慌，再过两三个小时我就要回到那个熟悉的北方了，回到那个充满死亡与病痛的山林里。上飞机之前淑子给我发来短信问我到哪里了，她从福岛出发已经抵达北海道。淑子比我更早离开巨鹿坡，她是福岛核电站事故的受害者，所幸她没有受到多么严重的伤害，她在疗养科只待了两年时间就离开了。我在巨鹿坡的最后两年，淑子来看过我两次，两次都是在酷冷的冬天，她说她喜欢北海道的冬天，四处白茫茫一片让人觉得干净舒适。虽然只在巨鹿坡住了两年，这两年时间在她的一生中足以造成深远的影响。那片看似寂静的山林里，病人每天面对的都是死亡。早上六点，往往是天还没亮，疗养所西门的水泥公路上就会有一辆白色卡车开进来，那些在夜里死去的人被抬到白色卡车里送到两公里外的殡仪馆，病床留给后来者。许多人像我一样，每天早早醒来，等候那辆白色卡车开进来，又看着它离开，有时候卡车会带走两三个死者，午后我们就会留意谁没有出来散步，那些没有出现的人很可能就是在夜里死去的人。玉子每天早上都坐在癌症科大楼前的花坛边看一会儿书，好让楼上的我们知道她尚未被白色卡车运走。我们都害怕死亡，玉子也一样，她在那张病床上抗争了将近十年，最终还是被白色卡车带走了，而我正在前往巨鹿坡参加她的葬礼。

3

飞机经过漫长的奔跑升上了天空，建筑物变得越来越小，整个东京城都在慢慢变小，仿佛只是一片堆满石头的平地。穿过云层，飞机往北驶去。这是我两天里第二次飞上天空，第二次进入云层，仿佛置身于皑皑白雪当中，不见人影。

我还记得阿拉多夫偷来保安的雪地车带我和淑子、玉子到冰湖去玩耍的那个早晨。那是我在巨鹿坡度过的第二个寒冬，我从来没有见过那么大的雪，宛如大地被盖了一层一米厚的棉被。我们帮清洁员打扫院子里的雪，淑子说她知道不远处有一个很大的湖泊，那里的景色非常美，阿拉多夫便建议我们到那里去看看。阿拉多夫是个开朗的东欧人，那时他的双腿已经不是特别灵活，他每天早上绕着癌症科大楼跑步，以此来跟肌肉萎缩作斗争。他用生硬的日语跟保安说了半天也没借到停放在医院门口的雪地车，便趁保安去喝水的时候悄悄把车开走了。他得意地呼唤我们上车，"伙计们，是时候离开这个鬼地方去见识一下大自然的魅力了。"凌乱的胡子遮住了他的嘴巴，白气透过胡子从他嘴里冒出来。

公路被铲雪车清理过后又铺了一层雪，淑子和玉子为能够开车出去走走而感到兴奋，因为暴风雪，我们在医院里待了好长一段时间了。困在病房的时间里玉子的精神状况很差，护士说她已经出现幻觉了，总对着镜子说话。玉子曾怀过一个小孩，只是那时年少，才十七岁，因为恐惧，她的男友带她去做了引流，没想到那是她第一次也是最后一次怀孕。她不是对着镜子自言自语，她是在和她尚未来得及降临这个世界便死去的孩子说话。她曾跟我说过，假如当初把小孩生下来，小孩的年纪应该跟我差不多，因此她做梦的时候时常会梦见我，梦见我敲开她的房门叫她妈妈。她跟我说这些话的时候有点难为情，她希望我理解她，我当然理解她，一个没有生育能力的女人是孤独的。

湖面结了厚厚一层冰，冰上又堆了厚厚一层雪，几个当地人在雪上面行走，拖着沉重的双腿慢吞吞地从这边去往那边。我们把车停在湖边，然后跑到湖面上去玩耍，扒开湖面上的雪观看冰下静止的水。玉子很开心，忘记了身上的病痛，忘记了伤心事，沉浸在白色的冰冷的世界里。我们到树林里去找野兔，下了这么大的雪，兔子在雪地里跑不动，捉到手丝毫不费力气。阿拉多夫十分轻松就把一只灰兔捉住了，提着兔子的耳朵放在玉子怀里。回医院的路上，阿拉多夫不停地讲述过去他在白俄罗斯的生活，他感慨说这一切都一去不复还了，切尔诺贝利附近变成了无人区，只有那些变异的动植物在那里艰苦地生存着。玉子把脑袋靠在我的肩膀上，仿佛所有的力气都在雪地上花完了一般，她疲惫不堪。刚来巨鹿坡的时候，医生跟她说她最多只能再活两年，然而她不但挺过了医生诊断的时间，还多活了七年。

　　天空已经昏暗，大地银装素裹，新千岁机场上的灯光星星点点，机场像一块巨大的墨石。飞机平稳落地，空姐十分友好地帮我提行李送我下飞机。刚走到机场出口我就看见了淑子，她穿着一件黑色大衣，戴着粉色针织帽。我们上一次见面还是四年前，我从巨鹿坡一号出来的那天，她从福岛来给我送行，我们在机场喝了一杯咖啡便告别了，我回中国去，她继续留在日本。相比四年前，她成熟了许多，不再是那个活蹦乱跳的女孩了。她把我搂进怀里，然后捧着我的脸说我长大了，像个男人了，"这一天还是来了呢，"她哽咽着说，"听说她这两年过得很不好，癌细胞不断扩散，她原本不打算接受化疗的，担心死得太难看，后来可能是不想死，她还是接受了化疗，她没能挺过去。"

　　从机场到巨鹿坡的大巴一天只有三趟，我们错过了前面两趟，只好等下午六点四十五分那趟。机场外面的停车场上有几辆正在离开的公交车，其余熄火的车辆上已经铺了一层雪。我和淑子捧着热咖啡站在候车厅门口，望着久违了的景象说着各自的生活。淑子说她已经结婚了，生了个女儿，丈夫是一名环保组织人员，他们在福岛环保局认识，结婚以后她也加入了丈夫的组织，帮助那些在核事故中受到伤害的人。

　　"生活还过得去，每天都在做一些有意义的事情。"

　　"女儿还算健康？"

　　"健康，没有受到我的影响，不过她不跟我们住，她跟爷爷奶奶住在乡下。"

　　"还是会担心？"

　　"当然会担心，主要是我现在做这方面的工作，有时候意外是不可避免的。"

大巴进站以后我们相互偎偎着往前走，这么晚还到巨鹿坡去的只有我们两个。上车以后淑子突然想起忘记买花了，"只顾着说话，把这件事都给忘记了呢。"她问司机能否等几分钟，她去买一束花就回来。司机看一眼空空的车厢，点点头说我们要在一根烟的时间内回到车上，不然他就要送一车空气到山里去了。

淑子牵着我的手往外面跑去，天又开始下雪，我们身上挂着绒毛似的雪花，天黑得深沉，灯泡已经尽力了，灯光依旧无法照得更远。我们在一个老人的摊档里买了一束兰花，这种花在北方较为难得，特别是在这样寒冷的冬天里。

"以前在巨鹿坡图书馆里，玉子偷偷养了一棵君子兰，那时候还不懂得把植物放在温室里，在这么冷的地方君子兰是不会开花的。"淑子挽住我的手臂，脸蛋贴着我的肩膀，"她非常细心地照顾那棵君子兰，时常坐在窗下盼着它开花，样子十分可怜。"

图书馆里的君子兰在最里面那排书架后面的窗台上，因为阳光不足，长得特别瘦弱。它在这样寒冷的天气里并没有死去，我离开巨鹿坡的那天它还在图书馆那个逼仄的角落里努力往太阳光的方向伸展。

4

大巴走了四十分钟的山间道路，终于来到了巨鹿坡，X·阿拉多夫在疗养所门口等候我们，他两条腿已经不能行走，只好坐在轮椅上，为了不让雪花落在身上，他蜷缩在保安亭的屋檐下，像个七八十岁的老头。他远远就张开了双手，呼唤我和淑子的名字，这个四十几岁的白俄罗斯人在这个地方待了近十年。前往招待所的路上，我提着行李，淑子推着阿拉多夫，轮子碾轧地上的雪发出清脆的声响。阿拉多夫说他要回白俄罗斯了，他非常想念他的家乡，在这个地方待这么久，完全是为了玉子，如今玉子已经死了，他也没有理由在这个地方继续待下去。我问他的病情如何，他说不是很乐观，我和淑子不好再问下去，三个人沉默了好一会儿他才回过头来问我在中国过得怎样。

"我修完了大学的课程，正准备找工作。"

阿拉多夫对此表示满意，他说："玉子去世前还叨念着你，你好久没有写信来了，我们困在这个地方也不清楚你过得怎样。"

四周都没有太大的变化，招待所还是四年前那个样子。我和淑子住一个房间，把行李放下以后，趁医院饭堂尚未关门，阿拉多夫带我们到饭堂去吃饭。阿拉多夫最大的变化是他不再有说不完的话了，他甚至变得沉默寡言。淑子为了不让气氛过于冷清，不停地问阿拉多夫这几年的生活状况。在阿拉多夫断断续续的讲述中，我得知在我离开以后，他和玉子过着孤独又乏味的日子。玉子依旧每天早上到癌症科大楼前的花坛边坐半个小时，以此证明自己并没有被白色卡车带走；阿拉多夫坚持绕着癌症科大楼跑步，直至跑不动。随着两人病情的加重，他们在治疗室度过的时间越来越长。玉子接受化疗以后脸色日渐苍白，头发掉光了，轻易不会走出病房，阿拉多夫就摇着轮椅从三楼爬到五楼去看她。

"医生说一般人不能忍受化疗的过程，她的毅力胜于常人，遗憾的是，化疗并没能控制癌细胞扩散。"

吃过晚饭，我和淑子送阿拉多夫回病房休息，阿拉多夫在病床上躺下没多久便睡去了。我和淑子在大楼后面的院子里踱步，离开四年后重新回到这个地方，有种说不出的滋味。我们走进图书馆，光线不是特别充足，这个地方就是这样，很难要求它再明亮一些。玉子精神病发作的那个晚上，我们同样是吃过晚饭到图书馆去看书，看了将近二十分钟的书，玉子突然哭了起来，把脸藏在书本里，身体剧烈地颤抖着。淑子靠过去安慰她，被她一把推开了，她跟跟跄跄站起来，走到图书馆外面，门外大雪纷飞，她张开双手不知在寻找什么，她头发散乱，涕泪横流，样子十分狼狈。她说她儿子来找她了，他就在这个院子里头。之前我们都不知道玉子所承受的精神压力，她结过婚，生病后丈夫到巨鹿坡来过一次，她的丈夫是来跟她商量离婚的事情的，这件事狠狠打击了她。

图书馆里有一面照片墙，上面的人多数已经去世，我们四人的合照还在墙上，那是淑子离开巨鹿坡的前几天我们约摄影师给我们拍的。照片中的玉子端庄优雅，她挽着我的手臂，右手抱着那株瘦黄的君子兰，那时她已经把我当作她的儿子。我从来没有想过我的离开会给她带来这么大的影响，我走到图书馆后面，看见那棵君子兰在月光下如雕像一般悄无声息，我决定把这棵君子兰带走，带回东京，带回中国，让它在暖和的地方开枝散叶。

招待所有些简陋，房间里冷冰冰的，我和淑子都喝了一点酒才钻进各自的被窝。淑子说她曾想过回来这里做公益服务。她问我有没有打算到日本来生活。我摇摇头说我不能在日本待太久，虽然日本是个宜居的国家，但总有一种不安的气息在这个国度弥漫，我从飞机里走出来的时候就感觉到这种气息了。

"其实我选择到环保组织去工作正是因为这个，我们见识过真正的死亡，才懂得活着的意义。"淑子希望我到福岛去一趟，去看看他们为救助当地辐射病患者做的努力，"在福岛，环保组织人员是特别辛苦的，我们抵抗电子产品，抵抗核电，推销抗辐射食品，组织大伙接受治疗。虽然我们不是医院，向我们寻求帮助的人还真不少，大多是没钱去医院看病的低收入人群。好些人身上的病十分恶劣，要在这里，他们就应该被关进癌症科大楼。他们没有放弃活下去的希望，按时来取药片，跟我们反映自己的身体情况，汇报自己生活上的困难。"淑子爬到我的床上，钻进我的被子里，脸庞贴着我的胸膛，"有时候人真的很脆弱，但是只要有一股力量推着我们向前去我们就会特别强大，就好像如果我们静止不动躺在地上，一群蚂蚁就能把我们吃掉，但是如果我们在高速行驶的飞机上，我们就是一颗子弹，我们能穿破任何东西。"

淑子在我的臂弯里睡去了，而我依旧没有睡意，那棵君子兰在桌子上静静地吸收着月光，就好像玉子坐在那里静静地看着我。我和玉子的故事绝非偶然，在前往巨鹿坡之前我曾做过一个梦，梦到我并非我的父母所生，我是白鲸的孩子。来到巨鹿坡以后，我发现玉子就是梦中的那头白鲸。玉子对我关切之至，给我送吃的，给我织围巾，托她的护士从札幌给我带三文鱼寿司。别人认为玉子对我好是她的精神病导致的，我并不这么认为，我认为在和我相处的时间里她一直都是那个真实的她，甚至真实得过于理智，以至于我要离开巨鹿坡的时候她没有因为舍不得我而不让我走。

成为一枚子弹，是否能够穿透时间和死亡呢？我爬起床，找来纸笔，坐在窗前写了满满一页字才回到床上。

天亮了，我始终没能闭上眼睛睡一会儿，窗外的景色一幕幕被阳光照亮。我看到了二世古雪山，它高高挺立，在十分遥远的地方，天气晴朗，它得以在窗外露出庄严的面貌。玉子曾说她最想去的地方是二世古雪山，想去那里滑雪，她没有滑过雪，只是觉得在雪上飘着会很自由。我想她肯定从后山、病房窗口或者图书馆天台上看见过二世古，看到它如此美丽的影姿才想要到那里去。

淑子翻身醒来看我满眼血丝，为打扰到我睡觉而道歉，"晚上一个人冷冰冰的，所以我才爬到你这里来，害你整晚睡不好。"
她走到窗边，戴上胸罩，又从行李箱里拿出一套黑色西服，她的
身材已经变样，穿上西服也不显瘦。

"穿这么少，不会冷？"

"外面还要披一件大衣。"

我没有西服，找了一件黑色大衣穿上就出门了，和淑子去
癌症科大楼接阿拉多夫，三人一起到楼下去吃了点东西才去告别
玉子的遗体。淑子推着阿拉多夫，阿拉多夫捧着昨晚我和淑子在
机场买的兰花，我捧着从图书馆带出来的那盆君子兰，我们走在
通往殡仪馆的路上。阿拉多夫跟我们说，玉子的家属并不知道她
已经过世，她去世之前嘱咐医院说不要通知家人，这样她会走得
安心些。玉子的后事是阿拉多夫帮忙打理的，墓地选在殡仪馆后
面的墓园。我在殡仪馆门前看到了那辆曾令我毛骨悚然的白色卡
车，车里面空空的，什么都没有。我们绕过白色卡车走进殡仪馆
大厅，玉子的主治医生以及照顾了她好些年的护士也来了，我跟
他们简单问候几句就去找玉子的棺木。大厅里停放着四个黑色的
棺木，玉子的棺木在最里面。我把君子兰放在棺木旁边，端详起
玉子冰冷的面容。她很瘦，皮肤是紫色的，圆碌碌的脑袋上只有
几根黄色的头发，眼圈是黑色的，看起来像一只受伤的鸟。

淑子靠在我肩膀上哭了，受到她的影响，大厅里另外几个死
者的家属也跟着哭了起来。医院和殡仪馆的代表陆续走进来，巨
鹿坡有一个传统，为每一个死者举办追悼会，鼓励死者家属、朋
友以及照顾了死者好些年的医生护士把死者生前的故事说出来。
玉子是巨鹿坡第二百三十二个死者，轮到我上去念追悼词的时
候，我把那盆君子兰捧在胸前，将视线投放到门外，白色卡车开
走以后，二世古雪山竟出现在眼前。我回忆着玉子的过往，摊开
昨晚写好的悼念稿读了起来：

现在，一个不健康的人正在悼念一个刚死去的人。她是无辜的，她被一道从机器里逃出来的锋利的光所伤害，使她失去了作为女人的完整的躯体。玉子生命中的最后几年精神不好，她承受着巨大的心理压力，承受着失去丈夫、家庭和生育能力的痛苦。她在病痛面前挣扎了九年，一次次赶走死神，她知道人只活一次。

　　我还记得玉子在图书馆跟我说过的话，她说她之所以喜欢待在图书馆，是因为读书的时候时间走得比较慢，她希望活着的时候能够更真实地去感受时间。没有人比玉子更渴望活下去，而那些轻生者，那些虚度者都不能把活着的机会留给她，给巨鹿坡其他已经死去和即将死去的人。我知道，这里还有许许多多命运多舛的人，这些人都有各自的故事，我要说的是，这是一个伟大的时代，科学正带领我们走向未来，玉子没能成为这个时代的幸运儿，巨鹿坡大部分人都没能成为这个时代的幸运儿，但是在这个一年里有将近四个月时间被大雪冰封的地方，我们不应该把悲痛当成日常生活的一部分，我们要珍惜活着的机会。活着的时候很多事情不尽如人意，但死亡面前一切平等，希望玉子在天上能够获得永恒的健康。死者已矣，生者节哀。

　　　　　发表于《广州文艺》杂志 2020 年第 1 期

苏丹女孩

1

小池凌子身后总跟着一个黑皮肤女孩。小池凌子穿着短牛仔裤和白色衬衫，头戴粉色鸭舌帽。黑皮肤女孩穿绿色连衣裙，顶着一头卷发。没课的时候她们乘公交和地铁四处去，小池凌子背着个名牌双肩包，黑皮肤女孩挎着个布袋。她们有时并肩走，有时坐在一起喝饮料，小池凌子抽烟的时候黑皮肤女孩捂着鼻子。那段时间我和室友经常在阳台上抽烟，讨论非洲文学，当小池凌子和黑皮肤女孩出现在我们视野中，迅速引起了我们的注意。

第一次跟黑皮肤女孩接触是在小池凌子二十二岁生日那天晚上，我在东京读书的第五十二天。小池凌子是东京人，性格开朗，跟我一个专业，主修国际语言。她喜欢热闹，喜欢开舞会，下课铃声刚响她就拦住了我，说她要举办生日舞会，不能缺席，而且她还带了几个新交的朋友。

舞会在教学楼天台举行，点满了蜡烛，蓝牙音箱在播放盖瑞·摩尔的音乐，榴莲蛋糕香味四溢。我来到天台时那里已经有一群人在喝酒聊天，这些人大多是我认识的，他们是小池凌子舞会的常客。我在人群中坐下，仔细观察几个新加入者，其中就有那个黑皮肤女孩。

黑皮肤女孩十分沉默，大概是对热闹的舞会感到厌烦，她走到天台的另一边，望着星辰。我向小池凌子打听黑皮肤女孩的来历。小池凌子喝过一点酒，有些兴奋，告诉我她叫玛利亚，是苏丹人，新闻传播专业的学生，会讲阿拉伯语、英文和日语。小池凌子警告我不要去打扰玛利亚，说她的处境比较特别，不是那么合群。小池凌子说，我好不容易才把她请过来，平时她都待在图书馆。

小池凌子呼吁大家举起酒杯，干了一杯酒，她往蛋糕上插一根蜡烛，大伙儿跟着唱生日歌，跳舞环节顺理成章地来了。我没有舞伴，只好坐到一边抽烟。玛利亚依旧在天台的另一边神思。我把烟头掐灭，悄悄朝那边走了过去。

不去跳舞？我用阿拉伯语跟她说话。

玛利亚回过头来看了我一眼，晃了晃脑袋。我问她在想什么。她面对不远处正在跳舞的人说，舞蹈不应该过多用于娱乐。她把胸前的书放在栏杆上，我那时才发现她带着一本厚厚的英文版《新闻传播学》。玛利亚说，在苏丹，舞蹈是沉思的一种方式，通过舞步抛开杂念，思索怎么去获得真理。玛利亚仰起头，在方形水泥板上旋转起来，脚步轻盈，目光如注，绿色连衣裙被风吹得呼呼响。

2

玛利亚不像小池凌子说的那样孤僻。第二次看见她在天台上旋转的时候，我再次被这个投入的黑皮肤女孩吸引住了。那天要来台风，我在图书馆五楼靠窗的位置上看书，抬头一看，对面天台上有个黝黑的影子在晃动。我在窗边观察了好久，她孜孜不倦地旋转，天上的乌云几乎压到她头顶上。我来到天台上的时候玛利亚还在旋转。风吹着她蓬松的鬈发以及绿色的裙子，她仿佛一束燃烧的火。台风呼啸着，好几次把她吹得脚步趔趄，她强行稳住脚板投入思索当中，最后还是被影响到了，蹲在地板上大口喘气。我扶她起来，刚进入室内，雨就来了。

最近心里特别慌，看书老是分神，要通过旋转才能平静下来，玛利亚说，我在日本没有多少时间，已经过去三个月了，再过二十一个月就要毕业，可是我学到了什么？每天待在图书馆里也没有学到多少东西。图书馆里其他人好奇地看着我们，听不懂我们在说什么。玛利亚趴在桌子上，瘦弱的肩膀微微颤抖着。雨过去后我邀请她出去喝咖啡，她一路低着头跟在我后面。

如果苏丹像日本这么繁华多好，玛利亚望着咖啡馆外面的高楼感慨道，东京这地方面积不大，但总有看不完的东西，我们没办法选择自己出生的地方，但我不怨恨自己生在非洲，我爱苏丹。玛利亚是通过教会的帮助到东京来念书的，她会说简单的日语，但一般情况下她不说日语，害怕自己的想法被别人听见。两年时间能做什么？两年后我们都要回到我们来之前的地方，我要回中国，玛利亚要回苏丹。玛利亚说，两年对我来说太短，对于苏丹人来说简直太漫长。

玛利亚说小池凌子带着她去了很多地方，从南到北，从东向西，东京这座城市给她最大的印象就是繁杂，有时候站在街上看着奔波的汽车以及涌动的人群她会感到惊慌失措。我告诉她，这是城市病，许多从郊区或者乡镇来的人在人流密集的大城市里都会经历一段迷惘的日子。那么，玛利亚说，小池凌子就是这样的人。玛利亚说这话时我吃了一惊，因为小池凌子是土生土长的东京人，她不可能在城市中迷失，她是这座城市的细胞。她二十二岁了，还不知道自己活着是为了什么，你千万不要问她这个问题，她会翻白眼，玛利亚喝一口咖啡继续说，你呢，毕业之后你想做什么？我愣住了，过了好一阵子才反应过来，认真想了想。我说，我可能去做一名编辑或者翻译，我喜欢文学。这是一个说得过去的想法，它多少跟我的兴趣和所修方向有所关联，然而不得不说的是，这是玛利亚问我之后的几秒钟里我才想到的。

玛利亚对我的回答感到满意，似乎找到了共同话题，她说她也喜欢文学，但是她想要做一点更有价值的事情。我问她是什么，她笑着摇摇头，然后转移了话题。她说，东京人为什么都戴口罩？在我们那里没有人戴口罩，我们只有纱布，我们的纱布是用来保护女人的贞操和圣洁的，东京人的口罩更像是因为恐惧，她回过头来问我，这些人到底在恐惧什么？

这问题让我感到为难，我说，城市人都非常敏感，也很脆弱，用口罩来保护自己。玛利亚感慨一声，她说，是对生存的恐惧，我也有这样的恐惧，但是我不习惯戴口罩，那会让我无法呼吸。我问她为何会有这样的恐惧。玛利亚轻轻咬着金属勺子，她说，妈妈送我上飞机的时候叮嘱我不要回去，小池凌子也叫我不要回去，我恐惧那个总在天亮前冒起枪声的地方，可我属于那里啊。

我凝视着眼前这个深沉的北非女孩，她身体瘦小，眼神中带着一丝不安，她心里头肯定酝酿着一个想法，她暂时找不到将这个想法说出来的勇气。

3

除了喜欢去图书馆，玛利亚还喜欢去西葛临海公园。我们学校与西葛临海公园有一段距离，玛利亚拿着地图乘东西线地铁横穿大半个东京城前往西葛临海公园看海。我们成为交心朋友以后，她告诉我，从学校去西葛，无论是乘地铁还是乘公交车，跟旋转一样，能引人深思。她有时候在海边一坐就是一天，回来以后像获得了某种力量，变得自在活泼。

苏丹也有海，但是苏丹的海跟日本的海不一样，玛利亚跟我讲述她出生长大的地方。虽然她生活的地方——苏丹的首都喀土穆，并不靠海，但是她曾经去看过红海。那时她的父亲尚未遇害，她的家庭环境还算不错，父亲在日本企业工作。一次偶然的机会，她父亲带着她和她的母亲乘车到红海边去看海。红海之上也有炙热的太阳，海看上去是一团巨大的水，那是她对海的第一印象。

来东京之前，我从地图上看到过东京所在的地方，看着面朝太平洋的那一丁点儿大的地方，我多害怕它瞬间就被海水给吞没了，玛利亚说。直到她来到东京，才被东京的海景所吸引。海跟沙漠一样单调，可是海会波动，海里面都是生物，玛利亚说，刚来到东京那段时间，我很难适应这里的气候，患了湿疹，可我还是经常到海边来，海水是相通的，日本跟苏丹相隔着好几千公里，红海和太平洋依旧连成一片，只有站在海边的时候我才觉得自己跟苏丹相距不远。

从红海边回来没多久，玛利亚的父亲就在一场游行当中遭到袭击不幸身亡。玛利亚在她父亲的教会朋友的帮助下得以离开苏丹。玛利亚说，我无时无刻不想回去，我的妈妈和妹妹还在苏丹，我不能独自在这边过着无忧无虑的日子，我出来是为了学到东西然后回去帮助她们的。玛利亚是带着使命来东京念书的，在东京的三个月时间里，她同时学习新闻学、医学和国际语言。一个人的力量毕竟有限，她才如此焦虑。

后来，小池凌子开着她的本田汽车载着我和玛利亚到海边去，副驾驶位上还坐着一个名叫石原森茂的胖子。他是学校篮球队的中锋，人称东京奥尼尔，如今扮演着小池凌子男朋友的角色。小池凌子把车里的音响打开，和石原森茂在座位上随着音乐摇晃。我有点不安，石原森茂的身体过于庞大，我担心这辆汽车会被拦腰折断。

汽车总算安全抵达西葛临海公园，小池凌子钻出车厢在潮湿的柏油路上张开双手奔跑，白色衬衫被风吹得哗哗响，露出里面的黑色背心。胖子石原森茂跟在她后面，他的身体看起来笨重，奔跑起来却十分灵活。天空残留着一层黑云，海水是黑色的，海边的岩石是黑色的，就连沙滩也变成了黑色。码头上的船跟着海水浮动，沙滩上有几个人影，除此以外便无他物。

小池凌子很快就从公路跳到沙滩上去了，她的白色衬衫在沙滩上格外显眼，仿佛水墨画中的空白，不过白色很快就消失了，她在沙滩上重重地摔了一跤，白色衬衫变成了黑色。从沙坑里爬起来，她一个劲地责备石原森茂没有保护好她，还要求石原森茂陪她到海水中去把白色衬衫洗干净。

沙滩上风很大，海水饱满、汹涌澎湃。小池凌子和石原森茂在海水中洗衬衫，海水把他们整个人都打湿了，他们在海水中打闹。石原森茂高高举起小池凌子，朝海浪抛去，然后自己又潜入水里去找她。我和玛利亚站在沙滩上远远地看着他们，感到不可思议。玛利亚细声跟我说，石原森茂怎么会跟小池凌子这样无理取闹的女孩在一起？而我的想法正好相反，我在想，追求小池凌子的人多的是，她怎么会选择跟将近两百公斤的石原森茂在一起？

小池凌子湿透了的衣服紧贴着她的身体，她朝我和玛利亚招手，呼唤我们过去。玛利亚摆摆手，有些惊慌，看到小池凌子从海里上来玛利亚急忙往后退，正要跑到公路上，小池凌子和石原森茂已经扑过来了，把她抓住就往海里推。我不会游泳，玛利亚挣扎着说。她身体向后倾，但是在石原森茂的挟持下她的所有反抗都是徒劳。我跟在他们后面走过去，玛利亚扭过头来向我求救。我耸耸肩，表示无能为力，最后，她被小池凌子和石原森茂抛到海里去了。那片海很浅，即便刚下过暴雨，海水也淹不过肚脐。玛利亚被海水呛到了，在水中扑腾扑腾地挣扎。玛利亚被我扶起来，脚板着地以后脸上惊慌的神色才有所消减。

夜幕降临，我们在沙滩上挖了个坑烧了一堆火，往炭火中放入用锡纸包裹起来的面包和热狗，衣服还是湿的，海风吹过来有一丝凉意。小池凌子哼着歌，用木棍翻炭火中的食物。我问玛利亚大海在她心中的样子是不是有所动摇。玛利亚摇摇头，说大海还是那样，只是她以前没有下过海，她说海浪很有力量，泡在海水中仿佛被厚厚的沙子压在身上。她想到了死亡，在苏丹南部戈壁滩和沙漠地带，人死了就是用沙子埋起来的。火照亮了玛利亚的脸，她额头上的几粒沙子闪着光。

4

我们都在帮助玛利亚适应东京的生活。小池凌子搬去石原森茂的出租屋以后，带玛利亚四处游走的任务便落在了我身上。正如玛利亚所说，这个手掌大的地方总有看不完的事物。玛利亚加入了我们的俱乐部，她的学习能力很强，玩起游戏来丝毫看不出是新人。她用笔记本把社交规则、游戏玩法都记了下来，一段时间之后我发现她开始疲倦了，她更享受一个人在图书馆天台发呆的时光。

穿过河边的樱花林送玛利亚回宿舍的路上，我问她是否已经适应了这样的生活。她头发上还沾着从篮球场上带回来的彩带。我们刚去看了石原森茂的篮球比赛，他带走了那场胜利，比赛中，玛利亚疯狂地叫喊着为主队加油，我站在旁边观察着她，她跟我当初在天台上认识的黑皮肤女孩已经不一样。玛利亚责备我问这样的问题，因为这会让她想起过去，然而人终究是无法忘记过去的，玛利亚同样如此，去小池凌子家吃饭那天，她又彻底变回了原来的自己。

那天，NBA 金州勇士队来东京做宣传，石原森茂一大早就开车带我们去机场等候，他和小池凌子穿着克莱·汤普森和史蒂芬·库里的球衣，脸上印着勇士队的 logo，一副要参加总冠军游行的样子。我们四个都喜欢看金州勇士队的比赛，石原森茂和小池凌子最为疯狂，他们原本打算去奥克兰甲骨文球馆看勇士队比赛的，没想到勇士队会来东京。

金州勇士的飞机要下午三点才在东京降落，早上十点还没到，我们来到机场的时候那里已经有好些球迷在等候。石原森茂和小池凌子牢牢占据了最前面的两个位置，不轻易做出退让。我和玛利亚在外面等候他们的召唤，给他们递吃的喝的。下午三点多，小池凌子和石原森茂如愿见到了史蒂芬·库里和克莱·汤普森，并要到了他们的签名。

从机场回来的路上，石原森茂把车篷打开，放大音乐，和小池凌子在前面疯狂庆祝。风把我们的头发吹到脑后，玛利亚说这情景就像电影中的镜头，有些不真实。小池凌子告诉她有这样的想法是对的，说明她已经融入东京的生活。石原森茂带我们去唱歌，又去游戏城打了一个多小时电玩。下午时分，小池凌子说要带我们去她家吃饭，为她家保姆过生日。我们在小池凌子家附近买了蛋糕和鲜花，原本还打算买一份礼物的，被小池凌子阻止了。我们知道小池凌子家的保姆跟小池凌子关系非同一般，在小池凌子还是一岁大的时候保姆就到她家来了，保姆在小池凌子身边的时间比小池凌子的父母还要多。

保姆是个头发花白的老人，仪态端庄，或许她也觉得自己不只是小池凌子的保姆这样简单，她是小池凌子家庭的一部分。小池凌子叫她阿姆，她笑容可掬，为小池凌子能带朋友回来跟她过生日感到高兴。阿姆一个人在厨房张罗，我们在客厅观看当天的NBA新闻，企图在新闻中找到我们的身影。后来玛利亚到厨房去帮忙，阿姆对这个黑皮肤女孩的到来感到惊讶，有点不知所措。她们用日语十分艰难地交流着，有时阿姆急了会手把手教玛利亚做活。小池凌子说阿姆好久没有说过这么多话了，几个月前，她老家唯一的亲人去世了。她年轻时总说以后老了就回老家去，等她真的老了，这句话很久都没有提起过。我谈起玛利亚这段时间的改变，说这样的改变显得有些挣扎。小池凌子不同意，她说挣扎是过渡的必然。她这段时间总跟石原森茂待在一起，显然没有看到玛利亚挣扎的那个样子。

　　晚饭期间，阿姆对玛利亚十分关照，不停给她夹菜，还埋怨小池凌子只顾着自己，也不去看看朋友都喜欢吃什么。吃过晚饭又吃了蛋糕，阿姆回房休息去了，我们在阳台上吃烧烤。小池凌子依偎在石原森茂身上，玛利亚在小池凌子和石原森茂亲昵的时候总显得不自然。石原森茂拿出一包"魔鬼"牌香烟，给我和小池凌子各递了一支。香烟刚点着，浓郁的香味就在阳台上弥漫开了。玛利亚问是什么味道，没想到石原森茂抖出一根香烟递到玛利亚面前，说要真正体验东京的生活，可不能没有香烟。我和小池凌子都没有说话，盯着玛利亚，看她会有怎样的举动。玛利亚望着那根咖啡色香烟犹豫了将近两分钟，最后她竟然接了过去放在嘴唇上。石原森茂给她点火。玛利亚轻轻吸一口烟，被呛到了，捂着脸咳嗽起来。石原森茂大声地笑了起来，小池凌子笑了，我也笑了。玛利亚把烟扔进火炉里，趴在膝盖上哽咽起来。我们有些不知所措，小池凌子问她怎么了。玛利亚哭着说，不应该是这样子的。

5

十二月的一个清晨，玛利亚和小池凌子来到我宿舍门口，约我一起出海。那是玛利亚第一次乘船，我们站在游轮甲板上，身前是一望无际的水，身后是不断远去的城市。玛利亚在甲板上不自觉地旋转起来，我和小池凌子在一边抽烟。海风吹乱了我们的头发，我们就这样静静地看着玛利亚旋转，直至她停下。我们去了千叶，为当地的福利院做义工。小池凌子是个热情的人，跟老人很好相处，而玛利亚整个过程都有些羞涩，老人跟她讲地方日语的时候她一脸茫然不知所措。晚上回东京的路上，玛利亚靠在小池凌子的肩膀上，我们三个人都没有说话。我们在福利院看到了一则关于苏丹人民共和国首都喀土穆游行队伍与军方发生争执的新闻，视频画面中，游行队伍浩浩荡荡，现场一片混乱，有多名群众伤亡。

小池凌子抚摸着玛利亚的后背，告诉她事情总会好起来的。玛利亚不说话，那是我见过她最沉默的一次，游轮在海水之上慢吞吞地走，仿佛走了好几个世纪才靠岸。回到东京，玛利亚急匆匆跑到一个我和小池凌子都不熟悉的地方，敲开了一家公寓的门。开门的是个年轻黑人男子，他警惕地看了我和小池凌子一眼，低下头去跟玛利亚嘀咕嘀咕说了几句话。他们说的是努比亚语，我和小池凌子都听不懂。男子将我们带进屋里，大厅还坐着几个人，他们原本在剧烈地讨论着什么，看见我们进门即刻安静了下来。开门那个男子让我和小池凌子在大厅的一角坐下，给我们递来水。另一边，玛利亚和那几个人围着电视机争论起来。争论当中，玛利亚哭了，甩手就往门外走。玛利亚从她的同胞口中得知她的母亲和妹妹没在动乱中遇难，发生在她家附近的爆炸伤了好些人，而她母亲和妹妹刚好因病在家里待着，没有受到伤害。虽说没有在爆炸中受伤，得知母亲生病，玛利亚十分着急，她跟那些人争论的就是怎样才能提前回苏丹。

玛利亚的母亲和妹妹是在一个月后去世的。她们逛集市的时候遇到了游行，现场发生了踩踏事件，她们出现在遇难者名单中。消息传到东京的时候玛利亚正在图书馆天台上旋转，她似乎已经预料到这种不幸必然会发生。当我和小池凌子带着她的苏丹朋友来到图书馆把消息告诉她时，她没有停止旋转，反而越转越快，最后摔倒在了地上。

玛利亚变回了那个不爱说话的女孩，整天坐在图书馆里看书，偶尔到福利院去跟老人聊天，持久不变的是每天早上通过报纸和手机去关注国际新闻。小池凌子也像变了个人，不再疯疯癫癫四处去，也不再举办各种各样的舞会，她经常跟玛利亚待在一起，到天台和海边静思。

如果不去听那场北非民谣音乐会，事情可能会有个不一样的结局。那场音乐会是一位南非朋友邀请我们去听的，在新宿一家地下酒吧里举行，入场者无须门票，但是要消费满两万日元。南非朋友一下子点了八万日元的酒，我和小池凌子还有玛利亚都得以进场。我们坐在最前面的位置，桌上摆满了酒。玛利亚不喝酒，因此，那些酒是我们三个人喝完的，以至于往常从不会喝醉的小池凌子也站不稳了。音乐会结束后玛利亚拦车把我们一个个送回去。我回到宿舍躺在床上大口喘气，尽管身体已经被酒精麻痹，头脑却非常清醒，我甚至因为过于清醒而睡不着，脑袋里一直有管弦乐的回响。

那是一支地道的非洲民谣乐队，他们从南非开始巡演，去了新西兰、澳大利亚、菲律宾和新加坡，四个月之后才抵达日本。现场氛围热闹喧嚣，每一桌都坐满了人。很多人听不懂乐队在唱什么，也不在意乐队在唱什么。音乐会期间，玛利亚始终面无表情，她像受到惊吓一般，面部肌肉出现了痉挛。我中途观察了她好一会儿，凑到她旁边问她是不是不喜欢这样吵闹的地方。她眼睛一直盯着乐队，对我摇了摇头。回学校的路上，小池凌子和南非朋友先后下车，把我送到宿舍门口的时候玛利亚问我知不知道那些歌词写的是什么，我说我听到大部分都是关于采集和狩猎，还有一些关于祭祀。玛利亚点点头，把我推进门，关门之前她说，世上只有两个故事，一个关于生，一个关于死。

音乐会过后玛利亚就彻底沉默了。我在图书馆遇到过小池凌子，问她最近在忙什么，她说她在为考记者证做准备，虽说父母的生意足够她花销，但是浑浑噩噩过日子难免有些罪恶感。她说她很久没有这样安静地想想事情了，以前总喜欢把身边弄得闹哄哄的，那是因为害怕孤独。她受到了玛利亚的影响，玛利亚跟她诉说了自己以及大多数苏丹人身上会发生的故事，在那片浩瀚的戈壁滩上，在尼罗河两岸，苏丹人如何生存。我人生的前二十二年没有吃过苦，虽然父母不常在身边，唯一的痛苦可能就是想他们的时候，小池凌子说，我想考个记者证四处跑跑。我问她玛利亚是不是也在做同样的事情，她点了点头。

玛利亚找到了她认为可行的拯救同胞的方式，那就是成为一名记者把苏丹人的生活面貌告诉全世界。我在图书馆天台找到她，她对我的不理解表现出一定程度的失望。她说，从喀土穆到东京，我坐了十八个小时的飞机，从苏丹进入埃塞俄比亚，再从亚的斯亚贝巴转机到东京，苏丹跟埃塞俄比亚很不一样，跟地中海北边的法国、意大利和希腊更不一样，电视里关于苏丹的新闻太少，在外面的人眼中，苏丹只有一个乱字，其实不是，我知道苏丹的真实生活是怎样的，所以才要去当记者，这是我认为对的方式，至少这份工作，我有能力做到。玛利亚说这些话的时候神情凝重，她即将面对的是怎样的未来，我无法想象。东京到喀土穆的距离绝对不是我所理解的十几个小时，也不是玛利亚所说的几千公里，那是一段更加漫长的距离，有些人一辈子都无法抵达。看着她从天台走下去的背影，我突然觉得这可能是一个一去不回的决定。

6

我在东京经历了有生以来最大的一场雨，雨下了一天一夜。第二天天亮的时候风变小了，可雨还是很大，有人用力拍打宿舍楼下的铁门，一把透明的雨伞出现在铁门前，小池凌子站在雨中，她挺直了腰，仿佛有人拿尖刀顶着她的后背。气候已经开始变冷，她还是穿得很少，裙子的两条丝带挂在锁骨上，锁骨下面是雪白的胸脯。她站得太直，半个胸部露了出来，涂了口红的嘴唇像一只蝴蝶被她钳在嘴里。

还没起床？她说话的时候嘴唇几乎没有动一下，脸上带着一丝抱怨。

我抹一把脸，胡子很长，满脸油腻，或许还有黑眼圈，头发必定是乱的，跟眼前这个白皙的女子比起来，她是白云我是黑夜。她一直站在大雨中，地面已经积了一层水，地砖上的灰尘被大雨冲刷干净了，因此上面的水并不浑浊。她的脚泡在水中，绿色的趾甲像浮萍起起伏伏。

我问她是不是马上就走。她点点头，没有要跟我上楼去坐一会儿的意思。我独自回到楼上，匆忙洗漱换衣，重新来到楼下时，玛利亚已经到了，雨还在下，我们钻进小池凌子的车往中央区方向奔去。雨敲打着车窗，整个东京城第一次如此安静。我们缓缓向东走，车灯在雨中宛如夜火，我们要去说服基金会向苏丹提供援助。我和小池凌子对过于宏大的事情往往没有主见，更没想过有一天会参与到拯救非洲的号召当中，先是小池凌子被玛利亚说服了，我是后来才加入的。

玛利亚找到我的那天我正在图书馆里对着空白的电脑屏幕企图写点什么。玛利亚从背后冒出来，拍一下我的肩膀，问我要不要出去喝杯东西。我们顺着南区校道往外走，在一家冷饮店的遮阳伞下坐下，我点了咖啡，她点了果汁。暴雨将至，街上行人穿着短裙和吊带衫也无法将那股闷热驱走。玛利亚问我最近在忙什么，我说我正在酝酿我的第一个小说。她点了点头没有说话，她显然有心事。直到我点着香烟，她才开口问我有没有去过非洲。我说没有。她说她要回非洲了，她打算组织一个志愿者团队回苏丹，问我有没有兴趣加入。我吸一口烟，把烟屑抖在烟灰缸里，没有正面回答她，反问她团队里都有谁。她说，目前只有她和小池凌子。我对小池凌子的加入感到吃惊，这个每天过着公主般的生活，前段时间才知道自己未来要从事什么职业的女孩竟然要参与到玛利亚的计划当中。

我说，我看过米亚·科托的小说，《梦游之地》，你看过没有？玛利亚点点头。我说，对故事当中的人而言，痛苦过后，唯有活在梦中才不会感到失望。

玛利亚摇摇头，说，战争过后大多数人都会陷入虚无，但暴力是不应该被纵容的。

我问玛利亚，你为什么非要回苏丹？

玛利亚给了一个我无法反驳的理由，她说，唤醒梦中人，那是使命。

抵达基金会大楼，小池凌子走在最前面，出发之前她已经了解过办事流程，她直接走向前台，申请跟基金会理事见面。基金会理事在楼上开会，我们很不自然地坐在大堂里等候接见通知。中午在大堂吃过点心喝了咖啡以后又等了两个小时，到了下午两点钟，前台才跟我们说，可以上楼去见理事了。基金会理事是个开朗的中年妇女，在我们结结巴巴的讲述中，她大概了解了我们的情况和想法，对我们的想法表示认同。我总觉得她以为我们在开玩笑。不过她答应了，说基金会在埃塞俄比亚有个分部，如果我们真想到非洲去，她可以协助办理手续，基金会还将提供经费。

离开基金会大楼的时候我们还不敢相信事情的进展会如此顺利。小池凌子把车开得很快，还放起了音乐，我们来到海边，对着落日规划未来的工作。

7

事情不像我们设想的那样进行，从基金会大楼回来的一个多月时间里，我们四处发帖宣传，开着车到处去游说，想尽一切招募人的方法，结果除了我们三个，再也没有其他人加入。

越来越多的人知道了我们的计划，小池凌子的本田汽车所到之处总是围满了看热闹的人，那些人向我们提了许多荒诞的问题，你们打算如何拯救苏丹？是不是要把受难者都带到东京来？能否说服东京动物园引进野生非洲象？我们对这些人感到厌烦，小池凌子依旧开着车载着我和玛利亚四处去游说。小池凌子的朋友都在躲避她，小池凌子性急，这时候遇上她，要么加入我们，要么断绝来往。有一次我们在街上遇到了小池凌子的前男友，一个美国男孩，跟小池凌子分手以后他曾多次联系小池凌子要求复合，但都被小池凌子拒绝了，小池凌子说他只会过花天酒地的生活，没有其他情趣。美国男孩看见我们转身就跑，小池凌子追上去，把他堵在一条巷子里，小池凌子一边喘气一边问他跑什么。美国男孩睁大眼睛，不知如何回答。

给你个机会，小池凌子说，跟我去苏丹，事情完成后我跟你回美国。

美国男孩想上前抱住小池凌子，被小池凌子推开了。他说，你们为什么非这样做不可，这种事情不是我们能做得来的。小池凌子问他到底加不加入我们，美国男孩摇了摇头，小池凌子给了他一个耳光便往巷子外面走去。

小池凌子又把车开到了海边，大海成了我们出气的地方，玛利亚坐在礁石上往海里掷石头。小池凌子安慰她说，即便没有其他人加入，凭我们也能有一翻作为。我坐在礁石上望着被风推动的海水没有说话，不敢跟她们说我要退出，担心她们的信念会就此崩溃。我没想到的是，她们比我想象中的要坚强。几天后，当我跟她们说因为来自家庭的压力我要退出前往苏丹的计划时，她们只是惊讶了一会儿。玛利亚对我说，没有关系。她说她理解我，但她还是要回苏丹。

8

当四周都安静下来，时间就过得比以往要快。三月，玛利亚和小池凌子顺利拿到了记者证。在她们备考的时间里我先是去东南亚旅行了半个月时间，在越南、泰国和缅甸逛了一圈，然后回中国，陪外公度过了他的八十岁生日。外公的生日宴来了很多人，车辆塞满了附近的三个停车场以及两条马路，亲戚朋友坐了四十围。外公佝偻着身子被小孩簇拥着走到祠堂里接受亲戚们递上来的茶和祝寿。那时我看清了自己的生活，相比玛利亚，我幸运得多。玛利亚曾跟我说，在非洲，角马和水牛最怕的不是狮子，而是巨型蜥蜴。狮子发起攻击之前总会暴露出来。巨型蜥蜴不一样，巨型蜥蜴像石头一样躲在草丛下，耐心等候角马和水牛靠近，在它们的脚跟咬一口，然后就循着气味追踪被咬的猎物，直至猎物被毒死倒下。如果玛利亚生活在狮群包围圈里，我则是生活在四处尽是巨型蜥蜴的世界里。

办理完各种出入境手续，小池凌子跟我见过一面，那是我退出玛利亚的计划后我们第一次见面。在银座一家料理店里，小池凌子点了好几盘鱼生，蘸着芥末吃了不少。她告诉我她跟石原森茂分手了，因为石原森茂不同意她去苏丹，更不愿意跟她一起去。我对此没有发表自己的看法，为她没有跟我断绝来往而心生侥幸。

愚人节过后，小池凌子举办了一场舞会，是一场告别舞会，地点在学校田径场。那天晚上天气还有点冷，雨过后天空出现了短暂的晴朗，受到邀请和没有受到邀请的人都来了，操场上挤满了人，没有酒和音乐，只有手机和台灯闪闪发亮。

晚会上，小池凌子告诉大家，她和玛利亚要去苏丹了，她们不打算把课程修完。她邀请在场所有人随她和玛利亚一起跳舞，作为告别仪式。小池凌子和玛利亚站到操场中央，举起手，闭着眼睛就开始旋转，几十个人在操场上跟随着她们旋转起来。小池凌子和玛利亚离开后很长一段时间里我依旧无法忘记这场告别舞会，仿佛一大群人对着遥远的天体祈求存在的意义。

小池凌子和玛利亚是在舞会结束后的第二天离开的，离开当天我送她们去机场。她们都有一定程度的紧张，不像当初选择要做这件事时那样激动和坚定。我能理解她们，那场告别舞会上她们想的事情或许比在场任何人都多。我跟她们轻轻拥抱了一下，玛利亚对着我笑，并没有说什么话。她们登上飞机，钻进白云中，看不见了。

从机场回学校的路上我遇见了小池凌子家的保姆，那个和蔼可亲的老人问小池凌子收拾东西到底要去哪里。我告诉她小池凌子去了苏丹。阿姆不知道苏丹在哪里。我说，我也不知道苏丹在哪里，但是小池凌子要过一段时间才能回来。

五月，我给自己安排了一场南美旅行，一边游走一边关注国际新闻。其间，小池凌子给我发来一封邮件，告诉我她在苏丹遇到的各种事情，邮件上还有几张她在沙漠和戈壁滩拍的照片。她没有提及玛利亚，也没有说什么时候回来，或者是否还回来。那封邮件过后，小池凌子和玛利亚就像在世上消失了一般，再也没有任何音讯。

发表于《野草》杂志 2020 年第 4 期

引 力

1

在游轮上，我一度下定决心即便往后弹尽粮绝、穷途末路，也绝不会再回川岛，直到今天，我二十九岁，已婚，有个漂亮的小女儿，患有胃溃疡和气管炎，偶尔因为焦虑而失眠，事业有些受挫，在外漂泊多年，去过很多地方，川岛在我的地图上依旧遥不可及。

那不过是长年被东南风侵蚀、布满硬邦邦的礁石的地方，在那地方，有些人会变得愈加坚强，像杨震和杨雨，他们早已熟悉脚下没有一丝尘土的石头，他们的身形被海风修得结实纤长，他们性格尖锐，脾气暴戾。而有些人在那里只会变得越来越软弱，我就是那一类人，我的离开是必然的。

目前我所生活的这座城市陌生人太多，每座楼房都像一座岛屿，城市如大海般辽阔。我置身茫茫大海中，从这座岛屿去到另一座岛屿得穿过漫长的海峡。所幸我从事的工作不需要频繁地跟人打交道，我只需钻进地铁，在地下几十米深的隧道里奔波一段距离，钻出地面再走几百米就能抵达我工作的地方，然后在那个逼仄的办公室里处理堆积如山的稿子。

不幸的是，我这辈子可能都将这样度过，碌碌无为，让时间在两座建筑物和几公里的地下隧道里消磨殆尽。我好几个夜晚都梦见了川岛，它随着海水漂流，从左边漂到右边，从西边漂到东边，在我的记忆中变得越来越远。

我抚摸着女儿小敏的脑袋，她抓住我的食指摇晃不停，她刚满一岁，还不会讲话，我知道她终有一天会跟我提出疑问，问我们来自哪里。

妻子罗曼已经冷落了我好些天，她板着脸，对我产生不满情绪的时候就会变得沉默寡言。大多数时候，妻子都是善解人意的，她这一次生气完全是因为一个陌生来电，电话里头那个人自称是我哥杨震。

我走到客厅，坐在沙发上抽烟，算了算时间，原来杨震已经出狱一年多了。

杨震想跟我见一面。我没有问他是为何事，把地址告诉他后，他说他半年前跟一个女人结了婚，现在遇到了困难。我想，假如不是遇到了困难他不会跟我联系，我们会在相距四百多公里的两个地方继续过各自的生活。

我问他是不是在岛上。

他使劲地吸了一口烟，我能听见他吸烟时火烧烟草发出的咝咝声。

他说，我在岛上。

我拿起手机，给深圳的杨雨打电话，把杨震出狱的消息告诉她，她是我第一个应该告知的人，她是我妹妹。听到杨雨迷糊的声音，我才知道她已经睡下。三年前她生了一对双胞胎男孩，生活给她的负担足够沉重，我没能尽到舅舅的责任去看望两个小外甥，或许杨雨不曾跟他们提起过我和杨震，正如我不曾跟小敏提起过杨震跟她一样。

引 力

前几天，一只黑鸟在房间外叫个不停，我就知道会有事情发生，我说，没想到是他出来了。

我一年前就知道他出来了，杨雨冷冷地说。

我问她是否有时间出来见面，我有些话想要跟她说。她问我要说什么，我想了想，也不清楚自己想要跟她说什么，但有些话只有两个人面对面坐下来时才能说出口。

我还是去了深圳，跟杨雨在一家咖啡馆里见面。她比四年前我们离开川岛后第一次见面时更加沧桑，她才二十七岁，额头上有两道深深的皱纹，头顶翘起两根白头发。我问她在深圳生活是不是特艰难。她没有直接回答我，反问我在广州是不是也过得特别苦。我想，在她的眼中，我的相貌同样沧桑。

咖啡快要见底了，我们依旧没有说多少话，我们在岛上的时候就无话可说，她跟杨震的关系比跟我要亲密许多，或者说，她跟岛上任何人的关系都要比我亲密。我想其中的缘由在于童年时候她和杨震选择留在岛上跟父亲过日子，而我为了一份糖果随母亲离开了。

十四岁那年，我一个人回到川岛，那个时候我就感觉到了我和杨雨之间的隔阂，如果不是因为杨震，她根本不会认我这个哥哥。杨震被公安带走后，她再也没有跟我说过一句话。她趴在礁石上哭了好几天，我走到她身边劝她回家，说即便杨震不在了我也会履行哥哥的责任保护她。她抬头看了我一眼，眼中带着质疑。她离开川岛的时候我就站在码头上，她只是冷冷地看了我一眼，然后头也不回钻进了船舱。

他打电话给我，说要跟我见面，我说，他来的时候你要过来看看他吗？

你过来就为了问这个？

我就是心里乱，想来看看你，听听你的想法。

你怕他给你带来麻烦？

不是，只是太久没见面，心里慌。

他有什么困难我都会尽可能去帮他，但我不想去见他。

杨雨把烟头掐灭，站起来要走，她要去接她的小孩。我把她送到咖啡馆门口，她回过头来对我说，如果见到他，把他的情况跟我说说。

我在咖啡馆里又坐了半个小时才离开，我不知道杨震遇到了什么麻烦，不知道他什么时候来找我。杨雨还是在意他的，当年，杨震从矿场出来的时候她抓住杨震的衣领，问他为什么把罗海棠打死了。巨大的岩石在杨震背后留下幽暗的影子，杨雨跪在地上痛哭，后来，她把公安叫到了岛上。

我乘高铁离开深圳，这是我第五次跟杨雨告别，第一次是在我六岁那年，她四岁，我随母亲离开了川岛；第二次是十七岁的时候，我离开川岛到北京去读大学；第三次是四年前，我回川岛处理杨震和父亲的事情；第四次是三年前，我在深圳找到了她，那时她刚和一个比她年长十二岁的男人结了婚，她看上去十分憔悴，黑眼圈很重，整个下午都在抽烟。

以前我不清楚告别到底是怎么一回事，现在我知道了，所谓告别，就是往后即便你付出多少努力，也无法黏合告别那一瞬间产生的裂缝。

2

南方的冬天总是被湿冷的雨笼罩着，这个冷雨夜，我久久无法入睡，脑壳里充斥着海浪的声音。罗曼在床上翻滚着醒了过来，她被身体里的石头折磨着。她侧过脸来看我，问我怎么坐在窗边发呆。这所老房子是两年前我们从一位老人手上买过来的，已经有超过二十年的楼龄，窗外是葱郁的藤蔓，流浪猫叫个不停。

想起了好多过去的事，我说，杨雨不肯来见杨震。罗曼从床上爬起来，将我的脑袋搂在她的胸前。她说，我也不想见他，但如果他要来，就让他来吧，心里的石头迟早要放下。罗曼说罢又捂着肚子痛吟起来，走到漆黑的客厅去倒水喝，一夜下来她总是频繁地醒来，频繁地去找水喝。

罗曼被检查出肾结石后她的母亲罗太太去她上班的地方探望过她几回。罗太太叫罗曼回罗家住一段时间，好好休息一下，罗海棠去世后，那个宽大的屋子就剩下老两口以及罗海棠的两个小孩了。去年六月，罗海棠的妻子离开这个家庭跟一个高中数学老师结了婚，虽说偶尔回去，每次都闹得不欢而散。罗太太希望罗曼有时间多回去陪孩子玩，多陪陪她那日渐痴呆的父亲，是的，她每次都只叫罗曼回去，没有提过我。

罗海棠的小孩是渴望我和罗曼过去的，罗曼喜欢跟小孩玩耍，至于我，能陪小孩练琴。只是我的出现总让罗太太不开心，每次我和罗曼开车前往广海南部别墅区罗永友那浩大的宅院，罗太太总是一副闷闷不乐的样子。有一次，罗曼说我在楼上教罗海棠的儿子弹奏《天空之城》的时候，老人在房间里呜呜地哭了起来，琴声让她想起了她那死去多年的儿子。

事情还得从二十五年前说起，那时我四岁，父亲杨海波在川岛发现了一个白泥矿，投资开发了一个矿场。那时候正值经济膨胀期，矿场开业不久便获得了巨大的利润。正当父亲野心勃勃想要把另一半山头承包下来的时候发现那边山头已经被一个名叫罗永友的人承包，两家矿场从此开始了旷日持久的明争暗斗。

矿场上的争夺并非两个家族之间不可协调的因素，罗海棠的死才是。四年前，罗海棠带一群社会流氓在我父亲的矿场闹事，争执当中罗海棠被一块石头击中后脑勺，他当场倒下，很快就没有了呼吸。

罗海棠不是坏到了头的人，我甚至怀疑他的黑社会身份是花钱买来的，他手臂和脖子上文满了图案，一副装腔作势的模样。罗海棠跟我一样喜欢音乐，他对钢琴不太熟悉，他喜欢古典摇滚和爵士乐，房间里面满是唱片、录音带。

放下少爷架子把我当朋友看待以后，罗海棠就常跟我分享他在路边摊找到的那些珍贵卡带。他喜欢逛鬼市，有时候深夜两三点打电话过来就为了跟我说他在某个城市的鬼市里买到的盖瑞·摩尔的唱片。他疯狂迷恋盖瑞·摩尔和迈克尔·杰克逊。罗海棠去世后，我每次陪罗曼回罗家吃饭都要找准时机躲到他的房间去听盖瑞·摩尔的《月亮照片》，或者看迈克尔·杰克逊的珍贵视频。

罗海棠曾跟我说他要有一番作为，他要把川岛挖空，再重新填满。有时候我觉得自己很快就要老了，罗海棠说，觉得自己要死了，很怕，看着路上那些老得快走不动的人，总害怕自己什么事都还没做就变成他们那样。有一次，罗海棠来北京旅游，顺便到我和罗曼住的公寓来，那时罗曼正在学校里考雅思，我一个人在楼上练琴。罗海棠看着房间里的太阳系模型说，我们都在为争夺石头不惜一切，我们都拥有这么大一个星球了为什么还要在意一块石头呢？那时候我还不知道他要奉罗永友的命令带人到我父亲的矿场去闹事。两个月后他就死了，那块拳头大小的石头在力的推动下飞到他脑壳上面去了。

3

罗曼去医院了，她需要医生给她一个明确的答复，身体里面的石头到底什么时候才能排出体外。我只好请假留在家里照顾小敏。不过也好，反正我的心思都不在工作上，在这种状态下去面对枯燥的文字总会精神恍惚。我将小敏抱在怀里，给她讲过去那些人那些故事。她嘟着嘴支支吾吾，似乎真的能够听懂。

三兄妹当中，只有我反复地离开川岛，我是一个漂泊者，最近一次回川岛是四年前，那是为了送别杨震。他是被公安带走的，双手反铐着被推上船。我一度以为他会从船上跳下去，他完全有能力不用双手就能在水中游很长一段距离，他可以游到礁石林，在潮湿的岩洞里想办法摆脱手铐。他也可能死在水里，在岛上，出海回不来的人不在少数。然而，他在众目睽睽之下毫无反抗钻进船舱离开了川岛。他被公安带走的那天刮台风，巨大的海浪冲刷着岸边的岩石，岛民站在码头附近目送他离开，他始终低着头，不曾回头看一眼，但我知道他一定会回来，他只属于川岛。

那个风雨突变的夏天，充斥着死亡与暴力的夏天，处理完杨震的事情，父亲杨海波莫名死在了海边，尸体被发现的时候已经被海水泡白。公安迫不得已又乘船到岛上来。父亲是醉酒摔倒后在涨潮之时被海水淹死的。我的身体和精神已经被在岛上发生的这一连串事故掏空，我在一个下雨的早晨离开了川岛，没有人来跟我道别，天上堆满了乌云，海鸥在风中起起落落。我冒着蒙蒙细雨站在甲板上，每次离开川岛我都站在甲板上看着川岛在视野中渐渐远去，每次我都异常严肃、认真地跟川岛道别。

六岁之前，我在岛上曾有过一段光辉岁月，那时杨震是岛上的孩子王，我在他的庇护下得以在同龄孩子当中享受到了太子般的待遇。六岁那年，我随母亲第一次离开川岛，我失去了我的兄弟。

母亲口袋里的糖果害了我，母亲把它往哪里放我就往哪里去。继父殴打我的时候母亲不敢开口为我求情，她用以补偿自己的愧疚的，还是口袋里的糖果，我被继父殴打过后，她就悄悄来到我身边往我手里塞一把糖果。七岁那年开始，她塞给我的糖果我一颗都没有吃，我把这些糖果藏在一个罐子里。十四岁那年，我用啤酒瓶子狠狠地砸在继父醉醺醺的脑袋上，然后从床底下掏出那个铁罐子，把糖果往母亲身上泼去，罐子的重量我至今还记得，我甩罐子的时候身体打了个趔趄。

在很长的一段时间里，我始终没有弄明白母亲为何要离开父亲。我只记得那时父亲坐在石阶上，母亲提着行李站在门口。她问我们三个，有谁愿意跟她走。母亲跟我们的关系远没有父亲跟我们亲近，也因为从来没有离开过川岛，我们对外面的世界有种莫名的恐惧，于是，我们三兄妹都表现得无动于衷。后来，母亲从口袋里掏出一把糖果，我便朝着那该死的糖果走了过去。我记得杨雨当时也被糖果吸引住了，她往前走的时候被杨震拦了下来，杨震看我的眼神充满了仇恨，那时我不明白他眼睛里为何饱含愤怒，七岁那年我终于明白了，于是我开始责怪他当时没有把我拦住。

八年后，我重新回到川岛，杨震接纳了我，我不知道其中是否有他的愧疚，或许他仅仅是对于我的迷途知返施与同情。那年我十四岁，模样已经有了很大的改变，我长得又高又瘦，脸色苍白，头发很长，沉默寡言。而杨震已经二十岁，长得虎背熊腰。从船上下来，我对着大海呕吐不止，仿佛那一片海都是我的呕吐物。码头通往家的路已经不是我印象中的那个样子，我在码头上逗留了好几天，饿得头晕目眩，浑身乏力。岛上的居民已经认不得我，只是站在远处好奇地看着我，直至我在岩石上昏迷过去，他们才把我抬进了屋里。我醒来看见满屋子都是人，人群中就有杨震和杨雨，杨震呼唤我的名字，十二岁的杨雨只是瞪着眼睛一言不发。

4

重回川岛的时候，我的父亲杨海波的白泥产业已经处于衰落期，他频繁地跟着运送白泥的轮船到茂名去寻找新的矿源，岛上的那座山留下两个巨大的狰狞的深坑，一个姓杨，一个姓罗。两个深坑光秃秃暴露在天空下，宛如乳房丰满的女子在沙滩上摔倒时留下的印。

杨震一直没有问我为何突然回来，看我狼狈不堪的模样他大概知道我已经无路可去。他对我的回来充满同情，同时他通过童年时候残留在我观念中的威信对我实行了严格的控制。他眼中，他依旧是那个孩子王哥哥，我依旧是那个差点在深海中死去的被海浪吓得失去了魂魄的小孩。

岛民眼中，我是个不同寻常的人。他们认为我跟随母亲离开川岛以后吃了太多的拳头，胆子都被吓破了，变得软弱无能，而我只不过是习惯了沉默。继父的拳头我确实吃过不少，但我并未被他所制服。从他那里逃离的当天，我在房间里收拾行李，他喝了酒躺在客厅沙发上叫唤我，要我去给他买酒，他显然忘记我当时已经十四岁，个头已有他那般高，他的恫吓对我起不了作用。我趁他喝得酩酊大醉朝他的脑壳狠狠揍了两拳，拳头打疼了又拿起酒瓶朝他脑门砸去。

岛上的年轻人见我皮肤苍白，骨瘦如柴，便欺负我，说话的时候故意放开嗓门，出门裸露着臂膀，拿我小时候所恐惧的事物做把柄，想尽办法嘲笑我。他们嘲讽我的话我都假装听不见，我不跟任何人说话，我独来独往，在岛上唯一的一所中学用功，很快就发现这座岛屿跟继父的房子一样对我来说都是牢笼。

作为在海岛出生的人，我晕船，这便是岛民嘲笑我的原因。我对船的恐惧并非天生，在我五岁之前，我和岛上的其他小孩一样早早就学会了游泳，还经常随父亲出海，那时候的我还一度幻想在海里杀死一条鲨鱼。遇上暴风雨的那个黄昏我像往常一样坐在船尾为父亲准备鱼饵，天突然暗了下来，后方的海面被飓风抬起，我被一个巨浪打到了海里。我用上了所有的力气和游泳技巧浮出海面，我没有办法接触到海底，柔软的海水不足以让我踩在上面往岸上奔跑。我真正的恐惧并非因为自己的渺小，我恐惧的是身体下面无法看见、无法估量的深度。这种恐惧感长时间留在我内心深处，以至于每当我被蒙上眼睛或者在黑夜中行走时，仍然心惊胆战。

那个巨浪足以谋杀我的性命，我之所以活了下来，不是得到了父亲的营救，父亲根本没有打算跳进海里把我托起来，他扒在船上朝我张望，海浪一度把他和船从我身边推开，我是捉住了船上漂来的绳子爬到船上去的。正因如此，后来我回想起母亲问我是否愿意跟她走的时候，我想我并非仅仅是为了得到母亲口袋里的糖果，可能还有我对父亲的失望。母亲把我带入了泥潭，而父亲本身就是一个泥潭。

六岁以前我被人欺负，杨震会站出来替我打抱不平，他认为父亲和母亲把所有的勇气都留给他了，我的软弱是情有可原的。当我十四岁回到川岛再度被人欺负的时候，杨震却选择睁一只眼闭一只眼。

所幸我很快便得到了再一次离开川岛的机会，我以台山市第一的成绩考上了大学，在选择学校的时候，我毫不犹豫地选择了北方，所有的志愿当中，没有一个学校是南方的。我想尽可能离大海远一点，离船远一点。父亲原本反对我选择北方的学校，当

引 力

听说我被北京的学校录取时，他选择了默许，北京是唯一一座在他眼中获得认可的北方城市。

来到北京这座城市，犹如巴沙鱼找到了大海，我第一次领悟到了自由的滋味。每个周末，我都寻找机会乘地铁在那座庞大的城市里游走。我还在北京看见了雪，那是我有生以来第一次看雪，我激动得泪流满面，顾不上刺骨的西北风刺痛我的脸，在雪地里站了整整一个下午。

在北方的那段岁月，我忘记了自己南方人的身份，只有在极少数的下雨天里，"南方"这个词才会冲进我的思绪当中。我在北方一待就是四年，其间我在后海一家音乐酒吧里做兼职，偶尔有机会上台弹钢琴。父亲不曾想过我要为谁工作，他不希望我去当音乐老师，也不希望我成为一个小说家，他一心想着我学业有成回川岛替他重振白泥产业。

一个下雪的夜晚，酒吧里没多少人，过了凌晨两点，客人基本散去了，老板请我喝了一杯威士忌，酒精烧得我浑身发热。为了报答老板，我走到钢琴前，整理好身姿，弹奏起李斯特的《钟》。我记不得当时弹得怎么样，总之我弹下来了，当我从台上下来，一个长相标致的女孩来到了我面前，她就是罗曼。

南方人，罗曼对我说，我一眼便看出来了。我没想到自己隐藏已久的南方人身份会被一眼拆穿。从此我和罗曼开始交往，我和罗曼在最初的一年多时间里，彼此都不清楚对方的家庭背景。她只知道我读的是文学专业，而我知道她是个研究钻石的女孩，仅此而已。大二那年，我们在朝阳公园附近租了一套公寓，对于两个大学生而言，租这样一套房子无疑有些不可思议，但是我们从住进去那天起就没有表现出什么压力，日子还是照常过，她喜欢吃法国菜，喜欢去看民谣歌手的演唱会，我偶尔去看古典音乐会，更多的时候是去逛书店和画展。

一年之后我们才知道我们都来自南方的海边城市——台山。罗成功五十岁生日那天，我终于知道了罗曼就是罗永友的女儿。罗曼从南方回到北京，把她在生日宴上拍的照片拿给我看。她洗完澡回到房间，趴在我身上，我抚摸着她的乳房对她说，我是杨海波的儿子。她一开始还没反应过来，问杨海波是谁。我说，就是川岛上你爸爸的死敌。

5

从我口中得知罗曼的真实身份，杨震在电话里教训我，世上那么多女孩子为什么就看上她？而我的父亲杨海波对此表示沉默，他跟石头打了一辈子交道，性格沉稳，越来越不爱说话，仿佛要变成一块坚硬的石头。罗曼的父母得知我的真实身份后表现出来的则跟我的父亲截然不同，我想其中的缘由在于我是男孩，罗曼是女孩。女孩讨人喜欢，而男孩，特别是仇人家的男孩，无论怎么看都不会顺眼。

罗曼打电话回家说出我真实身份的那个晚上，罗太太在电话里大声喊着，他怎么可以是杨海波的儿子？最后，罗太太坚定地说，不行，他不可以是杨海波的儿子。

罗家无疑心疼自己的宝贝女儿，含辛茹苦将之抚养成人，没料到要亲手将她送到仇人家里去。罗太太试图说服罗曼跟我分手，罗曼为此还回家去住了一段时间。罗曼没能说服她的母亲，她跟我失去了联系，被罗太太软禁起来了。直到半个月过后罗海棠给我打来电话，说他送罗曼来北京。

罗曼为了跟她母亲抗争，三天三夜没有吃任何东西。当我打开门，看见脸色苍白的女孩时，我的心动摇了，仿佛一块干燥的石头被浇上了水，我想我就是那时候无比确定自己会与罗曼厮守一生。罗曼张开手将我紧紧搂住，她说她成功了。罗太太对我们在一起只有一个条件，那就是我们过好自己的生活，不能跟杨海波住在一起。

像鸟一样飞翔，能否获得自由？这是我在北方时常思考的问题，最后还是被我否定了。鸟飞得再高也有一个极限，不能飞出大气层，就注定要跌下来。只有突破大气层，地心引力才会减弱。在太空可以任意舒展拳脚，罗海棠说过这样的话，那时我们在看迈克尔·杰克逊《比莉·简》的MV，他模仿迈克尔的太空漫步，样子十分滑稽，他跟我一样，都有一颗迫切希望逃离禁区的心。迈克尔的舞步是世界上最有节奏、最有魅力的舞步，罗海棠说，迈克尔能够摆脱地心引力。那是我第一次从罗海棠口中听到地心引力，后来，自由便成了我和他经常谈论的事情。

罗海棠去世的前一天曾给我发过短信，问我人和石头之间的区别是什么。我当时感觉不对劲，便给他打电话。他当时喝了酒，说他正和一个女人干那事，突然想到这个问题便给我发了条短信，在电话里头我果真听到了女人的喘气声。后来我发短信告诉他，我们和石头之间的区别在于我们可以摆脱万有引力，但是石头不能，石头只能按照力给的方向飘浮。过了一个多小时，他给我回复说，那么，我就是石头。

罗海棠去世后罗太太不让我去参加他的葬礼，她不想在葬礼上看见我，她害怕控制不住自己而伤害到我。罗永友也不希望我出席罗海棠的葬礼，他特意给我打来电话，他说这件事与我无关，他希望我不要干涉。我被后面那句话吓到了，不清楚他要对我的家人做怎样的报复。我给矿场里的父亲打电话，把罗永友的话说给他听。我的父亲，在南方行走江湖多年的那个人，他说话有些吞吐，他叫我不要去参加罗海棠的葬礼，他也说这件事与我无关，让我不要担心。我就像个局外人游走在两个家庭之间。

后来，阔别四年后我再一次回到川岛，处理完杨震和父亲的事情，我打电话给罗曼跟她见面。她穿着一套黑色西服，戴着墨镜。她回来以后话不多，罗海棠的死把两个家族的仇恨转移到了我身上。我将她搂进怀里，亲吻她的额头。她把脸藏在我的胸膛呜呜哭了起来，哭着哭着就睡着了。我让她靠在我身上，她睡得很死，仿佛喝醉了酒。

我曾偷偷去墓园给罗海棠送花，给他烧了一张迈克尔的唱片。罗海棠曾经说过，迈克尔去世的时候他甚至想和迈克尔一起走，到真正的太空去漫步。我在罗海棠的墓前看见了杨雨，那时我才知道，从不跟我说话的妹妹竟然和罗海棠有过交往。

6

罗曼从医院回来后精神好了许多，又可以去钻石设计公司上班了，晚上她带了一瓶红酒回来，待小敏睡去以后和我在客厅里听着安静的音乐喝起酒来。罗曼说，我知道哥哥喜欢一个女孩，但是他从来没有把她带回家跟我们见面，所以我们当时都不知道那个女孩就是杨雨。

罗海棠死后，杨雨和罗海棠的爱情故事在川岛传得沸沸扬扬，岛民们醍醐灌顶般想起了在那些月黑风高的夜晚，躲在礁石背后，藏在大海的浪涛声里的两个身影就是这两个人，当然也把各种云里雾里的或浪漫或下流的故事都安放在了这两个人身上。杨雨，这个身体瘦小、沉默寡言的女孩选择了离开，在杨震被公安带走、父亲意外身亡以后，她忽略了我的存在。

杨雨对我而言是陌生的，也是神秘的。遥远的童年记忆已如被翻旧的照片模糊不清，她四岁至十二岁、十五岁至十九岁的时间跟我没有任何交集，正是这两个断点，我和杨雨之间的距离越来越远。送她上船离开川岛的时候，我望着她坚决离去的背影，清楚地发现我们已经完全不可理解对方。

关于杨雨在川岛的记忆，反复进入我回想当中的，依旧是我十四岁回到川岛至十七岁离开的那段时间。由于我自身的尴尬处境，以及我和杨雨相互躲避对方的行为，让那三年变得无比短暂。我只记得父亲的矿地上有一所荒废的砖瓦房，砖瓦房前面就是石林，巨大的石头分布在陡峭的山坡上，杨雨常常到石林去看海。

岛民眼中最平凡的风景除了天空便是大海了，而杨雨却喜欢跑到石林里去凝望已经在她视野中存在了十几年的海，我当时竟没有发现任何的不寻常。杨雨跟罗海棠大概是在川岛中学里认识的，罗海棠高三那年杨雨读初三。罗海棠没有选择读大学，以替罗永友打理生意为由留在了岛上，罗永友的矿地和我父亲杨海波的矿地之间只隔着一片赤裸裸的石林。

当山上被挖出两个巨大的深坑，山上的砖瓦房濒临倒塌，石林里的巨大石头有好几块滚到了海里。无法想象，罗海棠曾在多少个黑夜里，藏在这些石头之间和杨雨幽会。

一个有质量的物体，会使它周围的时空发生弯曲，在这个弯曲的时空里，一切物体都将自然地沿短程线运动，而表现为向一块靠拢。这是阿尔伯特·爱因斯坦对于引力的表述，无处不在的引力，如果适合用以形容罗海棠和他父亲罗永友之间的矛盾，也同样适合用以形容他和杨雨之间的情愫。

在谈及杨雨的爱情悲剧时，免不了要牵涉到我的母亲，因为在我的印象中，杨震和杨雨对我的母亲只有无尽的憎恨，特别是杨雨，她可以把所有的愤怒归咎于背叛了父亲和我们三兄妹的母亲。杨雨身体瘦小，皮肤黝黑，这也是她痛恨母亲的一个原因。她肯定记得母亲年轻时的模样，她觉得母亲把好的基因都给了杨震，以至于到生她的时候只剩下那些干瘪的和死气沉沉的卵细胞。

自从十五年前离开继父的城市，我就再也没有见过我的母亲。继父所在的城市深居内陆远离大海，我和母亲当初坐了一天又一夜的火车才终于抵达。乘电梯上到三十三楼，我感觉双腿无力，耳朵被空气堵住，大小便失禁。对深度和高度的恐惧成了我的致命弱点。我恐惧回继父的家，总在外面逗留到天黑，那时母亲会来找我，送我进电梯，回去以后我又恐惧出门。继父嘲笑我，威胁我说只要我做错事，他就把我从窗口扔下去。

母亲不能成为我的依靠，继父殴打我的时候她坐在沙发上喝酒，继父打累了走到她身边，像拖着装满湿海绵的麻袋一样把她拖到房间，她在继父的撞击下大声呻吟着。一开始我以为她像我一样被继父欺压痛打，其实不是。

继父出门后，母亲抚摸着我身上的淤青流眼泪，她很少跟我说话，因此，她跟我说过的极少的那些话我都牢记在心。有一天她跟我说，杨霖，你要早些学会照顾自己，我很可能会从三十三楼跳下去。我想其中肯定存在母亲因为做了离婚的抉择而产生的愧疚。现在我不清楚她过得怎样，也不清楚她是否在三十三楼的高度中获得自由，只是每当我想起她说的那句话，依然会觉得双腿无力，耳朵被空气堵住，心跳加速。

高三那一年的一个台风夜，我在客厅里做功课，看见一个身影悄悄闪进杨雨的房间。我不清楚那个黑影就是罗海棠，夜深以后我听见杨雨发出一阵低沉的呻吟声。呻吟声穿过薄薄的木门在台风雨的夹缝中传到我耳边，那时候我对两性关系还十分模糊，只是觉得杨雨的呻吟声跟母亲的呻吟声十分相似。

不清楚杨雨和罗海棠是否讨论过石头和引力之间的关系。罗海棠生前把自己形容成一块石头，被引力牵绊的石头，后来我看了阿方索·卡隆的电影《地心引力》才明白，我当时不应该跟他说引力和石头的事情。《地心引力》开场的那段话是这么说的：在离地球 600 公里外的太空，气温在 258 至零下 148 华氏度之间骤变，声音无法传播，无气压，无氧，太空中不可能有生命。

7

假如把母亲视作自私、冷漠、咎由自取的人，那是不公平的。

我的母亲离开川岛的时候已经将近四十岁，她牵着我，另一只手拖着行李袋，在城市与城市之间奔波，她熟悉川岛之外的世界，那时我难以理解母亲为何对川岛之外的世界如此狂热，她一路上没有遇到任何阻碍，从川岛抵达继父的城市的路线她了如指掌。

当我随着年龄的增长有了自我分析的能力，我想在做出离开父亲那个决定之前，我的母亲已经跟那个生活在内陆城市的男人有过无数的纠葛。我是后来才知道，母亲和继父之间的纠葛之所以难以厘清，是因为他们在见面之前已经通过一张网编织了复杂的脉络，那张网在我的小学同学口中被叫作互联网。

第一次听说互联网的时候，我想象着那应该是一种魔幻、隐秘的东西，它像盘丝洞蜘蛛精编织的网一样具备魔力，能够让两个相距甚远的人取得心灵感应。我的母亲，那个勇敢的女人带着我出现在继父面前时表现得比我还羞涩，他们客客气气相互谦让，因为那也是他们第一次见面。

母亲对虚幻的感情稍显失望，她不给自己回头路，男人的谎言给了她的憧憬致命一击，她开始在都市生活中沉沦，迷上了洋酒和香烟，她的身体就是从她沉沦的那一刻开始变样的，也就是说，母亲的衰老，始于继父的谎言。当继父开始酗酒的时候，母亲为了报复继父，也开始酗酒。

母亲的沉沦给我的童年带来了阴影，另一方面，母亲的沉沦又给了我自我救赎的机会。母亲喜欢听着音乐喝酒，继父流浪在外的那些漫漫长夜，母亲在大厅里听着古典音乐对着城市的夜景臆想非非。送我到小学去念书的那一天，母亲看见学校的墙壁上贴着一张巨大的钢琴海报，她牵着我在那个巨大的钢琴前注目良久，然后她把我送到了钢琴培训班。在钢琴清脆的打击声中，我开始慢慢从内心的阴影走出去，走到一个安全的空间。

在那些充满暴力和威胁的日子里我长时间留在学校和练琴室，我在琴键和琴谱上面琢磨练习，展示出了惊人的毅力，每天弹奏四五个小时。自从我学习钢琴，母亲就荒废了家里的音响，她要喝酒的时候，无论是深夜还是清晨，总是悄悄走进我的房间，拍拍我的后背，将我从房间里带出来，按在钢琴前。母亲最喜爱的曲子是贝多芬的《月光曲》，八岁那年我对《月光曲》已经非常熟练。

在封闭的都市生活中，母亲终于患病了，抑郁的内心在一个与往常一样平凡的夜晚爆发，她对着阳台哭泣，浑身哆嗦着，然后想要翻过围栏结束自己的生命。我那醉醺醺的继父意识到事情的严重性，从酒精当中清醒过来，千钧一发之际将母亲从阳台上救了下来。

母亲也意识到了自己的心病，有时候她迫切想离开那个内陆城市到乡村里去，于是，每到暑假母亲就带着我到外公家里去养病，在川岛的时候我从来没有听说过外公的存在。

告别了繁闹的城市，我和母亲来到一个清幽的小镇，在小镇逗留了一天就坐上农村客运车，随着一路的颠簸来到了母亲的故乡，那是一个民风淳朴的小村庄，房子周围都是田野，田野的外延是低矮的山丘。母亲和家人之间的关系并不和睦。当我们来到一座两层高的红砖房前，母亲指着一个弓背老头让我叫他外公。我们在外公的红砖房坐了一会儿，母亲和外公有一句没一句地聊着，然后母亲说，你把老房子的钥匙给我，我们去那里住一段时间。

老房子已经空置了好久，经不住风雨的洗刷像褪色的盒子坐落在田野中央。通往老房子的小路长满杂草，田野荒凉寂寥，鸭子在水田里寻找泥鳅，木门上面沾满了泥土，门槛上面爬满青苔。一个中年男子骑着摩托车向我们开来，摩托车在泥路上颠簸，看似不长的一段路他走了好久。他光着脚，脚上还沾着淤泥，残破的摩托车上也到处是泥土。他就是我的舅舅，母亲的哥哥。舅舅把老房子的钥匙交到母亲手上就离开了，他才四十多岁，顶着一头花白的头发。

铁锁已经生锈，母亲花了很大力气才打开了几乎要跟墙壁生长在一起的木门。房子里的木制家具长出了毛茸茸的霉，仿佛要重生。墙壁和地板不断冒出水珠，我们踏进来后地板上沾满了泥土。母亲放下行李打开了所有的门窗。房子里面的物品已经被清理出去，空荡荡的只有一个陈旧的木柜以及一张生锈的铁床，但正是这样一座房子，成为了我痛苦的童年时间里唯一获得快乐的地方。

房子外面，田野不远处便是河流，河边的菜地上有几根十几米高的水泥柱，柱子是以前用来引水灌溉的引水渠，已经被废弃许多年，柱子之间的水泥渠早已坍塌。站在大坝上望着脚下湍急的河水我感觉水泥大坝开始移动，像一条笨拙的船跟着流水往下游漂去，尽管下游的河道狭窄险恶，我突然想起了川岛，正是那一天我真正获得了自我意识。

夜晚，躺在潮湿的床上，空气依旧浑浊，蚊虫飞来飞去。母亲疲惫地睡去了，她呼吸均匀，我不敢翻身，生怕惊动了她。门外蛙鸣哗然，我看着窗外的天空一线线变得明亮，乡村的宁静给了我遐想的空间，我侧过身看着母亲扁平的脸，在跟母亲独处的时间里，我渐渐明白了母亲的困境，对生活的狂热追求与现实生活之间的落差是她一生的心病。

在我八岁到十三岁的暑假，我和母亲都会到老房子去住两个月的时间。每一次回到老房子，我都觉得房子比前一年沧桑破败了许多，而我落在老房子墙壁上的影子一年比一年长。在母亲的故乡，我游玩的范围也一年比一年往外拓宽。

我总是沿着河流往上游走，春雨过后的山路很滑，藤蔓上挂着晶莹的水珠。我喜欢山林，穿着白色水鞋，披着雨衣，头发被雾水打湿也满不在乎。沿着河流走三公里，河道不断变窄，河水湍急。到达水库之前有一片桃树林，桃树是野生的，树上尚未成熟的果实上沾着雾水，地下还残留着被雨打落的花瓣。

水库像一只蝎子，尾巴上的毒钩伸向山谷，一条铁索桥横跨整个水库。水库的尽头有一条溪流。我沿着溪流往山上爬，没有路，攀着藤蔓，踩着岩石，我爬得很艰难，被藤蔓绊倒了好几次，然而那依旧是我每年都要攀爬一次的路线。

我仍然记得外公摇摇晃晃到老房子里来的那个炎热的傍晚，他弓着背，孙女小樱成了他的拐杖，他把手放在孙女的肩膀上一步步朝这边走来。外公让母亲到城里帮忙联系精神病医院给外婆买药。那时候我才知道我的外婆还活着。外婆患有癫痫病，在暑假之前突然中风，嘴巴歪斜，口吐白沫，在地上翻滚着差点儿死去。外公把她送进山里，以为她活不了多久。舅舅连棺材都钉好了，放在山上的木房子里，准备等外婆死后直接埋在木房子后面的野果林里。外婆躺在床上半生不死地过了一段日子之后竟然好了过来。

我们骑着舅舅的摩托车上山。木房子在高山深处，崎岖险峻的山路加重了我们的疲惫，好些地方因为太险峻我们不得不推着车走。山上到处是竹子，竹子间偶尔会有一棵榕树。摩托车成了我们上山的累赘，山路上留下三串深深的脚印和一道狼藉的车辙。有一段山路出现了坍塌，我们终于有借口把摩托车遗弃在路边，继续往山上爬。

木房子在树荫下摇摇欲坠，我的外婆，那个患有癫痫病的疯婆娘看见母亲和我就扑过来，到处寻找石头或者木头朝我们掷来。她腰间被一条铁链捆绑着，锁在一根木桩上。舅舅喝住了她。她不断后退，退回木棚里面指着我们谩骂。外婆瘦得只剩一具躯壳，她没有多少力气，没走几步路就喘息不停。母亲看外婆的眼神十分复杂，同情、憎恨和怜悯交相辉映，跟我在城里的那些夜晚面对醉倒在地上的母亲时一样。

小樱躲在门后伸出小脑袋害羞地看着我们，她头发及肩，鼻孔半朝天，用手指抠着木门上的蜂穴。她自小跟在爷爷奶奶身边，外婆病发的时候能够认得的也只有她和外公。小樱牵着我带我往木房子后面的野果林走去，野果林旁边是一条清澈的溪流。

这里可好玩了，有好多水果，还可以到水里洗澡，小樱说，不过晚上可不能出来，附近有很多孤魂野鬼，在这里煮饭怎么也煮不熟。

小樱的话把我吓了一跳。山林中烧水怎么烧也不沸腾的原因是气压太低，我往水里拌入花生油降低了水的沸点便解决了这个问题。小樱看到水在锅中沸腾反而不高兴了，或许是因为我触动了她原有的对生活的理解，山林中的鬼消失后她的生活就少了一层氛围。直到我们下山的那一刻，小樱始终没有再跟我说话，山谷的雾气渐渐蔓延过来把她和外公还有那木房子吞没。

外婆是在我十三岁那年夏天去世的，木房子里外挤满了人，外婆躺在床上，她静静躺着的时候跟平常人没有任何区别。床旁边的陶碗上插满了香烛。小樱躲在门外看着我，山上来了这么多人让她不知道该站到什么地方去。捆绑外婆的铁链和木桩还在木棚旁边，或许她正是戴着铁索死去的，死之前一点征兆都没有。小樱牵着我走到木房子后面的野果林，野果林里挂了许多电灯。

是不是很好看？小樱骄傲地问我，我点点头，小樱又说，就今天晚上才会有这些灯，因为奶奶死了。

我才看到果树下面有一个长方形泥坑，外婆将被埋在这里。小樱站在外婆的坟坑前用脚量度坟坑的宽度，没有丝毫的恐惧。野果林灯光明亮，果树婆娑的影子在地上挪动。夜晚十一点钟，山上的雾水洋洋洒洒像一场细雨。舅舅带着其他兄弟穿着黑色的雨衣把外婆的棺材抬到野果林里埋下了。

外婆去世后，母亲突发奇想跟外公提出了要留在木房子里住几天的要求。

在山上的第一个夜晚母亲很早就睡了，我搬椅子到门外欣赏山上的夜色。雾水依旧像小雨一样洋洋洒洒，我的身体很快就被淋湿了。野禽的鸣叫响彻山林，不时还有黑色的影子从不远处飞过，或许是鸟儿，或许是蝙蝠。第二天早上，我睁开双眼，因为晚上淋了雾水，起床的时候头有点痛。我爬起床走到门外，树林里弥漫着白雾，但是能见度已经很高。阳光在驱赶山林里的烟雾，鸟儿在烟雾中穿梭。

母亲说要带我去一个神秘的地方。山林潮湿泥泞，我们走进葱郁的密林，沿着溪流往上爬。和水库后面那座山不同，这里更高更险。岩石缝长出了蕨草，蕨草上爬着各种虫子。溪流在一处悬崖形成一段小瀑布。

将近下午一点钟来到一座山头上，母亲说，就是这里。那片山林到处是沟壑和沙包，被火焚烧后的树干凌乱地倒在地上将要被白蚁啃尽。不远处还有一个倒塌的木棚，母亲走过去翻开腐朽的木板，里面飞出一群鹧鸪。木板压住的是一堆爬满红锈的铁管，类似炮筒。

这里是旧时的战场，母亲说，我的童年就是在这里度过的，你别抱怨你现在的生活，过得不如你的人多着呢。母亲展开手掌，是几颗长满铜绿的子弹。她把一颗递给我，她说，子弹并不可怕，只要它没有击中你的心，你就必须勇敢地活着。

母亲把她对抗平凡生活的决心寄托在我身上，她看到外婆那疯疯癫癫模样的时候联想到了自己的未来，她恐惧未来的到来。母亲可能没有想到有一天我会将她抛弃，抛弃在继父死一般的生活当中。当年她将我带到泥潭里，最后却是她一个人深陷其中无法自拔。

不得不承认，母亲送我的那颗子弹给了我叛逆的勇气，她把子弹交到我手里，我用以打破了捆绑在身上的枷锁。当我蓄谋已久的叛逆计划得以实现，复仇的心就如酒瓶在继父的脑袋上面爆裂一般酣畅淋漓。母亲冷冰冰地看着满头鲜血在沙发上痛喊的继父，冷冰冰地看着我，她的眼神如此迷惘，她看着我提起书包往门外走，清楚我的口袋里没有她的船票。

我对母亲的憎恨从抛弃她的那一刻就烟消云散了，踏上前往川岛的游轮，我站在甲板上把母亲给我的那颗子弹扔进太平洋。母亲的生活无可避免要走向绝望，她永远也不会出现在前往川岛的游轮上，她就像那颗长满铜绿的子弹，在茫茫大海中不断下沉。

8

过了几天战战兢兢的日子，杨震还没有出现。我和妻子罗曼每天都在等待敲门声，又惧怕敲门声。罗曼说，要不我带小敏出去躲几天？罗曼想带小敏去住酒店，又怕麻烦，各种生活用品都要用到，酒店空气和卫生不适应的话小敏闹出个病来不知如何是好。

没那个必要，我说，他来就让他来，他也不是要来谋财害命的。

当我们冷静下来，不免为自己的担惊受怕感到羞愧。我想这也是杨雨瞧不起我的一个原因，我心里面确实把杨震的出现当作一种灾难。我那命途多舛的哥哥，他是个地道的岛民，脾气暴躁，强壮能干。我想，如果不是被公安带走，他这一辈子都不可能离开川岛这么长时间。

杨震身上总有一股怪味，他的衣服、他的头发，都散发着海水的气味。有时候看见他在太阳下奔跑，身上积满了海盐，像个风尘仆仆的流浪汉。他总在天亮时分到海里去游泳，那时候的海水冷冰冰的，春夏时节海上飘着白雾，他结实、黝黑的身体在黑色的海水中起起伏伏。我的父亲杨海波知道杨震不是做生意的人，为了避免日后的纷争，他很少让杨震到矿场去干活。杨震读完高中没有考上大学，平日游手好闲，除了随船出海打鱼，大部分时间都是在岛上聚赌。《加勒比海盗3·世界的尽头》上映的那会儿，二十一岁的杨震看完电影决定去当一名风流的海盗。

几天后，杨震果真开着一条船离开了川岛，只不过他的"海盗船"过于寒酸，那是一条柴油船，残旧的篷盖遮挡住逼仄的船舱。杨震把他的"海盗船"命名为"钻石号"，比杰克船长的"黑珍珠号"更有气派。他拿着一张地图挎着个书包就出了海。

离开川岛七天后杨震浑身邋遢狼狈不堪地回来了，带出去的粮食早已吃完，他不过是在一个无人的荒岛上探索了一番，一无所获。海盗并没有想象中那样风流自由，但是从那时候起，杨震想要跟女人交往的心暴露无遗。

那个女人是随着海浪来到川岛的，她面孔朝天躺在沙滩上，皮肤苍白，乳房丰满，白色裙子紧紧贴在身上。我站在岩石上远远就看见了她，她像一团海绵，浑身沾满了沙子。我以为她只是一具尸体，在海上漂浮多日来到了川岛。

我在那条铺满硬邦邦的石头的路上跑了好久，来到正在打磨鱼叉的杨震面前，告诉他海边有个死人。岛上本来就人少，对于从海里漂来的死人，杨震表现出了极大的兴致。他跟杨雨尾随我朝那个裸露着雪白大腿的女人奔去。

杨震盯着女人下陷的两腿之间以及向两边坍塌的胸部看了好久才把她抱起来往医生家里跑。女人被杨震抱着奔跑的时候嘴里不断吐水，还没去到医生家就咳着醒了过来。她看看抱着自己的杨震又看看杨雨，还侧过脸来看我，她浑浊的眼睛里充满了疑惑。

我没想到杨震把这个女人带回家以后我会失去我在骑楼里仅有的那一点个人空间。杨震把女人放在我睡觉的地方，坐在她身边，盯着她白皙的脸和大腿，为她擦拭她在沉睡中吐出来的水。直到深夜，那个女人还没有醒来，我坐在门口不时往屋里看，为自己应该躺在什么地方感到焦虑，那是我回到川岛以后寄人篱下的感觉最强烈的一次。

夜深以后，杨震把女人抱到他房间里去了，还上了锁，他跑过来跟我睡一张床。杨震这么做不过是害怕女人趁他不注意的时候悄悄离开，他盯着天花板久久无法入睡，翻过身告诉我说他已经下定决心要把这个来历不明的女人留在身边了。

女人的身世直至她消失的那一刻都没有被揭晓。恢复过来以后，她长时间坐在岩石上看海，杨震紧跟在她身后。她并非没有逃走的机会，她显然经历过许许多多的事，她花了不少时间去考虑去留。

川岛跟对岸相隔几十公里，假如没有那每天两趟的游轮，这个岛屿几乎与世隔绝。从海上漂来的女人给杨震的生活带来了很大变化，杨震不再出海，他的渔船深陷在沙滩上长出了铁花。他围在女人身边，随她到海边去看海，随她到山上去看落日。女人对杨震没有好感，她把杨震当作一个影子，不拒绝杨震跟在自己身边，对他的殷勤也不反感。

在一个寂静的黄昏，大群海鸟在岛上盘旋，那个女人摆脱了杨震独自来到父亲的矿场上，面对巨大的矿洞想入非非。我坐在远处的一块岩石背后，看着女人的一举一动，她似乎在等什么人。从那一刻起我就知道这个皮肤白皙的女人不会留在杨震身边，她不属于这个气候炎热的岛屿。

我没有把那个女人在矿场上与人约会的事情告诉杨震，这是我对不住他的地方，我吃他的住他的，在岛上还要依靠他的照顾才得以生存，却让他蒙受那样的欺骗。我觉得那个女人不属于杨震，我趴在岩石上看着她焦虑地站在矿洞的边缘，她等的那个人迟迟没有出现，直到太阳消失于海平面，我隐约看见一个高大的男人将女人带到树林里去了。

女人消失的方式和她出现的方式都十分突然，让人捉摸不透。早上八点钟的时候我还看见她坐在海边的石头上看着滚滚而来的乌云发呆，到了十点钟，杨震四处找她已经找不着了。

那天台风掀起巨大的浪涛冲刷着岸边的岩石，杨震在门口等了一个晚上，直至大雨来袭才走进房间。往后的几天，杨震总是心神不宁地在码头上张望，失魂落魄的模样跟往日的野蛮脾气相去甚远。我不由得深深地同情我的兄弟，他不善于表达自己的感情，他长了一副结实俊俏的皮囊，却带着一颗粗莽的心。

台风过后，太阳光照得海面波光潋滟，杨震在码头彷徨，那是我第一次在杨震的眼中看到恐惧。他紧握着拳头，在巨大的礁石前显得极为瘦小。海浪拍打岩石的声音冲击着耳膜，红树林里不时出现海鸥的影子，巨大的石头长久地沉默着。杨震开着他那条长满铁锈的渔船出去了，在茫茫的大海上开始他漫无目的的寻找。

那段日子除了刮大风就是不停地下雨，我有时候站在门前屋檐下张望，萧条的海面只有海鸥的影子。我和杨雨无话可说，杨震的突然不在场使屋里的气氛降到了冰点。杨雨在家里待不住就出门，她有好几件色彩不同的雨衣，黄色的、红色的、紫色的，她穿着雨衣往外走，一出去就是直到夜晚才回来。那时我很想问她，岛上什么地方可以让她逗留一整天。父亲在矿场上好几天都不回来一趟，我独自被困在雨中的房子里常常胡思乱想。我在想，或许我属于过去的川岛，那时候岛上很少外地人，大伙儿都很亲密，母亲也还没离开，而此时此刻的川岛已经不是我想要留守的地方。

两个月过去后，杨震回来了，神态疲倦，胡子拉碴，手臂上有两道长长的伤疤。最早发现杨震从海里上来的是在海边掏海螺的那群小孩，他们抬头抱怨炙热的太阳时看见有一个黑影靠近，黑影恍恍惚惚走到阳光下，他们才发现是多日不见的杨震。

杨雨最先跑到海边去，问杨震是不是在海上遇到了台风。杨震没有理她，他在岛民的注目下垂头丧气往家里走，他走得很慢，用鱼叉支撑着身体，不跟任何人说话，太阳很高，阳光使他感到晕眩，在岸边通往骑楼的路上，他好几次差点摔倒。

杨震没有跟任何人讲述他在海上的遭遇，也没提及那个女人的下落，他在屋里睡了三天三夜，第四天清晨醒来的时候，他像是什么事情都没有发生过一样，又变回了原来的他。

9

罗曼说我们和石头发生了太多的联系，包括她的职业，也不过是在五颜六色的石头上面精雕细刻，她害怕长时间跟石头打交道会使她变成罗永友那样的人，冷冰冰的像块石头。半夜里小敏醒了一次，在她的房间里哭了起来，我还没睡，冲了奶粉给她，抱着她来回走动。

好不容易，小敏再次睡去，我把她放到床上，她是那么地小巧，像个塑料娃娃。小敏和她的母亲罗曼一样对四周的环境缺乏安全感，罗曼是经历了太多的事情，而小敏纯粹是因为本能。我知道罗曼已经厌恶了她的工作，每天下班后她总抱怨工作辛苦，眼睛被各种晶透的石头闪得睁不开。然而她和我都不敢轻易放弃各自的职业，我们在这座城市生存并不容易。

四年前，我们本可以在北京找到一份不错的工作，矿场上的暴动发生后，我和罗曼的家庭都发生了巨大的变故，在北京的最后一个冬天，罗曼有了回南方的念头。于是，回到广州，她开始面对冷冰冰的石头，我开始面对冷冰冰的文字。

考上大学的那个夏天，父亲和杨震送我去机场，先是坐船过海，那时的天空没有一丝白云，海是绿色的，礁石上没有一丝尘土，沙滩像一片戈壁在烈日下寸草不生。我父亲长日操心生意上的事情，头发上的白泥已经无法清洗干净，衣服上沾满了尘埃，他坐在我对面，指间夹着一支香烟，像个七十岁的老头，布满皱纹的脸无比憔悴。

那一刻我在想，父亲是否洞察了我的内心，他知道我此去将不再回来。他反复跟我说一年至少回来两趟的时候，我的回答战战兢兢。多数时候都是他一个人在说话，我像木头一样看着窗外的海。抵达白云机场的时候父亲在机场里找厕所，结果迷了路，而我的班机马上就要起飞，因此，我登机的时候杨震去找父亲了，我一个人默默告别了南方。

在北京的四年时间里，父亲多次打电话来劝我回去，我每次看见父亲的来电都会想起湿漉漉热烘烘的南方，想到那片汹涌澎湃不知疲倦的大海，然后打了个冷战。父亲在电话里头从来没有因为我的冷漠发脾气，他变得很有耐心，说话特别亲切，是这段遥远的距离缓和了我们之间的感情。父亲恐高，不敢乘飞机，因为腰椎不好，不能坐高铁，他没有能力缩短我们之间的距离。

我在北方度过了平静的四年，直到罗海棠的死讯传到北方来。罗海棠的死讯像个炸弹，在北方的出租屋里炸裂。那时我和罗曼刚从商场回来，买了红酒和牛排，打算为我在一家音乐制作公司谋得一职而庆祝。罗太太在电话里哭得死去活来，电话这边的罗曼也痛不欲生。罗曼一边哭一边靠在我的身上，用拳头捶打着我的胸口。罗曼回川岛参加罗海棠的葬礼时，我没有跟她一起回去，当时我尚未清楚砸死罗海棠的那块石头是出自杨震之手。

罗曼回川岛以后，我给她打了好几个电话，她都没有接听，我想她那时想必正深陷在无尽的悲痛之中。我坐在空荡荡的房间里，闻着罗曼衣物散发出来的淡淡的香味，忍不住点了一支烟，然后，我收到了杨雨的来电。这么多年来杨雨第一次给我打电话，她声音哽咽，几分钟过去了也没有说明白事情的来龙去脉。最后，她几乎是用命令的语气说，你必须回来一趟。

从电话里，我听出了杨雨的无所依靠，她单薄的身体无法处理如此骇人的事情。我动摇了，因为杨雨的哀求，第二天早上赶到北京机场买了机票,登上了四年前就被我从地图上擦掉的航线。

我没有亲眼看见杨震手中的那块石头是怎样飞到罗海棠的后脑勺上面去的,关于那一场暴动,我是从岛民零碎的讲述中得知的。回到川岛的时候杨雨已经悲伤到无法自理,而我的父亲杨海波看见我的那一刻眼睛里充满了失望,他知道,假如不是发生了这一件事,我永远不可能回来。

父亲的突然死亡让我感到内疚,我刚处理完杨震的事情,打算向父亲告别,他看穿了我迫切想离开川岛的心思,第二天早晨,他就把生命交给了海浪。父亲死亡时的模样异常狼狈,跟他的生命一样,矮小的身体在浩瀚的大海前显得无比孤单。他的尸体在海水里泡了整整一个夜晚才被发现,惨白的脸让我感到陌生。从我六岁那年起,母亲离开这个家庭,父亲不但跟我,还跟杨震和杨雨产生了难以弥补的隔阂,以至于他往后的大半生都只能跟黏糊糊的白泥捆绑在一起。

我还记得罗永友安排人到矿场上找我父亲报仇时的情景,那时矿场上已经没几个工人,四周特安静,没有发动机的轰鸣,没有石头与金属碰撞发出的声响。三辆白色面包车闪现工地门口,车里钻出一大群人,他们手持钢管把工地上的机械敲得哐哐响。我带着看守场地的几个工人前去制止,人群里我没有看见罗永友。那群人蛮不讲理,他们不清楚杨海波已经死去,揪着我的衣领让我把杨海波交出来。我不清楚自己承受了多少拳打脚踢,倒在地上的时候我以为自己会像罗海棠那样死去。我清醒过来时,那群前来捣乱的人已经钻进白色面包车离开了。我的尾指韧带就是那时被弹簧刀割断的,出院以后尾指不能发力,弹琴时总漏掉许多音符,就像袋子穿了个洞一样,音乐听起来不丰满,我也因此失去了北京的工作。回到广州,我选择了跟自己专业相关的职

引力　　　　　　　　　　　　　　　　　　　　85

业，在 A4 纸的海洋里，编辑蜂窝般的文字。

最后一次离开川岛的时候，矿场上的白泥已经被掏空，两个巨大的深坑被重新填满石头和泥土，后来罗永友选择退休，从川岛搬到了广海。我和罗曼从北京回到广州过上了日复一日枯燥乏味的日子，我们习惯了这样的日复一日，或者说我们已经麻木。我们平静、单薄的日子经不起风浪，杨震突然出现，我和罗曼才如此慌乱不安。

10

离开川岛的这些年我好像经历了许许多多的事情，又好像什么都没有经历时间就白白流逝了。我看着天花板叹气，罗曼爬到我身上，问我会不会有什么不好的事情要发生。我摇摇头说什么事情都不会发生，日子还跟以往那样平静。罗曼心满意足，她身体里的石头终于排出体外了，因此恢复了往日的精神。

小敏出生的时候罗曼差点就死了，她流了很多血，昏迷了几天，那几天我几乎没有回过家，一直守在她跟女儿身边。婴儿室和罗曼的病房相隔不远，我在那条回廊徘徊，一会儿去看看女儿一会儿去看看罗曼。那段艰难的日子我们都挺过来了，如今想想，自己也并非那么软弱。

杨震是在十月的一个傍晚来到广州的，他穿着褪色的长袖衬衫，戴着个黑色钓鱼帽，很瘦，脸色非常难看。和他一起来的是他的妻子，她的名字我已经忘记，很久以前，我看见过她躲在骑楼门口偷偷张望二十二岁的杨震。

我带他们到酒楼去吃饭，杨震却什么都不能吃，他患的是肝病，他来找我是要问我借钱治病的。杨震始终跟我们保持距离，说这病会传染。他不清楚自己的病能否治愈，他只是太痛苦了，前段时间病发，他小便都很困难，他需要问我借钱解决尿不出来的问题。

那天晚上，杨震坚持不在我家里住，我们俩在书房里坐了很久，说了不少话，那是我跟他说过最多话的一次。我们聊到了他当年梦想当海盗的事，他吐着烟圈感慨了好久，最后，我问他是否联系过杨雨，他摇摇头。我说杨雨就在深圳，乘高铁一个小时就到了，问他要不要去看她，他又摇摇头。对他而言，外面的世界太陌生了，他从岛上坐一个小时的船去到台山，又坐五个多小时的大巴来到广州，在广州不会坐地铁，绕来绕去坐了两个多小时的公交车才来到我所在的地方，他对这座车来人往的城市充满恐惧。他跟我说，无论生死，我都迫不及待想回到岛上去。

杨震第二天就回川岛去了，为了不让他和他的妻子太辛苦，我开车送他们到火车站，为他们买了票送他们上高铁。晚上我给杨雨打电话，跟她说了杨震遇到的困难。杨雨沉默了好久，最后问我是否愿意跟她回一趟川岛。

两天后，杨雨跟她的丈夫以及双胞胎男孩来到广州，在我的房子里住了一个晚上，然后和我们一家三口乘高铁到台山去。我们先是去拜访了罗曼的父母。年轻时候意气风发的罗永友患有轻度老年痴呆，耳朵已经失聪，眼睛因为白内障做过手术也看得不清晰了。罗太太说，一个月前杨震到家里来过一趟，是来道歉的，看着他那张难看的脸，我也不想再提过去的事情了。

告别罗永友夫妇，钻进游轮离开码头奔腾在茫茫大海上的时候我心情非常复杂，杨雨想必也是如此。海浪被游轮一层层推开，杨雨的丈夫晕船，杨雨紧紧拽住他的手。双胞胎男孩跟小敏玩得很开心，他们攀在玻璃窗前望着大海，指着天上的海鸥惊叫着。看着他们，往事又开始冲撞我的脑壳，那个隐藏在海雾中的岛屿再一次出现在我脑海中，它静静地矗立在大海之上，被礁石环绕着。

　　我想起二十四年前的一个傍晚，三个小孩手牵着手蹦跳着往海边奔去，夕阳余晖洒在他们黝黑健康的皮肤上，沙滩上留下他们凌乱的脚印……

　　那一年，杨震十一岁，我五岁，杨雨三岁。

发表于《中国作家》杂志 2021 年第 6 期

北海往事

1

除夕夜下起了雷雨，实属罕见。我给小爱戴上口罩，护着她钻进车里。母亲还在车后挥手，撑着我结婚那天妻子撑过的红色雨伞。雨中有黑色的影子在滑翔，想必不是燕子，大概是蝙蝠。

路上没多少车，两边楼房单薄的几盏灯光摇摇晃晃，这段日子，谁都不敢轻易出门。抵达高铁站，雨还下个不停，广场上空荡荡的，只有黑色的公交车默默接受大雨的冲刷。我把车停在路边，给小爱套上雨衣，抱着她往高铁站方向走。

公安检查了身份证，工作人员给我们测了体温才放我们到候车厅里去。气温一下子降了七摄氏度，工作人员把手藏在口袋里，由于都戴着口罩，看不清楚他们的脸，他们也看不见我的样子。我心里万分犹疑，假如妻子张珂也戴着口罩，我该如何从人群中把她认出来？

最后一趟列车还有三十五分钟才抵达，目的地是北海。我牵着小爱在冰冷的铁椅上坐下，带她出门，多少有些冒险，可她不愿意跟奶奶待在一块儿，她今年六岁，张珂是在9月1日送她上小学后离开的。

张珂离开前把家里的一切都安排妥当，她把小爱送到学校，又送我出门上班，给住院的母亲送去炖汤，午后两点左右她提着行李走了。士多店老板告诉我，张珂是一个人走的，穿着艳丽的衣服，在大榕树下拦了一辆的士往西边去了。

结婚十年，我们的感情生活一直很稳定。小爱出生以后，张珂辞去工作待在家里，大部分时间她都在打理我们的生活，闲余时间看看书，偶尔跟朋友到附近的酒吧喝酒。从北海回来的邻居告诉母亲，她在北海火车站看见一个长得很像张珂的女人，由于距离远，还赶路，没上前去确认。母亲说，都快半年没有她的音讯了，出去找找吧。于是，刚从岗位上回来，我又马不停蹄收拾行李到那座我曾无比熟悉的城市去。直至今日，我始终没有弄明白张珂为何不辞而别。

认识张珂，是 2008 年，在北海一个酒吧里。那时我还是个刚毕业的大学生，找了一份广告设计的工作，独自住在出租屋里，一到周末就去酒吧喝酒。距离春节还有一个月，我决定把积累起来的假期一次性休完，利用这段时间逛遍北海大大小小的酒吧。那时候我有一辆二手车，大多数喝得醉醺醺的时候都是代驾把我送回出租屋的，张珂是我这期间偶遇的其中一个女孩。

张珂在发廊工作，酒量惊人，我喝醉后她把我送到酒店。第二天醒来，我看见她在穿衣服准备离开。我跟她聊了几句。她说话的方式很特别，都是些网络流行词，我听得糊涂。她出门以后我躺在床上想了很多，她是我愿意继续交往的那种女孩。

晚上，张珂又来找我喝酒，喝完酒到我的出租屋里做爱，第二天各自去上班。这样的日子持续了半个月。后来，我带她回家过年，母亲问她愿不愿意跟我结婚，我记得她当时犹豫了很久才点点头。同样是除夕夜，我们在天台上放烟花，我问她是不是真心想结婚。她说，结婚也不是什么大不了的事情。那时，我们认识不到一个月。

元宵过后我花掉了所有的积蓄和她去了一趟日本。我们的外语都不好，在东京、大阪和京都磕磕碰碰，也算是见识了当地的风情，去的大多数地方都是酒馆。从日本回来的飞机上，张珂告诉我，世界上所有的城市都一个模样，也正是这句话，我相信她还在北海。

两个多小时的路程，我们抵达了北海火车站，偌大的车站人影寥寥无几，公交车上也是这样。我和小爱相互依偎着乘公交前往我曾工作过的那片区域。小爱手里捧着个玻璃瓶，里面是她给妻子折的星星，她反复跟我说，她已经一百四十五天没有见到妈妈了，玻璃瓶里有一百四十五颗星星。

公交车沙哑的音响不断重复关于做好疫情期间防护工作的广播，车里仅有的几个人自觉地保持着距离，他们同样戴着口罩，跟我们一样无精打采。小爱不停用手去扯口罩的挂绳，口罩使她呼吸困难。透过口罩，我能够闻到车厢里消毒水的气味。

从未有过这样安静的时候，只有风从窗外发出呼呼的响声。这个城市刹那间让我觉得陌生，冷冰冰湿漉漉的。我总感觉空气中飘着毛茸茸的不明物质，这些飘浮物从衣领钻进衣服里面，我浑身发痒，出了一身冷汗。

从车上下来，天下着毛毛的雨，我感觉舒服了一些。小爱在公交车里就睡着了，我撑着雨伞背着她去找酒店。酒店工作人员拒绝我们入住，原因是小爱的体温偏高。我解释说小孩睡着了体温就会上升。可是无论如何，他们只相信温度计上面的数字。

如此费了一番周折，被四家酒店拒绝以后我们才入住了一家旅馆。把小爱放到床上，我跑到外面去买了温度计和退烧药，反复给小爱测体温。那个夜晚我坐在窗边抽了一整晚的烟，小爱中间醒了一次，我给她喂了药，她迷迷糊糊说今天还没有折星星，直至把星星折好放进玻璃瓶，她才肯睡。

　　刚来到这座城市的时候，我就觉得自己不属于这里，其中一个原因是我花了一半的工资竟不能在公司附近租一个房子。我只能住在距离公司四公里的村子里，每个月发工资前的那几天，把所有节省下来的钱拿去买酒，作为对出租屋与公司这段距离的报复。

　　雨可能要下到天亮，窗外黄色的灯光映照着各种各样的广告牌。我看一眼手表，已经凌晨三点多，再一次给小爱测量体温，看到她体温降下来了，我才爬到床上去睡了一会儿。

2

　　这座城市已经是大半个空城，我把身体藏在羽绒服里，只露出眼睛，在街上搜索人影。天还早，我找个角落摘下口罩抽烟，抽完一支烟又重新戴上。从来没有想过生活会如此迷惘，我不是一个有追求的人，很少会为生活焦虑，即便住在出租屋里的那些日子，我也没有去想太多的事情。那些日子，我每天都在做的事情就是花掉每一分钱，来减轻自身的漂泊感。

　　离开北海的时候，张珂问我为什么放弃城里稳定的工作回县城。她趴在我身上，柔软的乳房紧贴着我的腹下，手指撩拨我的乳头。我说，我知道自己在北海的生活是无望的，我不想一辈子住出租屋。张珂从我身上翻身下去，两个硕大的乳房随着重力向两边坍塌。我压在她身上，看着她浑浊的眼睛。我们在床上躺了两天两夜，房间里充斥着方便面的气味，张珂说她蛮喜欢住出租屋，漂泊的感觉挺好。

　　张珂喜欢住出租屋，是因为在一个地方住久了可以随时更换，她所谓漂泊是主动选择的。在北海同居的那段时间我们租住的地方往往不超过三个月，张珂不在乎出租屋跟工作地点的距离，她的工作流动性强，跟她的漂泊方式一样。

每次搬家我都得花两天时间搬运房间里的人头模型，那是她练习剪发的道具。因为我们住的都是便宜的老房子，我还得花两天时间装修房间。张珂眼中，理发是门艺术活，跟画画和雕塑一样，需要一个好的环境。我们开着那辆破旧的二手车从老街到广东路、四川路、北京路，再到重庆路和银滩，不停地游走。

回到旅馆，小爱已经睡醒，她不肯一个人待在房间，她嘟着嘴，头发蓬乱。我给她扎了半年头发，还是没能为她打理好。我给她测体温，跟她说外面有病毒，而且还下雨，天冷。小爱晃着两条手臂说，我可以戴口罩。我说，我要走很远的路。小爱说，我不怕，我要去找妈妈。

就这样，我给小爱套上雨衣戴上口罩再次来到街上。这个朝海的城市风很大，白色的建筑胡乱堆在路的两边。商业广场没有人，广告牌像被遗弃多年后捡回来的一般。所幸只是毛毛细雨，我和小爱把手放在口袋里，小爱不停地讲过去张珂在家时的那些事，我似听非听，目光游离。

中午过后雨停了，街上才陆续有人出来走动，跟预料中的一样，这极少部分的人都戴着口罩，低着头走得匆匆忙忙。我和小爱在二十四小时便利店吃了点东西就去北海火车站守候，没想到我们的春节是以这种方式度过的，风很大，小爱穿着羽绒服戴着个针织帽，时不时地吸鼻涕。

街对面不远处发廊的霓虹灯倒在了地上，清洁工扫走路上的玻璃碎片，把霓虹灯抬到装满树叶的车上带走了。这霓虹灯让我想起张珂工作过的所有地方。我通常比她更早下班，开着小卡车到发廊去接她，我通常坐在方向盘后面抽烟等她，霓虹灯的光在车窗外闪烁。

张珂每次从发廊里出来，头发上的颜色都变得不一样，她喜欢在自己头发上涂抹，我为此还抱怨过她，晚上睡觉的时候她身上总飘着染发水的气味。张珂不以为然，她说这就是生活。生活的问题从不会给张珂带来困扰，她总是很快乐，她大学修的是哲学专业，我始终没有想明白她为什么会爱上剪发这门手艺。是艺术，张珂这样反驳我，那段时间她患了肾结石，辞去了工作，长时间在房间里打理那些人头模型。

体内那颗石头使她苦不堪言，张珂蜷缩在沙发上痛吟，不停地喝水，不停去洗手间。我陪她去看医生，她捂着腰部走进治疗区，又捂着腰出来。晚上洗完澡，她用热毛巾敷在腰间，我帮她换毛巾的时候看到白皙的皮肤上有几个猩红的针孔。医生扎的，用很长的针直接扎下去，扎了好几下，不然怎么会连走路的力气都没有，张珂有气无力地说，也不知有没有把那颗石头扎碎。

因为体内那颗石头作怪，张珂早早就上床躺下了。其实肾结石并不是长时间疼痛，而是时不时来那么一下，张珂希望每次疼痛降临的时候都可以找个舒适的地方翻滚。她让我陪在她身边，她没办法一个人承受石头带来的痛苦，她要让我看见她受苦的样子。

我通常坐在飘窗上眺望漆黑的天空。城里能够看到星辰的夜晚实在难得，灯光之上通常是弥漫的雾霾，但是我知道，即便是多云的夜晚，在浓雾和乌云的背后，那些巨大的石头依旧悬浮在辽阔的空间里，它们不停地游走，有时候会碰撞，有时候越飘越远。

如果惯性够大，就会脱离原来的轨道，我把手放在张珂的肚皮上说，就好像月球，如果惯性够大，它就可能脱离地球飘到其他地方去。所以呢？张珂一脸不解看着我。我说，所以你要多运动，把那颗石头甩出来。张珂信以为真，第二天买了个呼啦圈回来，在房间里摇晃，一周以后，她因为病情加重不得不住进了医院。

小爱抬起头来问我，你怎么在偷笑？我说，想起了一些好笑的事。小爱在路边的椅子上坐下，天已经黑了，我们离开北海火车站走了好长一段路。小爱说，我们坐一会儿吧，这里能看见外面的人。其实小爱是累了，只是她不想说出来，害怕我把她关在旅馆里。

我背着小爱往旅馆走，她在我背后哼着歌睡着了。空气中弥漫着雾水，昏暗的街道死气沉沉。我开始后悔在这个时候出来找张珂，人都关在房子里，都戴着口罩，怎么能找到呢？脑海里不断浮现关于这座城市的记忆，我爱张珂，这点不可置否，我们每天一起吃饭，看美剧，玩简单的手游，做爱，不曾有过争吵，可这种生活从我们离开北海的那天就结束了。

3

印象中，北海并不是一个寒冷的城市，几年前在这个地方生活时，我大部分时间都只穿一件短袖，偶尔披上衬衫。今年冬天，我穿着羽绒服站在街边冷得发抖，人少的缘故，路上没几辆车。小爱睡去以后我总要在楼下站两个小时，或者到四周去逛逛。

对于能否在茫茫城市中找到张珂，我心里根本没有底。我常常出现错觉，站在街口，偶尔路过的中年女人的身影，我都误以为是张珂。有时甚至喊出了她的名字，但是路人并没有回头。我蹲在路边忍受寒风的时候，闻到了一股熟悉的香水味，从我面前走过的是个二十岁左右的女孩，可我依旧被她吸引住，跟在她身后走了很长一段路。

我明知眼前的人不是张珂，她们的身形天差地别，我跟在女孩身后，不过是想多闻闻那股熟悉的香水味。我随女孩走了很长一段路，她大概也注意到了我，小心翼翼侧过脸来观察我，然后钻进一辆除了司机空无一人的公交车，坐在最里面的座位上。我站在公交车站看着她离开，朝她挥挥手。

冰冷的空气打在脸上，我很快就感觉不到温度了，在空气中游弋的病毒让我恐惧，我担心张珂会被感染，她喜欢出入热闹的场合。我终究不能在街边站太久，因为戴着口罩，不能抽烟，也不能给双手哈气，深夜一点多我就回房间了。

旅馆对面房子的楼上站着一只鸟。鸟的影子在跳动，沿着围栏从东边跳到西边，然后跳下栏杆不见了。小爱熟睡中还在数星星，我给她测体温，然后回到窗边抽烟。我发现自己跟张珂之间的回忆都只停留在北海这座城市。虽然我们喜欢开着车四处去，但从不觉得自己需要更加广阔的空间。我们就从城市的东边到城市的西边，从南边到北边，在这座城市的肠道里游走。

唯一一次离开北海，是去南宁看画展。那天是周四，我们早早就起了床，端着咖啡和三明治钻进小卡车往东去。我负责开车，张珂把三明治和咖啡往我嘴里塞。刚上了高速公路，天就下雨，小卡车走了太多的路，车轮经受了太多的磨损，在一个拐弯的地方车轮打滑，我们撞到了围栏上。

我额头上的伤疤就是那一次车祸造成的。我们站在路边的芦苇丛前，淋着雨，等交警来拖车。那是我们第一次闹别扭，在大雨中，张珂一直在抱怨我耽误了她，那是画展的最后一天，前几天我因为手上事情太多一直把去南宁的时间往后推。我记得当时自己也发了脾气，我对着张珂吼道，都这样了还想着去看画展，你他妈脑子里有没有一点正经事？

张珂搂着我的脖子，额头贴在我胸口，哭了起来。高速公路上飞驰而过的车辆溅起了茫茫白雾，小卡车的车灯一闪一闪亮着。交警到来时已经是半小时后，他给了我们一把伞，还带了一件风衣给张珂披上，在雨中，他问了我们几个问题，拍了几张照片，然后拖着小卡车回北海。回去的路上，湿漉漉的我和张珂紧紧依偎在一起，一句话也没说。

我在出租屋待了一个多月，直到额头上的伤口结痂，血痂脱落。张珂说，我们结婚吧。结婚证上面的照片依旧能够看见我额头上那个刚愈合的伤口。领完结婚证，我们并没有庆祝，当天晚上做爱也没什么特别之处。

到了下半夜，又开始下雨，旅馆对面是一座被荒废的大楼，漆黑的窗口吞噬着四周的光线。想必这座大楼被遗弃之前是住满租客的出租屋，北海多的是这样的大楼，一个个窗口把大楼分割成无数个独立的空间。

4

我没想到会在旅馆门口遇见马洁。

她在绿化树旁呼唤我的名字，她看见我额头上的伤疤一眼就把戴着口罩的我认出来了。这个名叫马洁的胖女子是我在广告公司的同事，她衣服紧绷，显得特别强壮。印象中她并没有这般高大，我企图把她过去的模样从记忆中找出来。总不至于胖成这样，我想。我问她是不是还在广告公司工作。

她说，除此以外还能做什么呢？我还以为你要成为画家呢。肥胖的人都有一种乐观心态，她也是。把小爱抱回房间，我和马洁在旅馆大堂聊了好久，她笑起来浑身都在抖。她说她以前没现在这么胖，最近每天在出租屋里吃薯片喝汽水，不到两个月就变成了这副模样。

马洁让我想起了母亲，她比母亲还要胖，两个硕大的乳房沉甸甸地下坠。大乳房的女人走起路来会不会特不方便？我从马洁走路的姿态想到这个问题。她走起路来上身前倾，屁股后撅，以此来保持平衡。相对而言张珂则太瘦了，碰到哪里都是骨头。

马洁端详着我，让我感到难为情。她说，你变了很多，没一点精神气。我忍不住摘下口罩点了一支烟，马洁把香烟从我手上夺走掐灭。她说，别这样，现在情况很不好，你要照顾好自己和小爱。我说，这么多年过去，你还是一个人？马洁摊开双手耸耸肩，她说，不然呢，不过我已经习惯了，我是个随遇而安的人。

你确实是随遇而安的人，我说，我这几年也觉得自己是个随遇而安的人，但张珂不是。马洁说，以前我不知多羡慕你们，两个人相爱，每天都过得快活自在，我还记得当时你们计划在银滩办音乐派对，东西都准备好了，好像是来了台风，最终没办成。

音乐派对是张珂的主意，张珂有个梦想，背着吉他在街上流浪，像开巡回演唱会那样在北海的酒吧唱歌，一家酒吧一家酒吧地唱下去。我突然想起了那段时间她整天在出租屋里唱的那首歌，歌词是这样的：我们憎恨这座城市，热爱这座城市，死于这座城市……

你这样很难找到她，马洁说，现在非常时期，出门的人不多，如果不是家里冰箱被我吃空了，我也不会出门。我也没想过能一下子就找到，但总得出来找找，只是出来的时间不对，我说，她离家出走半年了，前几天才有了她的音讯，她来了北海。马洁觉得我可怜，不自觉地握住了我的手。她的手暖暖的，特别柔软，就像我的母亲。

她走之前有没有跟你透露过什么？马洁睁大了眼睛问我，她对这种具有探索性的事情总是充满好奇。我认真回想了一下，在那个巴掌大的小县城里，我们的生活十分乖巧，每天九点起床，晚上早早就睡了。张珂再也没有提出过什么吓人的计划，她安静了许多。她从网上买了一套精装版普鲁斯特的《追忆似水年华》，这套书一直放在床头柜上，她睡前和睡醒以后总要翻一翻。张珂离家出走的前三个月把《追忆似水年华》看完了，像是完成了一个浩大的工程，她长长吐出一口气把那套厚厚的书从床头柜搬走。

我对马洁说，我一看那本书就头大，也不知道里面写了什么。马洁摇摇头，她知道那是一本可以用来禁欲的书，因此想要猜测张珂离开的原因变得困难起来。马洁说，如果不是非常时期，真想叫上同事出来跟你喝个酒。我问她哪里的酒吧还开门。马洁说，你去银滩那边走走吧，这时候城区的酒吧都关门了，那边还有几家地下酒吧，顺便去看看那片海滩，不过我还是要叮嘱你，一定要照顾好自己和小爱。

马洁庞大的身影跟夜色融为一体，我终于还是没忍住点了一支烟，旅馆前台盯着墙上的电视屏幕昏昏欲睡，这个夜晚没有雨，特别安静，我吐着烟圈，一边回想银滩的浪涛声，海浪一波高过一波，在那片辽阔的湿地前冲刷着。

5

直到初六那天，我才离开市中心，收拾行李带着小爱往银滩方向去。

在市中心的五天时间里，我真正体会到了绝望的滋味，偌大一个城市，空荡荡的，我骑着电动车载着小爱无头苍蝇一般在街上游走，每天只能吃便利店里的快餐，从东往西，我已经想放弃继续找下去了。我告诉小爱，东南边有一片很大的海滩，小爱从没有去过那地方，我决定带她去走走。

在靠近银滩的太阳里酒店，我和小爱住进了一家民宿。那是春节以来我第一次下厨，小爱吃了两口就睡了，这几天都是这样，每天睡到天亮才醒来。我披着毯子坐在阳台上抽烟，海和天空是黑色的，只是海的颜色更深一些，偶尔有游轮闪着光慢悠悠从海面驶过。

快要在吊椅上睡着的时候，隐约听见断断续续的音乐，我才想起马洁临走前跟我说过的话。于是我走到前台问服务员，附近是不是有地下酒吧。服务员支支吾吾给我指引地下酒吧的方向。我冒着寒冷的风走到外面，沿小区背后的巷子走了两百米，然后看见一把伸向地下的铁梯，铁梯口挂着一张广告牌，上面写着"苹果里"三个闪着红光的字。

已经深夜十二点，苹果里酒吧比我想象中的热闹，一部分人戴着口罩，一部分人的口罩就挂在耳边，顾客都是奔着抽烟喝酒来的，不纯粹是为了听歌，口罩在这个地方难免显得扫兴。我点了一瓶红酒，一份花生米，在靠墙的位置听着歌。

隔壁桌两个女孩张着嘴巴很夸张地笑着，乳房都快要从衣领抖出来了，尽管我跟她们只相隔半米，她们说的话我一句也没听清楚。乐队在台上十分卖力地表演，我进门第一眼就看见张珂了，真没想到她会这么突然出现在我眼前，更没想到她会在这种地方唱歌。

张珂不知道我在台下，她唱得很好，她很开心，顶着个夸张的爆炸头，化着浓妆，不像我认识的那个人。她是新鲜的，充满活力，是激情奔放的，她唱《爱不爱我》《单身情歌》《三十岁女人》。来酒吧玩的，大多是单身男女，像我这样被生活闷成苦瓜的人已经很少到这种地方来。

张珂注意到台下的我时歌声突然变了，她把进行中的那首歌

　　　　　　　　　　　　　　　塞班岛往事　|

唱完，然后来到我面前，拿起我的酒杯把我只喝了一小口的红酒一饮而尽。你怎么找到这里来了？她说话的语气平稳，就像我们刚刚才见过一面。她拿起香烟点了一支，她说，小爱还好吗？我说，她也来了，在隔壁的民宿里。张珂责骂我，你怎么带她出来，现在什么情况你不清楚吗？是她要跟着来，我说，她一直想出来找你。

张珂不停给我倒酒，她还是那么能喝，她的身体仿佛对酒精免疫。我们的话不多，张珂说她会回家的，但不是这个时候。我没有问她到底是什么时候。我喝了不少酒，身体轻飘飘的，很快就不省人事了，醒来时发现自己躺在一张一百二十厘米宽的单人床上，张珂盯着手机屏幕看音乐节目。她给我递来矿泉水，说我醉得一塌糊涂，说了很久梦话。我说，你酒量又回来了。张珂扑哧一声笑了，她说，我可是靠喝酒把肾结石治好的。

这间二十平方米的房间里竟然还住着其他三个女孩，她们都是酒吧的工作者，看起来才十几岁，此刻正在熟睡中，穿着暴露的内衣裤，没有一丝防备。看看窗外，天已经亮了，苹果里就在对面。张珂说是她背着我穿过天桥，爬上这座五层高没有电梯的楼房。

6

张珂在下午五点钟的时候来到民宿，我在阳台上看见她穿着鲜艳的裙子从一辆白色本田里下来，载她从城区回来的男子把她送到太阳里酒店门口便直接去了酒吧。

小爱开门看见张珂的时候尖叫了起来，跑到阳台上，拉着我去见她的妈妈。张珂给小爱买了新年礼物，都已经年初七了。小爱把她这半年折的星星送给了张珂，她们说着说着就抱在一起哭了。我正想折第一百五十二颗星星，还好没有折，折完你今天就不来看我了，小爱说。

张珂给小爱买了一件新衣服，她们俩在房间里说话，我在阳台上抽烟，远处的海还是我所熟悉的那片海。雨过去以后海水变得蔚蓝，黄昏那层薄薄的光在海面上没停留多久就被海水吞噬了。小爱对她妈妈的思念经过一个多小时的倾诉已经诉说完，她被张珂送给她的平板电脑吸引住了，趴在床上玩起了《愤怒的小鸟》。

天完全暗下来，张珂在我旁边坐下，拿起桌上的香烟点着。她穿得很少，冷得微微发抖。我说，今晚还去唱歌？张珂看着已经跟夜色混为一体的海。还去，她说，那是我的生活。我问，在那里唱歌能挣多少钱？三千，她说话的方式我有些反感，但不是钱的问题，你懂吗，爱情和家庭只是生活的一部分，并非全部，生命不是为了追求爱情和家庭生活而存在的，生命中有高于这两者的东西。

短暂的沉默，烟丝很快就烧完了，我点了第二支烟，张珂没再继续抽下去。我问她，刚才那个男的是谁？男朋友，她还是那副无所谓的模样，你别在意，玩玩罢了，我没有做任何对不起你的事。我说，你都三十六岁了，还要跟那些年轻人混在一起？张珂说，那是我想要的生活。我说，你是打算就这么过下去了？张珂摇摇头，她说，我会回去的。

小爱睡着以后，我又到苹果里去听张珂唱歌。随着疫情变得严重，酒吧里的人少了很多，而且大多都戴着口罩。张珂在台上对着我笑，这一次她没有中断她的歌唱，而是安排了三个姐妹来陪我喝酒。这三个身材娇小的女孩大概就是跟张珂住一间宿舍的那三个，那时我没有看清楚她们的脸，酒吧灯光昏暗，她们的模样依旧模糊。

在流动的灯光下，女孩们兴奋地摇着骰子，不知疲倦地猜拳，摇晃着尚未发育成型的乳房。她们酒量比我好，没一会儿，桌上就摆满了空瓶子。我不停地上厕所，在洗手池前抠喉咙，这是我讨厌喝啤酒的一个原因，没有一丝快感。

凌晨一点过后，张珂来到我身边，还带来了她的男朋友，一位满脸粗糙胡子的中年男人。张珂若无其事地向我介绍那位中年男人，他戴着金耳环，声音沙哑，一个劲儿地跟我碰杯。张珂去拿酒的空当儿，中年男人凑到我耳边，让我别太在意，都是为了活得自在。

我对他的话感到厌恶，从座位上站起来，掀翻桌子，然后朝酒吧门口走去，刚走到门口就没忍住呕吐起来。张珂从后面追出来，问我有没有事。我摇晃着沉重的脑袋，差点摔倒在呕吐物中。在街边坐下，风吹走了酒精带来的热量，我从口袋里掏烟出来点着。张珂靠在我的肩膀上，我抓住她的手。我说，我明天就回去，不想再留在这个地方。张珂叹了一口气，她说，我请了一天假，我想带小爱到沙滩上去走走。

张珂送我回酒店，我拉着她的手不让她走，把她放倒在沙发上，一件件解开她的衣服。因为喝多了酒，满肚子都是水，做爱也变得不顺心。我气馁了，瘫软在沙发上，搂抱着张珂，在她耳边说了很多话。可能我比你先老了，我说。张珂没有回应。天快亮的时候我从梦中醒来，张珂已经离开，我身上盖着一张毛毯，衣服胡乱堆在桌子上。

7

天空没有一丝云，海是绿色的，辽阔的沙滩是这个地方最大的特色。小爱从来没见过这么大一片沙滩，它像沙漠，像戈壁滩，在风中寸草不生。沙滩上出现了两个黑影，光着脚丫的两个男孩挑着钓鱼竿和遮阳伞提着水桶朝远处的礁石林走去，他们低着头，宛如两只迷路的蚂蚁，小爱踩着他们留下的脚印在沙滩上跳跃。

第一次到这片沙滩上来，是在酷热的夏天。张珂建议我们搬到银滩附近的民宿，她说，虽然贵了一点，但不像市中心那么热。那段时间，我们每天傍晚到沙滩上去看日落，有时候逗留到深夜，在海边散步、静坐、裸睡，躲在树林后面做爱。

我捋了一把头发，发际线已经后移了不少。张珂挽着我的手臂，她说，怎么留起了胡子，人也瘦了，一副艺术家的样子，像张震，《绣春刀》里的张震。

前方岩石堆里喷出一排火光，一群年轻人站在正在喷烟的纸盒前手舞足蹈，对着大海呼喊，烟花在半空轰鸣、炸裂、熄灭，不过因为是白天，天空只有绽放的烟雾。幸亏天空明净蔚蓝，不然连这些绽放的烟雾都无法看见。如果没有那片海，这个地方真的就是一片沙漠，毫无生机的沙漠，所有柔软的具有弹性的事物都会在这里死去。

沙子凉凉的，我们把鞋子放在树林里，光着脚去踏浪。停在沙滩上的游艇像一个个坟墓，我们踩着柔软的沙子往前走，沙滩上的其他人消失在岩石后面了，不，他们是融化了，像天上绽放的那些烟雾，悄无声息地融化了。

冬天的海总是这样寂静，烟花纸浮在水面，许多叫不上名字的海洋生物的尸体躺在沙子上。海中央有座岛屿，它在视野中央，最接近太阳的地方，它的影子覆盖了半个海面。我想到那个岛上去，小爱指着海上的黑影说。我租来一条木船，划到由鹅卵石和贝壳搅拌混凝土建成的狭小码头，把张珂和小爱接到船上，解开码头上的绳子，朝那座浮动的岛屿驶去。

海面枯燥无比，我们掉进了一个混沌的空间里，仿佛这颗星球刚刚形成，所有的生命都在孕育当中，只有我们三个突破了胚胎冒出海面。

海面升起袅袅白雾，小爱扒在船上用手去泼水。张珂感到冷，紧紧搂住风衣，她戴着墨镜背着光线，我看不清她的脸。海水晃荡着，如无数只青蛙在海平面跳跃。船很快就接近了那座岛，我把木船绑在石头上，牵着小爱往岛屿中部去。

岛上长满了树，黑压压一片，与岸上那片辽阔的沙滩相比，岛上到处是石头，这些石头光滑锋利，仅剩下硬邦邦的内核。岛不是很大，脚下石头太多，我们慢悠悠地走路，没走多久小爱就捡了一桶各种颜色的石头，她用这些石头在岩石上摆放出三个人，说那是我们家，后来她又多摆了一个，那是奶奶。

张珂突然开口说，她身体怎样，好些没有？我说，好多了，能自己照顾自己，也正是这样我才能出来找你。小爱说，我就说能找到妈妈。张珂问她，你怎么就知道能找到我了？小爱说，引力，我们之间有引力。

树丛里站满了白色的海鸟，我们坐在巨大的石头上看日落，不远处的海岸像一道墨水，城市的上空被蓝色的雾笼罩着，白色建筑物的光泽在渐渐消失。海鸥不再咕咕叫，海螺在岩石上蠕动，海水淌过岩石的声音也听不见，海上的船化为一个个黑影，如乌云挂在天边。张珂把脑袋放在膝盖上，用手遮住眼睛，透过指缝，晚霞的光一圈一圈如雷达信号一般打下来。

张珂跟我说起了一件往事，她说，还记得那年我们在这里看白鹭的事情吗？

我说，当然记得。

那是 2009 年夏天，一大群白鹭浩浩荡荡飞越整个北海来到这片海域，沙滩和海面上白花花的都是白鹭。白鹭在天空中起起落落，偶尔从我们租住的出租屋前飞过。张珂穿上白色背心，披上白衬衫，她把自己当成了白鹭，在沙滩上奔跑着，白色衬衫被海风吹着，在她身后噗噗地响……

发表于《滇池》杂志 2020 年第 11 期

陨 石

1

"据天文家预测，北京时间4月30日凌晨四点，有陨石从地球上空经过，我国南方福建、广东、海南等地将出现流星雨……"

我关掉电台广播，到车外透气，车尾灯一闪一闪将路边树林的轮廓映照出来。风凉飕飕的，空气清新，典型的南方气息。

两天前我还在上海，那是我开车去过最远的地方。在一家旧影院观看毕赣《地球最后的夜晚》的时候我接到了一个来自海南的电话。由于电影评分极低，影院里极少人，四周十分安静，电话那边的声音格外清晰。说话的是一个陌生女人，我记忆中不曾有过这个声音，但她说出了一个我永远无法忘记的名字。她说她是陈雨。听到陈雨两个字的时候我先是愣了一会儿，随后将电话挂了，心想肯定是某个无所事事的人在恶作剧，陈雨在七年前已经死了。

挂了电话后我很难再进入电影的氛围当中，不知是不是受到了电话的影响，电影中的汤唯突然变成了陈雨的模样，她夹着香烟坐在窗前，她在幽暗的隧道里慢悠悠地走，她神情冷漠，她行踪神秘……

回到旅馆，狮子无精打采趴在地板上睡觉，我开一盒牛肉罐头端到它面前，它吃了一半就不吃。我带它去宠物医院做过检查，它患了肺炎，上了年纪的缘故，医生说大多数犬类都会死于肺炎。半夜，狮子身体抽搐，吐了一堆东西。我把它抱到车上，走遍整个街区才找到一家宠物医院。狮子在医生面前格外平静，卧在柔软的毯子上等候药水一滴滴输入体内。

把狮子接回旅馆，我收到一条彩信，照片里是一只粉色的拖鞋。我回拨电话，那边关机了。七年前，陈雨在粤北一个小村庄遇害，案发现场她光着脚卧在河边，警察在靠近树林的地方找到了她的一只拖鞋，另一只始终没有找到。我盯着手机看了好久，那确实是陈雨的拖鞋，但是电话那边的人是谁？我没有目睹陈雨去世时的样子，错过了见她最后一面，但我看过警察的档案，档案里有案发现场的照片，那张惨白的脸是陈雨无误。

天亮以后，狮子恢复精神吃完了剩下的半盒罐头，坐在脚边舔我的脚趾。还是那个电话号码给我发来了一条短信，我没有马上打开短信，而是直接打电话过去，电话那头又是关机状态。我翻出短信，上面写着一个地址：海南省海口市澄迈县。

小卡车高速行走了十二小时后出了毛病，我给拖车公司打电话，时间是夜晚十点，他们说路有点远，人手不足，叫我耐心等等。一个夜晚过去了，拖车还是没有来。

路上的提示牌显示，我正处于浙江跟福建的交界处。天空渐渐出现白光，狮子在后座睡了一会儿便醒了，它太老了，长途奔波对它来说是一种煎熬。我坐在方向盘后面抽烟，天空晴朗，不见厚云，假如陨石从天空划过也不至于被烧成灰烬。

白光将车外的风景暴露出来，白色的水泥公路，黑色的榕树，赤色的山丘。过了七点钟，来往的车辆越来越多，我到路边去拦车。狮子坐在我旁边，伸长舌头，朝每一辆从身前开过的汽车吼叫。天气逐渐暖和起来，一辆黄泥车在我面前停下，一个衣服涂满油渍的中年男子径直朝小卡车走来，拍拍车头，翻起车前盖，快速检查一遍，摇摇头说车一时半会儿修不好。我给他递烟，点着，两个人站在公路上抽完了一支烟。我问他能否帮我把车拖到加油站。他犹豫了一会儿，想必加油站与我们有相当一段距离。抽完第二支烟，男子爬到驾驶室拿出一捆缆绳，一头捆在小卡车车头，一头捆在黄泥车车尾，叫我上车抓稳方向盘。

男子没有把我送到加油站，而是在路边一家修车店门口停了下来。"他会帮你把车修好的。"他下车解开缆绳，又回到车上，从驾驶室伸出脑袋跟我说，"这里附近没有加油站。"说完把烟头丢到车窗外发动汽车离开了。

修车师傅手持工具走过来，一副大汉的模样。我和狮子坐在他平时歇息的棚子里看他修车。风吹着路上的灰尘，过了半小时，师傅满脸尘埃从车底下钻出来，迫不及待从沾满柴油的工衣里掏出香烟来抽。他对着狮子看了一眼，"好大的狗。"他说的是闽南语。他让我去试车。我刚钻进车厢狮子就来到车前眼泪汪汪看着我，仿佛我会抛弃它一走了之似的。我打开车门，它摇着尾巴跳到车上。汽车可以发动了，师傅还往油箱里倒了两升汽油。我下车请他抽烟，问他收多少钱。他没有直接回答，反问我要去哪里。

"往南走。"我说。

"广东人？"

"广东人，去海南。"

"广东去海南要经过福建？"他问得很认真，我开始真以为他把海南跟台湾的位置弄乱了，直到看见他露出诡异的笑容。

他说他叔也想去海南，问我能不能带上他。"是个很好相处的老头，有一个感人的故事。"我问他怎么断定我要去海南。"一点也不知道，"他说，"你是我问过上百个人当中的一个。他心心念念好多年了，要去海南找一个女人。我不敢走远路，小孩考上大学后我就想，如果他真要去海南，就让他去好了，再不去，他们这辈子就见不着面了。"

他带我绕过修车店走进巷子里头的一座楼房。一个老头正在看电视剧，他看上去有六十多岁，头发白得均匀，身穿一套褪色的旧军装。

"叔，你不是要去海南吗？我找了个朋友送你过去，收拾东西吧。"修车师傅对老头说。

老头听到要去海南，一下子从沙发上站了起来，快步走进漆黑的房间，不到一刻钟就背着个破书包走了出来。"我几年前就准备好了，出发吧。"他笑着对我说。

修车师傅打开老头的背包，检查里面的东西，两套衣服、牙刷毛巾、一个本子。他在本子上面写下地址和自己的手机号码，给老头一部旧手机和一些现金，叮嘱老头找不到人就回来，不知道怎么回来就打电话，还给我塞了五百块，拜托我送老头到海口，路上有情况给他打电话。

老头爬上副驾驶座，看见后面的狮子，满怀怜悯地抚摸着狮子的脑袋，"它跟我一样老。"他说，因为激动，他眼睛带有泪光。

我叫他叔，问他要去海口哪里。

"过了海你就可以把我放下了，"他说，"你是阿宁的朋友？"想必那个修车师傅就是阿宁。

我点点头说："叫我司徒吧，我姓司徒。"

"台山人？"

"肇庆人。"

"台山那边姓司徒的人很多，宋皇帝逃到崖门口时把整个宋王朝都带过去了。"他在副驾驶座上舒展开身体，又问，"你一个肇庆人开车到福建来做什么？去海南做什么？"

"刚从上海回来，去海南找人。"

老头表现出来的活力跟他的年龄不相符，他有说不完的话，他唱军歌，唱红歌，唱山歌，唱闽南民谣，如此反复，我忍受不了的时候就打开广播，他听广播新闻的时候总要发表自己的见解。为了让他安静下来，我威胁他说要是他再说个不停，我就赶他下车。他嬉皮笑脸地说我不会将一个老人留在路上自己一个人开车走，"你不是这样的人，"他说，好像他很了解我似的，"你只是一个人待的时间长了，年轻人都这样，你们算不了孤独，孤独不是一个人默不作声，孤独是一个人自言自语。"他一直找话题跟我说话，我很少回应，看到我要发脾气了他会立刻住口，然后靠着车窗睡一会儿，醒来以后又絮絮叨叨说个没完。

老头随身带着一个街区志愿者的红色袖章，我们在市区吃饭或者休息的时候他总是匆匆扒完饭就到十字路口指挥交通。他的手势十分标准，来往的车辆和行人都听他的指挥。有时候狮子会跟着他过去，坐在他旁边，老头指挥车辆通过的时候它就叫两声。我没想到狮子会喜欢跟老头待在一起，可能因为老头更有生活气息，他总是不停地说话，我不搭理他的时候他就跟狮子说，狮子累了他就自言自语。

四月最后一天傍晚，老头吃完饭照旧去指挥交通，我和狮子吃完饭后回到车上，我打算继续往南走一段路再找旅馆。正值下班高峰期，马路上的车辆瞪着眼排着队过十字路口，老头站在红绿灯下手执红旗不让行人过马路。我开着车没办法靠近他，当我过了路口，从车窗探出脑袋往老头那个方向喊，他显然没有听到，身后的车看见我堵在前面就拼命鸣笛。我没有办法，只好继续往前开，脑中突然蹦出一个念头，我可以趁机抛下他一个人走。我给自己的理由是我有叫他上车，但是他朝我挥手让我先走。我发动汽车走了好远，心情轻松了许多，打开音响放起了音乐。狮子在后面对着我的后脑勺叫了起来。我没有理它，只顾着开车。它咬住我的衣服往后扯，我正准备回头给它一个拳头的时候看到老头的行李还在车上。万不得已，我只好兜一个大圈重新回到那个地方，下班高峰期已经过去，老头坐在花坛边像个孩子一样等我。

上车以后，老头坐在副驾驶座上默不作声，一副闷闷不乐的样子。我以为他在生我的气。过了好久他说："在路口遇到一位迷路的老太婆，她问我借钱坐车，我说我朋友有车，可以带她回去，她说她知道怎么回去，她只是没有钱买车票。"

"你给她了？"

"给了两百块。"

"她是骗子。"

"我知道，这么大年纪了还出来骗人，肯定也是身不由己。"老头靠着车窗，天气闷得很，西边的云是红色的，"她虽然是个骗子，笑起来还是很真诚，她笑起来那个样子就好像我要找的那个人。"

2

我和老头住进一家便捷酒店。刚走进房间狮子就攀到洗手池喝水，喝完水，它精神萎靡地钻到桌子下面去了，呼吸的时候发出嘘嘘的声音。我打开罐头放在它面前，它嗅了嗅又趴下去了。

老头蹲下去抚摸狮子的脖子，"这样下去不行的，你我都要健康地活下去。"他说。狮子仿佛能听懂他说的话，突然振作起来把罐头吃了个精光。

窗外是繁杂的街市，街灯泛黄，躺在床上抽烟看电视的老头光叹气不说话，我问他是不是赶路太累。他晃晃脑袋说："我有点怕，这么多年了，不知还能不能找到她。2012 年，她给我寄来一封信，那封信来到我手上的时候已经被雨淋湿了好几遍，上面的字看不清楚，不知道她写了什么。信是从海口寄过来的，她既然知道我的地址，为什么不来找我？可能她跟我一样，人老了很多事情都身不由己。"

我回到自己的床上躺下，"我有个朋友是做图像修复工作的，我可以联系她，让她帮忙看看那封信写了什么。"

"你怎么就像是老天安排来帮我的？"老头在衣服里面掏了很久，掏出一个布袋，又从布袋里拿出那封信，"我一直带在身上，我跟阿宁说，要是我死了没去成海南，就让我带着这封信下葬。我以为他只知道修车，对我要去海南的事一点都不关心，看来他还是有良心的。"

我打开通讯录找到阿桑的电话，看了看时间，已经晚上十一点了，想发短信过去，又犹豫了，于是把信重新折好放回信封，压在枕头下。

晚间新闻正在报道 4 月 29 日这一天所发生的事情。很快就要进入五月了，七年前的五月，陈雨的案件正式成为了一个谜。最后一则新闻报道的是 1 号台风登陆海南岛的消息，新闻间插着台风肆虐建筑物的视频。老头看着电视泪流满面。后来我送老头回福建，一个人返回粤北的时候一直在想，这趟往南的旅行，这个沉闷的夜晚，这则新闻，到底是一个巨大的偶然，还是我生命里必将经历的。

陨 石

老人将烟头掐灭，用手掌擦眼泪，不好将眼泪涂到洁白的床单上，只好往自己的衣服上抹。他花了几分钟才平静下来，重新点着香烟，电视已经切换到广告时间。

　　"我要跟你讲讲我和她之间的事，"老头叹了一口气说，"其实我不是福建人，我是海南人。"老头陷入回忆当中。

　　"十二岁那年，我遇见了她，她叫赵樱儿，是米店老板的女儿。她看到我每天早上在垃圾堆里捡米碎，有一天她朝巷子里扔下来一个饭团，我才注意到有人一直在楼上看着我。

　　"她问我是不是饿了，我抬起头看她，肚子咕咕地响。她看起来像是生病了，她说她总是睡不着，喜欢坐在窗口看外面的风景。她告诉我她每天从窗口看到的事物，说得最多的，是天上的云。每天的云都不一样，她说，云可以变成各种各样的形状，云可以去到很远的地方。那时候我就躺在垃圾堆上，我看到的天空太大了，以至于我看不出这些云有什么特别的地方。

　　"我问她为什么被关在楼上。她说她患了一种病，不能出现在有光的地方，只要被太阳照到就会浑身发痒，皮肤长满红疹。后来我发现不只是她，她的家人也是这样，他们白天把米店遮得严严实实，晚上只点一支蜡烛。我曾幻想过她和她的家人都是蝙蝠，是猫头鹰，他们会在夜里飞出来杀人。那些幻想都是我从另一个流浪儿口中听到的，他比我大四岁，读过《聊斋志异》。虽然我心里害怕，每天天亮之前还是会跑到她的窗口下看她，她从窗口扔下来的食物太具诱惑力了，很多年后我回想起那段日子，依然觉得她扔下来的是最美味的东西。"

　　老头的情绪有些激动，手指微微颤抖着。我给他倒了一杯水，他没有喝。夜已深，房间外面的喧嚣声安静下来了，窗外的光也一层层暗淡。老人轻轻咳了几声，拿起香烟点了一支。我双手枕在脑后望着天花板，窗帘的影子在天花板浮动，像海浪。我无法想象他经历过什么，有些事情是属于特定年代的，或者说每一件事情都属于一个特定的时间，只有亲身经历过才能将它收进记忆当中，至于旁观者，永远处于迷糊与清晰的边沿。我回想自己度过的三十年时间，作为一个生命体，大部分时间都处在懵懂的状态中。虚度了如此多时间之后我不时会懊恼，生命中未免缺乏激情和历练。每当我陷入这样的思绪的时候就会想起陈雨，她的生命比大多数人都短暂，她本该和别人一样享受生命中最美好的时光，却被别人结束了自己的生命。时间是最残忍的凶手，是杀人不眨眼的恶魔，陈雨不是被时间杀死的，而是一把冷冰冰的匕首。

"不过她也不是每天早上都会出现在窗口，特别是阳光明媚的早晨，那时候楼上静悄悄的，我想那段时间她该是发病了。不过我还是会在窗口下等她，那时候已经不完全是为了等她从窗口扔粮食下来，那是我从原来的家走失以后第一次体会到有人在乎自己的生死，因此我也开始在乎她的生死。她发病的时候我想到楼上去看她，但是我不敢，我害怕楼上真有《聊斋志异》里写的妖怪。

"有天早上，我躺在巷子里的垃圾堆上，望着没有白云遮拦的天空发呆，这样晴朗的天她通常是不会出现的。我当时还有点困，躺在冰凉的木板上随时会睡着。楼上漆黑的窗口突然冒出一张面孔，把我吓了一跳。那个脸色发黄的女人是樱儿阿妈，她站在窗口盯着我看了足有半刻钟。后来她关上窗户，楼上恢复了寂静。"

"第一次进去她的房间，是在我十三岁那年的春天。台风要来的前几天，天空万里无云，天亮得越来越早，她一连三天没有出现。第四天我来到窗口下，她阿妈，那个脸色发黄的中年妇女突然出现在巷口。她很瘦，双手抱在胸前，长长的头发披在背后。我以为她要扑过来吸我的血，但是她没有。她懒洋洋地伸出一只手召唤我过去，我当时害怕极了，但是双腿不听使唤地往她那边挪。她很高，那时我已经开始长个子了，她跟我说话的时候还是不得不弯下腰。她问我要不要上楼，樱儿生病了，正躺在床上。我的恐惧很快便消失了，我完全被眼前这个病态的女人吸引住了，我的印象中从来没有人如此亲切地跟我说过话，虽然我知道她的亲切很可能是因为她的慵懒，她没有力气去说更多的话。

"她家里就三个人，她和她的父母。当时她的家人以为她要死了，我来到阴暗的房间的时候她正奄奄一息躺在床上。尽管那时候她看起来已经很虚弱，她的样子还是很可爱，她不像她阿妈，她的皮肤虽然苍白，但是还保持着弹性，脸蛋很饱满。我像一根木头站在房间门口，看着她睡去的样子，不敢往床边靠。她阿妈拨开她额头的头发，'看看谁来了，'她将女儿叫醒，'是那个男孩。'她显然还不知道我的名字。

"樱儿睁开眼看了看我，又转过头去，低声跟她阿妈说了一句话，她阿妈转告我说她因为没有穿好衣服而害羞。事实上，那次发病并没有危及她的性命，台风很快就来了，随着天气变得阴凉，她恢复了健康。

"自那以后我经常去她家，她的父母不时还给我一些吃的，那时候家家户户都缺粮食，他们没有能力让我跟他们过日子。幸好我那时已经有能力让自己活下去，除了下雨天我待的地方会被雨淋湿，我一直过得很好。

"台风过后我惹了一身脏东西，我的皮肤被蚊虫叮咬之后一寸寸腐烂，到最后满身都是伤口和血痂，我需要待在有阳光的地方，阳光可以杀死皮肤上的病菌。后来，我去她家的次数越来越少了，因为她家阴暗潮湿，随着天气不断变热，房间里的遮光布盖了一张又一张。我们又恢复了最初的交往方式，我坐在她的窗口下跟她有一句没一句地讲话。我有一种奇怪的感觉，我和她明明是可以一起生活的，但是我们不得不被一堵墙和无数张黑布隔离开。这堵墙不断扩张，世界被分成两半，我在外面，她在里面。有一天她在墙的里面告诉我她要离开海南了，她的父母认为海南的炎热天气会杀死他们一家人。

"他们离开的那天我早早就来到窗口下面了，我站在巷口看着她阿爸将行李一件件搬到马车上，搬完最后一件行李，她和她妈妈才走出来。她戴着一个黑纱帽，站在门口四处张望，看到我以后她挥手让我过去。她说她去治病，治好病再回来找我。她说话那个样子很认真，仿佛担心自己的宠物会走失。她说，等她的病治好了她就回来跟我结婚。

"自那以后我们再也没有见面，我身上的病越来越严重，体无完肤。那时候得了皮肤病的人很多都死了，特别是无家可归的人，巷子里随处都能找到他们的尸体。我拖着溃烂的身体在巷子里游荡，本以为我会死去，我会等不到她回来。我躺在街上让炙热的阳光焚烧我的身体，是一位路过的医生救了我一命，他说山上的温泉可以治好我的病。"

我之所以觉得自己的生命缺乏激情和历练，是因为我连死人都没有见过。我这个年纪，身边的人都活得好好的，至于那些突然消失了的人，我得到的往往只是一个死讯。死讯通过各种方式传到我的耳边，仿佛人死了就会变成一句话，在几个熟人当中传一遍，人就理所当然地消失了，陈雨的死也是这样。

我问老头："看着那些尸体心里会不会特难受？"

他的回答出乎我的意料，"当你看多了，就会麻木，那些尸体冷冰冰硬邦邦的，就好像石头，从天上掉下来，紧紧贴着地面。"他突然感慨一句，"我们也在慢慢硬化，慢慢变成石头。"

房间里弥漫着白烟，老头望着天花板，他沉思的模样跟平日判若两人。"我在山上待了两个多月，住在山洞里，每天就吃野果和番薯，病好以后回到镇上又过了好长一段时间的流浪生活。那段日子过得非常煎熬，我每天都跑到她家去看一眼，以为秋天来了他们就会回来，可是第二年春天都过去了他们还没有回来。那时我觉得她不会回来了，她的病很可能治不好，于是我才离开海南去找她。"

老头的左手有些不利索，手上的皮肤苍老褶皱。他把桌子上那杯水喝了，铺好枕头躺下，房间里头响起低沉的鼻鼾声。我走到窗边去抽烟，正值夜晚最漆黑的时间段，街道两边的灯光被黑暗压得只剩下一个个小小的光圈，我看见陈雨站在光圈里，她撑着一把雨伞，凝望着我所在的窗口。我晃晃脑袋，陈雨消失了，墨汁般的天空突然划过一道光，稍纵即逝。我抬起手腕看一眼电子表，秒数和分数刚好化为零，时间是凌晨四点。

3

第二天醒来，老头不在房间，狮子在桌子下面抽搐，它来回走了几步，终于还是没忍住，吐了一堆东西。我将它吐出来的东西打扫干净，老头还没回来，我想起昨天晚上的事情，拨通了阿桑的电话。

"拜托你一件事，帮我修复一封信，信被雨淋湿后上面的字看不清楚了，我马上把信寄给你。"我匆匆忙忙交代完，她回了一句没问题便挂了电话。我跑到邮局去寄了一封挂号信，然后带狮子去吃早餐。

刚吃完早餐老头就从外面回来了，他沿着公路散步去了。他说他必须每天早上起来散步，不然身体很快就会垮掉，他要在找到赵樱儿之前保持这个习惯。等他吃完早餐，回房间收拾好东西，时间是早上九点半。狮子来到小卡车前吐了起来，把我刚安抚它吃下的火腿肠吐出来了。它的精神越来越差，身体越来越瘦，如果剪掉身上的长毛，肯定能看到凸出来的肋骨。老头蹲下来抚慰它："你要坚持住，狮子，要坚持下去。"

狮子坐在地上不愿上车，它不想走了。我蹲下去抱它，它扭头走开，沿着公路慢吞吞地走着。我对着它的背影呼唤它："狮子，带你去找张永强。"

狮子突然停住了，扭过头来看了我一眼，又慢吞吞走了回来，钻进车后座趴下。

"虽然它老了，耳朵还没聋，还听得懂人话。"上了高速公路后老头说。

"它的主人抛下它出海了，它很忠诚，一直守在码头。"

"它主人是做什么的？"

"一个打捞者，到大海中去找沉船，以前一直带着狮子，狮子老了，鼻子失灵了，闻不到台风的味道，他就把它留在码头了。"

老头感慨了一声："打捞者，他想要捞出什么呢？怎么我们都在找这个找那个，我们都丢失了什么啊？"

我没有回答他，我回答不了，我不知道别人在找什么，甚至不知道自己要找什么，我迷失在路上了，公路像没有尽头的圈圈。老头的咳嗽声将我从沉思中拉了回来。我刚才在想什么？我问自己，我试着拨打那个给我发来信息的电话，还是关机，我把手机狠狠地扔进了车柜。

"有心事？"老头问，他掏出香烟，高速公路上不能开车窗，他转过身去看一眼狮子，又把烟收回口袋里了。"你说你去海南也是为了找人，你不打算跟我说说？虽然我帮不了你什么，有些事情就是要说出来，说出来你会记得更深，你才知道你要找的是什么。其实我们都在找回忆，我们都是软弱得不知道往前看的人。"

"关于她我真不知能说什么，七年前她在粤北被杀，至今都没有找到凶手。"

"你要去找凶手？"

"是，也不完全是，我也不清楚，我想找回属于她的东西。如果不能给她的死一个结论，我会不得安生。前两天我接到一个电话，电话里头的人自称是她。不管是真是假，我都要去海南走一趟。"

去海南之前，我开车回了一趟肇庆，我想把狮子交给阿哥照顾，它不能再跟着我奔波了，它该在乡下平静地死去。

我带老头去看陈雨的坟墓，七年过去，墓碑上的照片已经变得模糊。"太年轻了，"老头看着照片感慨道，"人总要犯很多的错才能过完一生，这么好的人谁就忍心伤害她呢？"

从墓地回家的路上那个陌生电话又给我发来信息，只有七个字：都是陨石造成的。

我打通了电话，电话那头只有女人的哭声，她哭了十几分钟才挂掉电话。在我的记忆里不曾有过陈雨哭泣的情景，因此我无法确定电话那头的哭声是不是来自陈雨。

我和老头匆匆忙忙收拾行李跟阿哥一家告别。狮子和阿哥的三个小孩站在一起，它精神很好。我蹲在它面前，抚摸它的脖子，轻轻抱住它，然后和老头钻进车厢。它安静地坐在地上，当我发动汽车，它坐不住了，站了起来，跑到汽车旁边，前脚扒在车窗上叫个不停。我发动汽车将它甩在后面，它吃力地奔跑着。转了个弯，我以为它会乖乖地回去，怎知道它还在后面奔跑，我只好停下来打开后座车门让它上车，再重新出发。

4

5月9日，我们渡过琼州海峡来到了海口，抵达旅馆的时候已经下午三点多，我们疲乏不已，老板对我们带着一条狗入住感到不满，幸亏不是生意兴隆的季节，他没有将我们轰走。

我和老头先后洗完澡躺在床上休息，两个人都没有睡着，也没有说话，我们都在想各自的事情。前天晚上我跟那个陌生女子失去了联系，我打电话过去得到的提示是对方号码已过期。假如老头出门去找人，他还能跟别人说他要找一个六十多岁名叫赵樱儿的老太婆，我呢，连我要找的人是谁都不知道。

五点半，我和老头带狮子到外面去吃饭，吃完饭到海边去散步。狮子看见大海立刻精神抖擞起来，它伸长鼻子在空气中寻觅，它的鼻子已经失灵了，它有些懊恼，坐在码头的石阶前眺望着茫茫大海，跟半年前我在南沙港看见它时一样。我和老头在狮子旁边坐下，老头不免感慨人和狗的命运竟也有相似之处。

"几十年过去，变化太大了，文昌已经不是以前的文昌，我一个地方都认不出来，要怎么找？"

"明天我陪你去找吧，"我对老头说，"你还可以出去问人，我只能等，等那个电话号码再发信息过来，如果她突然变卦了，我可能永远都找不到她了。"

从东到西，我们一个地方一个地方地找，逢人便问，路途乏味，很快就累得不行。当地的老人大多讲海南话，我们听不太明白，而且许多当地人认为我们不是来找什么名叫赵樱儿的女人的，而是来找陨石的。

原来，4月30日凌晨，一颗保龄球大小的陨石落在了海口。

滨海大道士多店老板的讲述："陨石坠落时，我还在店里工作，我们二十四小时营业，虽然挣不了多少钱，但是能为在晚上工作的人提供便利。陨石掉落的时候店里的灯在晃动，铁架慢慢往门口移动，好像门外有一块巨大的磁石。货架上的铁制品掉在地板上，然后在地上蠕动，有些被墙壁挡住了，有些要蠕动到公路那边去。我踩住那些铁制品，它们顶着我的脚底，只要我一松开，它们就会从我脚底溜走。我跑到马路上大声叫喊，我第一感觉就是爆发地震了。许多人从屋里跑了出来，他们衣衫褴褛，有的只穿着内衣裤，站在公路上跟着我喊。他们不知道到底是不是地震，只是恐惧，必须通过叫喊把这种恐惧释放出去。大概持续了五分钟，震动感才消失了，地上的铁制品不再往树林那边移动，公路上的人才渐渐恢复平静。一颗陨石的力量，真可怕，如果这块陨石更大一些，我们是不是都会被毁灭？很多人说陨石带来了辐射，辐射会隐形地穿破我们的身体。有专家到这里做检测，新闻报道说我们周围的环境很安全，空气和水都没有辐射。我心里还是不安，陨石肯定会带来一些本不属于这里的东西。"

　　一个年轻女子的讲述："那天晚上胸口闷得很，好几次难受得醒过来，醒来坐在床上，拼命甩着脑袋，我总觉得有什么东西进入我身体里面了，怎么甩都甩不掉。我打开台灯，看到自己在熟悉的房间里，身边没有陌生男人。我离开灯红酒绿的生活快半个月了，每天醒来还是要确认自己是不是在自己的房间里。我没有看见陨石，连白色的光都没有看见。我醒来喝水，打开电视，从新闻里听到了陨石掉落的消息。我知道陨石就落在附近，我有种不祥的预感，后半夜再也没有睡着。那股闷气从胸口转移到腹部，它在我的腹部旋转、燃烧，我喝了好几杯冷水，最后跑到洗手间吐了起来。天亮以后我去看医生，医生给我拍片，他说我怀孕了。我非常惊讶，我十八岁，但是迟迟没有来月经，以前去看医生，医生说我没有生育能力。所以，不可能，一个连月经都没有来过的女人怎么会怀孕？医生问我经历了什么，我认为自己怀孕跟陨石有关，是陨石导致我怀孕了，它穿破云层落在我身上了。我本该孤独终老的，陨石改变了我的命运。听，他在我肚子里面很活泼，等他长大了我会告诉他，他是从天外来的，是陨石带来的，他将非比寻常。"

一个母亲的讲述："陨石坠落那天我儿子失踪了。他十二岁，正是长身体的时候，嗜睡，每天早上都要我去叫他才肯起床。那天我打开他的房门没有看见他，房间的窗户开着，他离家出走了。我和他爸爸都非常疼他，从来不骂他不打他，他要什么我们都尽可能满足他，他为什么还要离家出走呢？我找到他的老师和同学，问他在学校里有没有受到不好的对待。都很正常，他们说，没有受到不公平的对待，也没有被谁欺负，还没开始谈恋爱。他很可能是去找陨石了。他房间的窗口朝西，刚好对着那片树林，很多人都看见陨石掉在树林里了。我和他爸去树林找他，没有找到，树林后面就是海了，有人说陨石可能不是落在树林里，而是落在了海里。如果陨石落在了海里，你说，我儿子是不是已经出海了呢？他没有钱，又没有工作能力，在外面会不会吃苦？我们报了警，又在电视台发了寻人启事。我们为人正直，不曾做过违背良心的事，这种事情不应该发生在我们家里的。"

一个老太太的讲述："很多人都只看到了一束光，我看到了那块石头。那天晚上我的孙女肚子疼，一直哭，闹到快天亮她才睡着。我帮她盖好被子，站起来关窗的时候看见了那块石头。石头从很高很远的地方飞来，表面上有火，它被火烧成了红色，是那种放在火里烧了很久的铁片的那种红色。最后它消失在树林后面了。石头掉落后的前几天树林里有一股幽蓝在浮动，很漂亮的幽蓝色的光。大概是石头掉下来的第四天，幽蓝不见了。我和邻居到树林里去打太极，我总能听到一些奇怪的声音，好像无数个人在水底下喊我的名字，那些声音十分模糊，就好像水底浮起来的水泡，来到耳边的时候水泡就破了。我问其他人有没有听到奇怪的声音，他们都说听不到。我想我之所以能听到那些声音，是因为我看到了那块石头，看到了幽蓝色的光。

"我年轻时候就遇到过类似的情况，那是1988年的一个深夜，我看见一点红色的光从很高的地方一闪一闪地飞过，将要飞到北边去的时候突然爆炸了。第二天我爬到屋顶上，找到了几块紫色的石头，这些石头在夜里发出蓝色的光。我把石头放在瓷瓶里，一到晚上瓶子就轻轻地震动，一阵一阵，就像有人在说话。那时候我男人去广东打工了，三年多没有消息，当瓶子里传来声音的时候我就觉得是他在那头跟我说话。后来，和他一起出去的人回来了，就他没有回来。瓷瓶在一天跌碎在地上后，里面的石头再也没有发出过蓝色的光。所以我也想找到那块石头，把它放在瓶子里看能不能听到他在那头说话。"

我问她这里有没有一个叫赵樱儿的老太太。

她想了想，摇了摇头。

我和老头每天奔波，时间一长，生活变得枯燥乏味，虽然每天在路上，但是不再轻易向别人询问。在路上的时候我总是精神恍惚，跟那个女子失去联系以后我就经常失眠，即便睡着了也做噩梦。我老梦见陈雨，她悄悄来到我身边，问她的拖鞋在哪里。她面无表情，愣愣地站在床边，我伸手去拉她的手指，却怎么都够不着。她要她的拖鞋，我要的是她。

每次醒来我都满脸泪水。我不清楚老头是否看到我的困境，他总是在我醒来之前就离开房间了，仿佛是逃避事故现场，但只要他不是个嗜睡的人，准能发现我在熟睡时的恐慌。我很可能会讲梦话，我肯定在梦中哭过好几回。

岛上气候炎热，地面干燥，街道很宽，建筑之间的距离较远，找不到可以遮阳的影子，行走的负担变得更沉重。狮子开始还跟我们出去找人，后来热得撑不下去了，坐在商店门口的空调下不愿走。后来我跟老头出门的时候就把它留在旅馆，旅馆老板不喜欢宠物，但是他的妻子喜欢狮子，常带着它去市场买菜。时间对它而言过一天少一天，我们也一样。老头有时累得吃不下饭，在路上走了一天，回来喝几口茶，抽两根烟就睡了。他总是皱着脸抽烟，脸被晒黑了，头发也变得干燥起来。

我们没办法每个角落都找一遍，没去过的地方比我们去过的地方多得多。后来老头不想待在小卡车里，"闻到车上的味道就想吐。"他说。他显然不是晕车，而是对奔波这种状态感到恶心。我把汽车停在旅馆门口，开始漫长的行走。我们走不了太远，有时候到路边等公交，有时候就让当地的摩托车师傅带着四处转。

一个台风夜，雨声把整个房间封闭了，老头坐在窗边看着外面斑驳的光影神思，突然，他转过头大声问我："把陨石放在花瓶里是不是真能听到我们要找的那些人说的话？"

"不清楚。"在哗啦啦的雨声里我们必须放大嗓音才能让对方听到自己说的话。

"我们去找陨石吧。"老头提着我的耳朵说，他没有半点开玩笑的意思，"说不定我们能找到。"

"你是相信了那位老太太说的话？"我反过去提起他的耳朵问他。

"是啊。"他猛地点点头。

5

第二天我们就找到了当地人口中陨石降落的那片树林。那是一个普通的森林公园，在海口市偏西处，山不高，但是覆盖面积很广，东边是海口市繁华的城区，翻到山的那边是较为冷清的郊外，南边就是海了。山上有别墅，有寺庙，一条水泥公路通往山顶；另一边是阶梯，阶梯延伸到半山腰的寺庙门口。穿过寺庙就是山间小道，偶尔出现一座凉亭，有老人在凉亭外的空地上练剑耍太极。山上种满了松树，松针软绵绵铺在地上，前面来找陨石的人走出了好几条路。

我们不知道找陨石需要什么测量工具或者感应器，只能凭借肉眼在树丛里找。从天上来的陨石应该具有极高的温度，它会烧毁附近的草木，把泥土烤熟。我和老头在草丛里探索，杂草的根部紧紧缠在一起，地表被保护得十分完好。在杂草丛里呼吸十分困难，太阳出来以后空气变得更加闷热，我和老头累得不行的时候就到空旷的地方抽烟喝水。进度十分缓慢，有时候一天走过的地方只是山脚一个很小的角落。我们不急着将陨石找到，找陨石跟我们找人一样，除了继续找下去，我们没有其他办法。

晚上回到旅馆，常有人在楼下等我们，他们是得知我们在找陨石，来给我们提供线索的。半个多月里前前后后来了六七个人，这些人带来的线索各不相同，其中有两个男子让我印象深刻，一个三十来岁，浑身黝黑，臂膀结实，像个运动员；另一个则肥头大耳，油光满面，穿着帆布西装，头顶只剩下一撮卷起来的黄发。

青年男子坐在旅馆大厅的红木沙发上，烟灰缸里有好几个白色烟头，我们刚走进来他就站了起来，"你们回来了。"这是他的第一句话。他将我和老头拉到旅馆外，在幽暗的巷口前停下，一边给我们递烟一边说他知道陨石的下落。"我在山上找了好久了，那颗陨石就在西边的一块石碑下，石碑旁边有个水桶大的洞，现在已经被公安封锁了。我敢肯定陨石就在里面。我不能靠近那里，我有不良记录在公安手上，碰到他们肯定会有麻烦。你们是刚来的，可以到那里去，最好是天黑以后再去，别让人看见。那里装了摄像头，动手之前要把摄像头挡住，公安发现情况要一个多小时才能赶到，我帮你们放哨，你们要在两个小时内找到那块石头。"他突然放低了音量，"消息是我给你们的，陨石归你们，找到的其他东西归我，如何？"

　　我们不知道他说的其他东西是什么，我们去过那个地方，那里被铁网封锁了，进不去。我通过铁网看到了那块年代久远的石碑，石碑旁边有一堆被翻出来的新泥，他说的那个洞并非陨石坑。

　　中年男人是晚上十一点左右找上门来的，他敲开了我们的房门，没有经过同意就从门缝挤了进来。"找陨石？"他兴致盎然，在老头面前坐下，拧开桌上的矿泉水一下子喝了半瓶，"我知道陨石在哪里。"他比前面来过的人更神秘，我和老头的反应出乎他意料，我们对他要说的有关陨石的消息表现得毫无兴趣。他大概明白在他之前已经有人找过我们了，便开门见山，从皮袋里拿出一块拳头大小的黑色石头摆在我们面前，"看，这就是陨石。我是一个陨石爱好者，到处收集陨石，我知道山上哪里有陨石，你们找出来后我高价回收。"

　　我盯着他手上那块沉甸甸的黑色石头，石头的光滑面反射着灯光。中年男人走后老头忍不住笑了起来，说那人是个有钱的傻子，拿着块铁矿石说是陨石。

由于我们找陨石的举动过于明显，当地人很快就发现了。我们从公交车里出来，沿着水泥公路往山上走的时候身边的人往往会给我们投来鄙夷的目光。寻找陨石在他们眼中是一种可耻的行为，后来我们来到树林深处，看到被挖得坑坑洼洼的地表，终于明白了当地人为何排斥前来寻找陨石的人。找陨石的人不仅破坏了树林，还破坏了山上一些古老的坟墓，带走了墓中的祭器。投机分子挖走了山上的珍贵植物，猎捕穿山甲和眼镜蛇，肆意在山上寻找矿土。

为了避免是非和不必要的矛盾纷争，我和老头不再明目张胆地寻找陨石，我们从没人注意的山路到树林里面去，不在地上挖掘或者清理杂草，我们的目标是陨石坑。

随着时间的推移，找到人和陨石的希望越来越渺茫，我们依旧每天出门，我们只是无法在旅馆里待着。

同样是出门去找陨石的一个早上，我把狮子交给旅馆老板娘。上了公交车没多久，阿桑给我打来电话，自上次电话联系她帮忙修复老头那封信，时间已经过去一个多月。她在电话里头跟我简单寒暄了几句后说："修复这封信的难度蛮大的，看时间好像是几年前的信了，你怎么现在才让我看这封信呢？"

"一个朋友的。"

阿桑在电话里头沉默了两秒钟："也不好说些什么，如果他知道了信的内容肯定会很失望吧？"

……

阿桑挂了电话后我看一眼坐在身旁的老头，老头靠着车窗歇息的时候我偷偷打开短信，看完短信我再看一眼老头，他似乎睡着了，一直没有醒来。

公交在海口西郊一处寂静的地方停下，我尾随老头下车，看到路边有几个农庄。路两边的树郁郁葱葱，树冠几乎垂到了地面，没有人来修剪，枯枝败叶在树荫下零零散散铺了一地，葱郁的树丛带来的阴凉十分舒适。

走了将近两公里，没有看到人家，来往的车很少，只有431号公交车每二十分钟出现一次。后来我们走到一条更为寂静的水泥路，水泥路上到处是落叶，落叶被风带着移动。我想起滨海大道士多店老板的话，陨石掉下来的那个夜晚铁器在地上蠕动，那个场景跟树叶在地上翻滚有相似之处吧？我不由得抬头望了望眼前这块长着绿油油的松柏的园林，心想，园林里会不会有陨石？

再往深处走，看到一个宏伟的牌坊，前面是墓园。白色的阶梯一层层往山上延伸，松柏整整齐齐排列着，密密麻麻的白瓷墓碑，死者的头像以及名字印在墓碑上。老头从最底下那一排开始浏览，弓着背，先看墓碑上的名字，再看照片。墓地里静悄悄的，墓碑前往往放着枯萎的花，残留在沙池中的香烛梗左倾右倒，地上有香烟、酒瓶以及被晒干了的水果。麻雀在阶梯上跳来跳去，墓园里没有风，树叶紧贴着地面。陨石在这里，就在脚底下。

老头在墓碑间徘徊的时候我坐在阶梯上抽烟，我想起了陈雨，想起她偷偷跑来学校跟我约会的情景。她仿佛就在附近，在某块墓碑下面躲着我，不让我看见她，因为她不喜欢被人看到自己丑陋的一面。她身上肯定还残留着血迹，伤口无法愈合，因为是在河边遇害的，所以她的身体一定是冷冰冰的。

接近傍晚时分老头终于将所有墓碑上的名字和照片都浏览了

一遍，"没有她。"他松了一口气，在我旁边坐了下来。

我掏出手机打开短信递到他面前。"这就是你几年前收到那封信的内容。"

老头看了短信之后叹了一口气，然后笑了起来，我也笑了起来，两个人在墓园里笑了好久，平静下来时眼泪已经溢出眼眶。"这封信跟你那个陌生电话一样。"他说。

我问他什么意思。

"我突然想明白了，很多事情，其实结果早就有了，只是我们没有找到，就像那颗陨石，它肯定落在了某个地方，只是没有人知道它落在了哪里，其实陨石掉在哪里都一样。"老头盯着我看了看，"你想想是不是这样？"他从衣服里掏出一个黑色的本子，上面写着密密麻麻的字，他皱起眉头看了一眼，然后撕了个粉碎，嘴巴里念念有词，"变成石头了，变成石头了……"

回到旅馆，老板将我们拦住，说狮子快要死了，已经被送去宠物医院。我和老头奔到宠物医院的时候狮子正在接受输液，它胸腔有个创口，旅馆老板娘说它刚做了手术。它趴在铁笼子里，看见我靠近，摇了摇尾巴，眼睛湿漉漉的，显然是因为疼痛难受。

晚上我再一次梦见了陈雨，她似乎对她的拖鞋失去了兴趣，茫然地站在窗边。我问她杀死她的人到底是谁，她一直在摇头，连她自己都不知道。最后她转过脸来问我是不是不打算继续找下去了，我说我找得很累，她点了点头从窗口跳了下去。

6

六月下旬，海南的气温已经上升到三十摄氏度。傍晚时分许多人到沙滩上玩耍，年轻人裸露着手臂和大腿，踢着海浪，从海上吹来的风带着一股腥味。

"接下来有什么打算，还要继续找下去？"老头问我，我们已经在海岛上过了好几天无所事事的日子。

"那个人联系不上了，现在最重要的是带狮子回去，跟小孩待在一起它会过得好一些。"

"我也是这么想的，我也是时候回去了。"

沙子很软，不远处的海面上有海鸟展翅飞翔的黑影，路灯将滨海大道染成了金色，豪华酒店前停满了汽车，跟酒店隔了一条马路的街市店铺云集，各种招牌闪着不同颜色的光，椰树跟天上的黑云融为一体，黑云遮盖了天空。有那么一瞬间，我感觉黑云就是一堵厚厚的墙，把世界分成两半，我和黑云背后大大小小的行星一样，只是一块悬浮的石头。作为石头，我四处流浪，终有一天要化作一道光火，穿过层层星云，在陌生的天体上降落。

发表于《西湖》杂志 2019 年第 7 期

陨 石

失 眠

1

父亲拖着长长的影子站在街头，神情呆滞，脸颊和眼珠下陷，破旧的棉衣露出灰白色的棉丝，毫无预兆的，他轰然倒下，像落叶贴着地面。

倒下之前，父亲的身体状况非常糟糕，他这辈子都没睡过几次好觉，疲惫与孤寂占据了黎明到来前那段漫长的时光。长期失眠导致他的身体急剧衰竭，记忆力也早早衰退了。

父亲说他最早的记忆是寒冷、寂静与黑暗，他被困在一所幽暗的楼房里，房间的墙壁用沉重的青砖砌成，墙壁与天花板交界处有几个洞眼，最初的光就是通过那些洞照进来的。父亲对眼前的陌生世界感到恐惧，没日没夜地哭泣，那时候他根本不清楚什么是威胁，只是哭喊着划动四肢，试图捉住任何可以依靠的事物。

一个穿长袍，戴眼镜，两撇胡子又细又长的高瘦男人走过来，一只手推摇篮一只手晃铃铛，嘴里哼着低沉的歌谣。高瘦男人刚走开，一个脸色苍白神情怪异的女人推开房门走进来，她跪在父亲面前，对着父亲举起了手中的镰刀……

房子外面是荒野，金灿灿的芦苇被风吹着翻起浪涛，芦花

132

被带到空中，又纷纷扬扬落下。芦苇地里有一条大江，芦花落在水面被流水带着往下漂游去。父亲是南方人，他坚信这点，他经过长途跋涉才来到这片北土，他始终想不起来他的起点在什么地方。

那是一座大宅院，有好几层高，每一层都有好多个房间。宅院里没几个窗口，一股潮湿沉闷的气息在屋内弥漫，潮湿是水泥地板和青砖墙壁发出来的，沉闷则来自楼房里的木家具。腐朽的红木桌椅以及书架因为热胀冷缩发出爆裂的声响，每张方桌后面都有一面明晃晃的圆镜。

一所楼房、一座山丘、一片稻田、一条大江和一片芦苇，构成了好几个记忆碎片。芦苇地里有一条黄泥路，路上有许多大小不一的脚印。野鸭在追逐，灰鹭从芦苇丛中飞出来又钻进远处的稻田。父亲记得稻田里淤泥的气息，他曾沿着田埂奔跑，被藤蔓绊倒摔进稻田里吞了几口淤泥，几天后肚子胀成一个球，大便的时候使出浑身力气才把这些泥土排了出来，坚硬的泥土还带着血丝。

我们将父亲抬到医院，急救室的大门关了大半天，医生出来说父亲是睡着了。

听到这个消息，我、妹妹和母亲都感到欣慰，失眠几十年的父亲终于睡着了。父亲安详地躺在病床上，脸上的皮肤舒展开来，面孔泛起了红光，呼吸均匀。我们小心翼翼地走路，说话要到门外去，担心惊醒了他。窗外下起了雪，轻盈细腻，在街道上飞舞，落到地面就融化了。

母亲和妹妹留在医院照看父亲，我回家给父亲带衣服，他睡着之前只穿一件薄棉衣。漆黑的房子冷冰冰的，父亲一个人住在三楼，他的房间十分整洁，窗口能够看到前方的大街。我在父亲的房间来回走动，心情十分沉重。我已经记不得自己有多长时间没有来过父亲的房间，有多久没有关心过父亲的生活了，或许我根本就没有留意过父亲以及他的过去。大学毕业以后我和妹妹每天忙着工作，回家吃饭的时间少了许多。我知道父亲有许多心事，以前他跟我们说过一些，那时候我们都还小，没有特别在意他说的话。

我从衣柜里取下父亲最喜欢的那件大衣以及一条白色围脖，衣柜旁边是一个旧书架，上面的报纸都是好多年前的，都已经发黄了，父亲一直珍藏着。我在书桌前坐下，一边翻阅这些报纸一边回顾父亲以往的生活。

2

夜里，母亲和妹妹回家了，我留在医院照看父亲，空荡荡的病房里只有一张白色的病床和一张椅子，父亲躺在床上，我坐在他身边。窗外的雪越下越大，撞在窗玻璃上发出沉闷的响声，街边的路灯和树枝挂着晶莹的雪，地面也渐渐被白雪覆盖了。每到下雪天父亲就要张罗着烧水泡身，热水泡烂了一层皮，他用肥皂将那层皮搓掉。

父亲在我们眼中一直是个爱干净的人。大部分时间他都穿着白色衬衫，即便冬天也要穿着整洁的西服，如果天太冷，万不得已的时候他才会套上一件黑色大衣。他有一个黑色宽边礼帽，外出的时候他喜欢戴上这个帽子，有时候冷得耳朵红红的他也不愿意换一顶针织帽或者貂毛帽。父亲几乎没有给别人工作过，也是因为怕脏，我们家是母亲一个人撑起来的。我们都不曾怪过父亲，母亲说父亲是南方人，不适合在北方干重活。父亲下雨天从不出门，也是因为怕脏。

近两年父亲变得沉默寡言，有时候他长时间坐在客厅里发呆，有时候蹲在门口看街上人来人往，因为无法睡眠，他的脸很黑，眼珠是黄色的。

父亲睡去的模样显得陌生，咳嗽与叹息不再从他口中冒出，他肯定没有做梦，身体没有丝毫动静。小时候许许多多个夜晚都是我和妹妹躺在床上，父亲坐在身边给我们讲故事。父亲说他从小就喜欢虚构故事，常常在真实与虚构中犯混沌，年纪大了精神衰弱，越是遥远的事情他越不敢确定是否真正发生过。

当周围安静下来，大脑便进入虚构的最佳状态。父亲躺在床上凝望天花板，天花板上陆续出现许多黑点，黑点是故事的主体，黑点像蚂蚁一样在天花板上移动，没有时间，没有方向，故事往往就这样开始了，父亲利用这些故事打发了许多个无法入眠的夜晚。

苍茫的芦苇是父亲记忆中最深刻的画面，父亲断定自己生自那里，从那里走失。芦苇地的清晨总是飘着白雾，灰鹭单脚站在芦苇的花穗上。小时候的父亲不喜欢穿衣服，光着身体走到厅堂，抬来椅子扒在唯一敞开的窗口眺望门前那片荒野。

父亲胆小如鼠，又对陌生事物充满好奇，他依靠想象在两者之间寻找平衡，天花板上的黑点无数次虚构出陌生且模糊的景象，后来，黑点构成的画面开始无休止地重复，成为他睁眼看见的噩梦。黑点往往是从墙角开始移动的，越聚越多，在天花板上没有规律地旋转，化成一片芦苇地，父亲在芦苇地里奔跑，一个手举镰刀的女人追在身后。

"可能就是这样走失的。"许多年前父亲在饭桌上突然站起来说，"那个疯女人追着我，我在芦苇地里越跑越远，越跑越远。"

父亲说他走失的时候应该是春天，楼房的墙壁闪着银光，轻轻一碰，指尖上都是水。木制家具爬满了水珠，变得特别沉，木门已经关不上，而在下雨前关上的木门几乎要和墙壁生长在一起。稻田与芦苇地被白雾笼罩，隐隐约约可以看到燕子在稻田上面穿梭。父亲走到地下室，在黑暗的楼房里摸索，手指碰到了墙壁，墙壁上除了水珠还有毛茸茸的霉菌。父亲摸索了很久，找不到灯台，找不到门，他被困在一条漆黑的没有尽头的廊道里，廊道的两边是高高的墙壁，像一个巨大的盒子，他就在这个盒子里奔跑，然后眼前出现了一片芦苇地，那个疯女人在身后紧追着。

3

窗外明亮时雪已经停了，玻璃窗上爬满了冰花，街上还没有人走动，路灯、树枝、长椅和楼房是黑色的，其他地方白茫茫一片。护士给父亲换了两瓶药水，对着床边的机器记录了数据便出去了。一夜未眠，我疲倦不堪，对着玻璃窗打了几个呵欠，喷出来的白气碰到冰冷的玻璃变成水雾。窗玻璃一面挂着水雾，另一面爬满了冰花，同时承受着两种温度。

父亲说他不知为何会出现在一个陌生的小镇上，躺在巷子的垃圾堆里。他从垃圾堆里爬下来，许多事情想不起来了，只记得自己被疯女人追着跑了很远，镰刀似乎已经打在他的后脑勺，脑袋凉凉的，他以为自己死了。街上空无一人，天空布满了乌云，真实记忆便是从那时开始的。

父亲所说的黑水镇位于安徽北部，算不上南方，黑水镇四周都是黄土丘陵，虽然芦苇随处可见，父亲记忆碎片里的大河以及古堡式的宅院并不存在。从黑水镇往南走八十里路才到淮河，一个七岁的小孩不可能跑那么远的路。父亲在垃圾堆里醒来之前肯定经历了一段漫长的路程，他的记忆才会如此模糊。

我在电脑上搜索过黑水镇，从图片上看那里并不富裕，多是三层高的楼房，各种摊贩挤在路边，街道只留下两个身子的空间给顾客来往。街上撒满了垃圾，路面是砖头铺成的，坑坑洼洼，粗糙的表面被鞋底和车轮磨平了，父亲在那个地方生活了十几年。镇上有一群流浪儿，潮湿逼仄的巷子以及没人居住的烂尾楼是他们的地盘，他们接纳了父亲，在用纸皮铺成的窝里给他留了一块空间。

　　夜深以后，流浪儿都睡了，漆黑的巷子，臭熏熏的沟渠，老鼠不时在父亲脚边爬过，他心里恐惧，留意着身边的动静，不时有影子从巷口飘过，或许是人，或许只是一只狗。有一天，一个手拿长棍的疯子闯进流浪儿的地盘，父亲站在巷子里惊恐地望着疯子，四肢麻痹无法动弹，木棍打在他的左脸上，父亲倒在地上，左耳出血，耳鸣困扰了他很久，后来他对声音特别敏感，细碎的声响都能被他捕捉到，这种敏感增添了他的恐惧。

　　巷子里的生活片段占据了父亲大部分的记忆空间。黑水镇居民围捕过他们几次，想把他们送去山上的孤儿院，可每次都让他们逃脱了。巷子里的日子过得提心吊胆，父亲由恐惧疯女人到恐惧围捕。

　　因为失眠，而且听力灵敏，父亲便承担起晚上放哨的角色。漫长的夜晚消耗了他太多的精力，父亲的身体发育得极其缓慢，眼睛四周的皮肤发黑发皱，睫毛也掉光了。尽管父亲的机警能够帮助流浪儿避免被围捕，他们还是每过一段时间就搬到另一个街区去生活，他们讨厌夏天，大雨使他们睡觉的地方变得湿漉漉的，地上的纸皮被水泡烂了，第二天太阳猛烈照晒也难以将地下的水蒸发走。流浪儿身上长满了癣，从一个地方开始烂，蔓延至全身，体无完肤。父亲是流浪儿当中患皮肤病最严重的一个，他浑身都是血痂，痒得不行，稍微一动就冒出脓液，差点就死去了。跟他玩耍的小女孩背着他离开黑水镇，在山里找到一眼温泉，用温泉水替他擦身，父亲才活了过来。

在山里待了两个月，父亲的病慢慢好转，身上的血痂掉下以后留下无数个印痕与疙瘩，皮肤绷得紧紧的，父亲不敢伸展身体，担心把薄薄的新皮给撑破了。下山以后他又回到巷子里，躲在书院的窗口下学会了读书写字，随着身体的不断膨胀，烂尾楼日渐残旧，巷子也变得狭窄了，夜晚躺在纸皮上，父亲的想法发生了改变，或许是因为那场病，他开始害怕肮脏的东西，他逐渐意识到自己并不属于这些黑暗的巷道，不属于黑水镇。

母亲说，父亲倒下之前好像在写什么东西，晚上他房间的灯一直亮着。母亲知道他晚上睡不着，因此并没有干预他，就让他在那段安静的漫长的时间里做自己想做的事情。我在父亲的房间里找了好久，并没有发现他写的东西，书柜上除了报纸还是报纸。

在医院值夜看守父亲的时间里我把父亲收藏起来的报纸都翻了一遍，那些发黄的报纸所记录的是黑水镇自 1978 年至今的发展变化，其中有几篇写旧房拆迁以及古楼修复的文章，父亲在上面画了几条横线。我在想父亲是不是在计划回黑水镇，这二十多年他从来没有离开过北方，或许他真的想要回去，但他知道他要回去的并非黑水镇，而是他出生的那个地方，他无法知道那个地方距离黑水镇还有多远。

4

父亲在医院躺了三天三夜还没醒来，母亲把医生叫来，说没痛没病地躺了这么多天，是不是成植物人了？医生把父亲推出去做检查，半天才送回病房，父亲依旧平静躺着。医生说父亲的身体到处都是病，但这些病都不是沉睡的原因，他的脊椎完好，后脑勺也没有摔坏，因此只能给他输液，等他自然醒来。

母亲坐在床边握着父亲的手不停地唤他的名字。司徒两字是他的姓也是他的名。我曾问父亲为何给自己取名司徒，他说记忆中那所宅院里有一块巨大的牌坊，后来他才知道上面写的是"司徒"两字。妹妹站在窗边哭泣。我认为我们不必为父亲感到伤心，他并没有死去，而是陷入了他一直在寻觅的沉睡状态。

天气越来越冷，下了几天的雪，地上、屋顶上早已积了厚厚一层雪。雪后天空放晴，地上的积雪反射太阳光把周围照得亮晃晃的，街道两边，不少人出来铲雪，小孩在雪地上玩耍，梧桐树下站着一个五官不正的雪人。父亲说他在二十几年前的一个冬天杀死过一个人。

长大以后巷子里的流浪儿都有了劳动能力，也出现了利益纷争，闹过几次以后就一哄而散了。父亲跟当初救自己一命的女孩相依为命，没多久女孩外出偷东西的时候从两米高的围墙上摔下，脑袋摔在尖尖的石头上，当场死了。

父亲孤身一人在街头徘徊，夜晚降临以后他走进漆黑的巷子，闹矛盾以后其他流浪儿已经不在巷子里活动了，夜晚寂寞冰冷，女孩的死给他带来了沉重的打击，那天晚上他决定杀死记忆中的疯女人，唯有杀死恐惧才能获得自由。

天气寒冷，月光被乌云遮住，为了壮胆，父亲去偷了一瓶酒，他提着酒瓶在梧桐树旁坐下，早上飘落的雪已经融化，积水把地面泡软，泥土像发酵的面团。他大口大口将烈酒灌进腹中，然后把酒瓶敲碎在树干上，紧紧握住尖利的瓶口。

梧桐树上的积水打在他的额头上，打在身旁的落叶上，打在软绵绵的泥土上，发出噗噗的声响。街头出现一个黑影，父亲举起手中的瓶嘴，绽开的玻璃像一朵带刺的花。黑影靠近的时候父亲猛地站起来，向那人腰间刺去。

父亲晃晃悠悠走进巷子，很快，白光把梧桐树光秃的枝丫照得闪闪发亮。父亲看到手上有凝固的血块，心里发怵，把血块蹭到衣服上，捂着涨痛脑袋走到街头，看见梧桐树下躺着一个拾荒老人。

5

父亲对自己的姓名、年龄和籍贯一无所知，他被拉去了游街，街道两边站满了人，喊着各种口号，父亲从来没有见过那种场面，以为自己是要被送去枪毙，呜呜地哭了起来。

游完街父亲被关在牛棚里，牛棚里一片漆黑，墙壁用粪便扫过，肮脏不堪。地面是潮湿的，用稻草铺成的床已经散乱。父亲重新整理好潮湿的稻草，躺在上面，他不再恐惧手持镰刀的疯女人，疯女人已经死亡。他顾忌把他关起来的那些人会杀死他，那个女孩从墙上摔下死去之前跟他说过，他们没有身份，是这个世上不存在的人，任何人都可以伤害他们，因此他又彻夜难眠。

父亲被安排到采石场劳动改造，身前挂着牌子，上面写着他的罪名。石山被凿得千疮百孔。男人们在岩石上凿，女人们就在下面把大块的石头敲碎挑到外面，外面有车把石头运走。父亲不会使铁笔，满手都是水泡，监管人就派他到女人中间去敲石头，后来又分配他到运石头的队伍里去，把碎石装满车厢然后跟着汽车到各条路段去铺路。父亲对这份工作很满意，他和其他几个人坐在石堆上被车带着到处走。

天气越来越冷，雪迟迟没有来，路边和山上的树光秃秃的像无数根插在泥土里的鱼刺。两个月后，汽车把父亲载到一个小山村，把碎石卸下之后监管人就把他锁在一个仓库里。仓库里已经关了好些人，父亲找了个安静的角落坐下等开饭，吃完饭或许还会安排其他的工作。他感到筋疲力尽，想洗个澡，把身上的灰尘和石屑洗掉，他厌恶身上的脏污。仓库顶端有几个方形窗口，映进几束月光。身边的人埋怨那么晚还没有饭吃，仓库像·个漆黑的洞，里面藏着一群吵闹的蜜蜂。

父亲迷迷糊糊睡着了，睡眠对他来说是稀有的，因此他记得很清楚，那个沉闷吵闹的夜晚他睡得很沉，以至于天亮了都不知道。

睡在他旁边的胖女人死了，她犯了瘟疫，尸体被抬到阳光底下，一群人张罗着找来干柴要火烧尸体。父亲站在远处眺望，想不起躺在身旁那个胖女人的模样，脑海里只有她肥大的轮廓。

城里卫生部门派人来给劳改分子检查身体。中午时分父亲被派遣到采石场劳动，坐在巨大的石头面前浑浑噩噩敲了大半天，手上多处震出血，他已经没有知觉。自己离胖女人最近，为了预防自己身上潜伏着病毒，那些人会偷偷下毒手杀死他，父亲一整天都在想这件事。

傍晚时分父亲又被安排去运石头。汽车往小山村奔去，经过一座石桥，只听见一阵落水声，父亲在水面上消失了，夜幕降下来把水面的涟漪抚平。

6

父亲依旧躺在医院的病床上，我和妹妹轮流照顾他，给他擦身，喂流食，倒排泄物。他的身体发生了明显的变化，死皮一块块掉落，萎缩的肌肉日渐饱满起来，肤色细嫩通红，前来探望的好友都说父亲是返老还童。

我和妹妹给父亲穿上棉衣，戴上帽子，推着他到外面去晒太阳。外面雪很厚，不过天气晴朗，没有风，不是特别冷。父亲的脑袋斜向一边，身体往下垂，为了不让他摔倒，我们不得不用绷带将他跟轮椅捆在一起。父亲或许能够感觉到自己正被我们推着走，能感觉到温暖，他的身体在吸收阳光，嘴唇泛起健康的色泽。

　　江边的景象格外萧条，江面结了厚厚一层冰，行走的人穿着黑色的大衣，脖子跟下巴都藏在领子里，远处有几个年轻人在溜冰。我们将父亲推到江边长椅旁，阳光正好照在他的胸膛。没多久母亲便来了，披着头巾，提着个银色保温壶，在长椅上张罗着给我们倒热水，然后弯腰去整理父亲的衣服。

　　"三十年前你们父亲差点就死在江边了。"母亲将父亲推到阳光更好的地方，然后在长椅上坐下，"那时'文革'刚过去，正值一年里最寒冷的那几天，我和你们外公到野外钻冰捕鱼，回来的时候已经很晚了，天下着大雪，外公拖着网，我背着一竹篓已经冻成冰条的鱼在冰上走。那时这里还是个破落的小山村，晚上没几户人家点灯。上岸没走几步我被绊倒了，鱼掉了一地。外公一边骂我不中用一边捡地上的鱼，仔细一看，绊倒我的是一个倒在雪地里的人。我们以为他已经死了，外公叫我赶紧把鱼装好回家，才走了两步，你们父亲就喊了起来，他一直喊救命，声音特凄凉。"母亲看着父亲的侧脸哈出几口白气，"那时家里只有两间房，你们父亲在我的床上躺了一个冬天才能站起来走路。他当时像一只快要饿死的猴子，连玉米都啃不动。第二年春天，河里的冰还没融化，上游的水涌到岸上来，整个村子被水淹了，你父亲救了一位干部的女儿，那位干部为了报答他帮他安排入户，分配住房的时候还给他争取了一套房子。"

　　母亲用衣袖揩去眼泪，父亲如一个沉重包袱纹丝不动。江面起风了，溜冰的青年已经上岸，我们推着父亲往医院走。将父亲抬到病床上，母亲捧着他的手，"从没见他这么好看过，看他睡得多沉。"母亲跟我们一样，没有见过父亲沉睡的样子。她从前对父亲充满怨言，说他杞人忧天，胆小如鼠。"你们父亲没有病，他只是睡着了，他太久没有睡了才不愿醒来，跟医生说说，过年前我们把他带回家。"

医生同意让父亲回家疗养，出院前叮嘱我们按时给他喂食、擦身、活动肢体。我看着病例上父亲的名字从未感觉如此陌生。他过了近三十年没有姓名的生活，后来给自己取名为司徒，出生地写的是我们现在居住的北河镇。获得身份证以后他在身份证上钻个洞套上绳子挂在胸前，夜里双手紧紧握住身份证依旧睡不着。

7

把父亲从医院接回家的那天，我在父亲的床垫下发现了一本黑皮笔记本，这本年代久远污迹斑斑的笔记本上面写满了不工整的字，父亲在那些无法入眠的夜晚断断续续记录了许多事情，这些事情看得我毛骨悚然。以下是黑色笔记本上面的部分文字，日志并非连续记录，有些相隔几天，有些隔了几年，一部分文字已经看不清楚：

一

我是谁？我从哪里来？

1968 年 8 月

二

当我学会写字，过去的事情都记不得了。我还记得那房子、芦苇地还有那个疯女人，可那是什么地方？没有人来找我吗？

没有人。

1968 年 12 月

三

那个女人又来了，拿着一把镰刀，她为何一直追着我不放？为什么？

我只要一闭上眼睛，她就出现了。

1970 年 12 月

四

追杀我的人远不止一个，我已经走了好远的路，这是什么地方？我要去哪里？

我此刻正在一棵树上，和好几只鸟待在一起。

1976 年 3 月

五

我只会越走越远，只会越走越远，我再也回不去那所宅院了，我已经在这个遥远的北方有了自己的身份。我叫司徒，妻子是北方人，儿子和女儿都很健康，他们夜里都不会失眠。

全世界失眠的，只有我一个。

1990 年 5 月

六

又下雪了，今年的雪特别大，下雪天好啊，干干净净的，什么都看得清楚。我已经适应了这里的气候，我早就适应了，我只是不喜欢下雨，不喜欢幽暗的地方，不喜欢泥泞，那些都会让我想起过去在黑水镇度过的日子。

南方人很少能看见雪，曾经一起躲在巷子里的人现在不知过得怎样，不知他们分散到各个地方去了还是依旧留在黑水镇。他们是否记得自己小时候的事情？

那个背我上山的女孩呢？

直至她从墙上摔下死去，我都没有来得及问她。

1993年1月

七

流浪与逃亡的日子无比漫长，可人一旦安定下来，时间一下子就过去了。这段日子，我几乎忘记了过去那些生活，人都是健忘的，像猫一样，被痛打一顿后很快就想不起来了。可是我并不能改变什么，我从来都不是能够改变自己或者改变世界的人，我只会被这个世界改变。

难道不是吗？

即便生活看上去毫无波澜，我也无法入睡。

1999年7月

八

我又开始胡思乱想了，都是因为夜太过漫长。我随身带的这张身份证有何用？它能够证明我是谁？我自己都不知道我是谁。

今天，我又犯病了，但这一次我是清醒的，我不过是想要通过奔跑来找回那些已经不清晰的记忆。

毕竟，我是在奔跑中丢失了自己和故乡的。

2003 年 4 月

九

我去车站打听去黑水镇的车，那人跟我说没有车到黑水镇，人生没有回头路啊，这次我信了这句话。就算我回到黑水镇，我能够跑回那片芦苇地吗？很多年前我就尝试去寻找记忆中的那所宅院，那时候都不能找到，如今早已物是人非了吧？

我跟妻子说我想要回去。

妻子问我回哪里。

我也不知道。

2011 年 9 月

十

今夜，我还是无法入睡，我尝试了几十年，都一一失败了，我已经忘记了沉睡是怎样的一种感觉。不过最近我想通了很多事情，我想我之所以失眠，归根到底还是放不下我南方人的身份。

其实，我就是我，死亡就是所有人的故乡。

最近，身体特别沉重，走起路来浑身乏力，我知道，我很快就会陷入沉睡。

2018 年 12 月

8

我决定去一趟黑水镇。

黑水镇与北河镇相隔两千里，火车要走三十多个小时，父亲走了将近十年。火车越往南走景象就越陌生，爬过开阔的平原，穿过江流湖泊，由白色空间进入绿色空间。父亲行走的画面在我脑海里浮现，他畏畏缩缩，战战兢兢，不敢向人群靠拢，走得极其缓慢，每向前跨出一步都要试探一下脚下是否踏实，仿佛路上布满地雷。有一次父亲在家门口跟邻居老头说他北上时遇到的事情，他神态茫然，眼睛直直地望着门口的石头，说话的声音特别低沉。他说有一段日子他是住在树上的，白天不敢走路，担心被人追捕，夜里摸黑前行，好几个夜晚他累得实在走不动了，看见一棵大树便爬了上去，树叶替他遮风挡雨，他蜷缩在树上过了好几个夜晚。后来他越来越依赖树了，找不到树的时候就惶恐不安。

火车在晚间十点抵达黑水镇，天空下着细雨，刚走出车厢，一股清新冰冷的风扑面而来。出租车司机争先恐后拥上来操着不标准的普通话问我是否需要搭车。路灯一副昏昏欲睡的模样，广告牌各种颜色的光洒在湿漉漉的路面，我提着行李穿过马路朝"天鹅旅馆"走去。

我躺在床上抽了一晚上的烟，黑水镇没有暖气，尽管白天有阳光照进来，空气还是很冰。我在被窝里胡思乱想，生活了二十多年，我不曾想过自己是谁，属于哪个空间，将要面对什么，这些事情父亲纠结了大半辈子。

天将亮时隔壁房间响起了阵阵摇床声，或许是某对热恋中的情侣昨晚不尽兴，醒来又爱抚一遍。我头昏脑涨，神思不定，突然想到自己已经三天没有睡觉了，但我清楚自己不是因为恐惧，而是因为焦虑。中午是旅馆最安静的时候，不少旅客已经退房。我本打算在这段时间睡一会儿的，服务员打开房门来清理房间将我睡觉的心思打消了。

走到街上，阳光刺眼，寒风凛冽，街边绿化树的枝叶被锯断了，黑色的树干宛如钢铁雕塑。我在街上没有目的地走着，脑袋清醒了许多，身体也没那么疲惫了。拥挤的街道阴沉沉的，街边店铺传来的热量没能赶走冷空气，街道原本是热闹沸腾的，是寒冷的风将喧嚣声抑制住了。不知是楼房过于残旧还是建筑簇拥得过于紧密，黑水镇总给我一种泥泞感。不知走了多久，我来到一座石桥上，石桥并不宏伟，桥下便是唯一一条横穿黑水镇的河——黑水河。

黑水河的水不是黑色的，河水很浅，河床全是黄泥，河两边露出水面的泥土面积比河水的面积还要大，水草萧条但并没有枯萎，各种垃圾被水草拦截在河边。我沿着河水往下游走，小镇城区并不大，我没走多久便来到了郊外。相比城里的拥挤，这片荒地显得更为辽阔。黑水河向东流，郊外的河床尽是些褐色的巨大岩石，露出水面的地方被太阳晒干了。我想河水饱满的时候这些岩石将会被流水淹没，呈现它们黑色的原状，那时才是名副其实的黑水河。

荒野上长满了芒草，尽管是冬天，叶子依旧翠绿，只有叶尖枯烂了微微下垂。芒草里有许多半陷在黄土里的砖头，我踩着砖头走进草丛，慢慢靠近河边，水的腥味和草的清香混杂在一起。我蹲在草丛里，因为芒草没有我高，不能将我的身体吞没，我想象自己身边的是芦苇，企图体会父亲记忆碎片里的画面。寒风吹着，我留意着身边细碎的声响，虚构父亲在草丛里奔跑的场景。他那年大概六岁，身体瘦小，草丛在他眼中显得辽阔，河流也浩瀚无比，进入草丛以后杂草将他吞没了，他不断回头观察疯女人与自己之间的距离。

父亲的神经一直处于被人追逐的紧绷状态。十二岁那年的一个傍晚，我放学回家后看见父亲在屋后小山丘的松树林里奔跑，嘴里嘟嘟囔囔不知在说些什么，但从他的话中可以听出他的恐惧。他一边跑一边不断回头看，有时候还捡起地上的石头向后掷去，他身后什么都没有。没有人敢上山靠近他，夜色降临后树林里不再有声音了，父亲在我们睡下后才悄悄进入房间躺下。这样的事情在我十五岁和十六岁时也发生过。事情过去后他的精神往往会好很多，仿佛奔跑只是为了发泄。

天色转变得快，傍晚时分，风凉了许多，青色的鸟儿在露出水面的岩石上跳跃，我沿着黑水河在芒草丛里走了一圈，雾水落下以后温度一下子就下降了，我搂紧衣服往城区走去。回到黑水镇，街灯亮了，我在街上徘徊，心里头总觉得有一股气无处释放。

街边招牌上五颜六色的灯光使我眼花缭乱。街对面花店的女孩在整理花枝，枯烂的和老皱的被挑出来扔到路边，来往的人将它们踩烂。我想起很久以前的事情，那时父亲还年轻，母亲托亲戚帮忙给他在牧场里找了一份放羊的活，可是没多久他就抱着席被回来了。我记得当时父亲说他看不了血腥的场面，生病和年老的羊被剥皮肢解后塞进铰肉机里铰成肉酱，只有健壮的羊才能继续在牧场里生存和繁衍后代。当初我们没有太在意他的话，因为他恐惧的东西太多了，原来他爱卫生是生怕自己像枯烂的老皱的花一样被抛弃，害怕像生病和年老的牛羊那样被宰杀。

9

我在黑水镇逗留了几天，查了附近各个小镇的情况，租一辆车去了好几个地方，也向镇上的老人打听了这个地方的过去，还是没有找到父亲的故乡。

往北走的那天又下起了雨，马上就是除夕夜了，人群从四面八方冒出来堵住了各条街道。汽车已经不能从城中心通过，即便是摩托车也被堵在人堆里不停地鸣笛。雨水也没能浇灭大伙儿过节的热情，各种颜色的伞在碰撞，人声从伞下冒出将雨声淹没。我托旅馆前台向黄牛高价买一张火车票。前台女子回到旅馆的时候身体已经被雨淋湿了，火车票被她从兜里掏出，没有一滴雨水。

"我从来没有离开过黑水镇。"她站在房间里看着我收拾行李。

"父母也在这里？"

"没有父母。"她说话的语气很平静，"我是爷爷带大的，十岁那年他死了，小姨把我带到十四岁，后来她跟一个外地男人走了，我就来这里工作了。"她在沙发上坐下，拿起桌上的烟点了一支。

"没有想过换一份工作？或者离开这个地方？"

"我不知道我可以去哪里。"

房间里陷入了沉默，她在我背后又点着一支烟，我能听到她吐烟和吸鼻涕的声音，也不好打断她的思绪。待我收拾完毕她帮我去办理退房手续，然后拖着我的行李往街上走。拥挤不堪的街道寸步难行，摊贩将手推车拉到路上做生意，各种小吃的气味在雨中弥漫。我们没有打伞，低着头挤在人缝里，雨水从别人的雨伞滴落，衣服和头发被打湿了。

"你先回去吧。"我跟她说。

她没有走，手里提着我的行李说要送我上车，"你就让我送送你吧，不收钱。"她的脸色前一秒还是欢快的，马上就变得沮丧了，"两年前有个客人说他要带我走，我当时忐忑不安，既激动又害怕，一整晚睡不着。其实我有想过离开黑水镇的，但是我一个人真不知道去哪里，第二天早上客人好像忘了跟我说过的话，退了房一个人走了。"

人群一点点向候车室挪动，我们很艰难地来到了站台上才相互道别。火车里堵满了人，我费尽力气找到自己的座位。我有种窒息感，宛如被一块巨大的石头压在身上。火车慢吞吞地走，拖着沉重的车厢。我在告别这个小镇，告别那个不知名的女子，有些人就是要一辈子生活在巴掌大的地方，他们哪里也去不了，父亲是这样，那位女子也是这样。

火车艰难地往北走，一路上陆续卸下了许多人和包裹，我又看到了熟悉的景象，银装素裹，四周白茫茫一片，容不下一个黑点。

父亲依旧躺在床上，身上的死皮全掉落了，手臂和脸上的黑斑也消失了，皮肤光鲜有弹性，头发乌黑柔顺。母亲每天早晨推着父亲到江边晒太阳，她坐在长椅上，身边放着个银色保温瓶，对着父亲没完没了地说话。

晚上，我还是会坐在父亲旁边，一遍遍地翻阅他的日志。有天晚上我趴在父亲床边睡着了，梦见父亲在冰天雪地中奔跑，我听到了他奔跑的时候从嘴里冒出来的话，他高声喊着："带我走……带我走……"

春节过后气温上升，远处的高山露出了黑色的脊背，地上的积雪也薄了许多。边防军频繁地在江边观察融冰情况，又过了几天，江上响起剧烈的轰鸣，江上的冰块被炸开了，溅到几十米远的地方。融雪的那段日子天空阴沉沉的不见太阳，到处湿漉漉的。父亲身上冒出了许多水珠，母亲不再推他出门了，她守在父亲身旁给父亲擦身。躺在床上的父亲皮肤苍白，肌肉松弛，像出

失眠 151

生不久的婴儿。

　　沉睡了三个多月，父亲在元宵节过后的第三天停止了呼吸，死得很平静，仿佛是睡够了便死去了。

　　　　　　　　　　发表于《青年作家》杂志 2021 年第 2 期

看不见的大象

1

从四川到贵州、湖北、粤北，一直往南，刚抵达湛江，队伍成员已经疲惫不堪。晚上行船，除了能呼吸到海风的腥味，感受到海水的浮力，四周黑漆漆的，看不见外面的风景。轮船抵达海口码头时已经凌晨一点多，队长没有给我们休息的时间，大巴载着我们往岛屿中部奔去。我在车上迷迷糊糊睡了一段时间，汽车越往前走摇晃得越厉害，我被晃醒了。

拉开窗帘看一眼窗外，没有路灯，我能感觉到汽车在往上爬，我们这次要去的地方是海南岛中部山地。三年前团队提交一个名为"寻找最早人类"的选题，选题通过，获得了三年的资金补助。按照选题策划，我们能在三年内通过实地考察找到最早的人类化石。根据土壤成分分析，过去的二百万年里，中国的地理环境比其他任何一个国家都更适合人类生存，中国极有可能是人类起源地，唯一的不足是缺少硬数据，我们需要远古人类化石，二百万年前的人类化石。

凌晨三点多，大巴剧烈地咆哮着、颤动着，然后熄火了，司机扭过头对我们说车坏了。我钻出车厢，海的气息已经没有了，只有山林的阴凉。风吹着路边的树，来自深山野林的回响缠绕耳际。车上的灯亮着，四周太幽深的缘故，灯光被黑暗侵蚀着。司机和队长吴春明拿着修车工具围绕汽车转了两圈，无从下手，手电筒的光不足以帮助他们找到汽车的毛病所在。这一年我们吃了不少苦，遭遇的困境也越来越多，路上车坏了不是值得抱怨的事情，我们经历过远比这艰难的事。我们太需要解决经费问题了，但是没有成绩，谁也不会往科研项目投钱。

我找一块石头坐下，点了一支烟。有风，烟烧得很快，没吸几口就烧完了。我把烟头踩灭，一点星火都没有留下。常年在山里活动，我对火十分敏感，生怕哪天自己一个烟头把山林给烧了。每一次风来都会惊动树林里的鸟，南方鸟多，我能分辨出树林里都有什么鸟在啼叫，杜鹃、鹦鹉、鹧鸪、画眉、黄鹂、乌鸦。

队长在车前叫唤，车是开不动了，我们要走路去营地。背上简单的行李，测量和挖掘工具得等车修好以后才能带过去。走出车灯的光圈，身前就剩下安全帽上打下来的暗淡的光了。前面偶尔飘来一阵烟雾，队伍里每个人都抽烟，抽烟是我们解困、解饿、解愁最好的办法。脚步声有些乱，距离营地还有十五公里。

天边出现一圈红色的光，夜色不再是单调的黑，碎石路渐渐变得清晰。接近天亮那段时间雾特别大，沾在皮肤上有点冷，露水从安全帽上滴下来。

渐渐闻到了水田的气息，走到有人家的地方，阴暗的巷子里有狗在吠叫。光把厚厚的云层穿透了，宛如被困在一个白炽灯里，四周浮起一股燥热。

来到小村庄的时候机械表时针刚跳到阿拉伯数字7。黑狗在楼房前龇牙咧嘴不让我们上前，队长对着漆黑的房屋呼唤老陈。

这个姓陈的老头是海南省文物局介绍给我们的，帮助我们解决食宿问题。老陈在山里住了几十年，熟悉山上的环境，能给我们带路。老陈出现在门后时我们有些失望，他年纪太大了，头发斑白，驼背，行动不便。

老陈笑着走出来，露出黑黄色的牙齿，把黑狗赶走后叫我们到屋里坐。房子是水泥地板，硬邦邦的，粘着无法清扫掉的黑泥和灰尘，石灰墙，墙下有泥土和霉菌留下的印迹，两张红木沙发。一楼有厨房、厕所、客厅和老陈睡觉的房间；二楼住着老陈的儿媳妇；三楼有三个房间，是给我们安排的。队伍一共七个人，张丽丽占用一个小房间，我、队长和陈东睡一个房间，邓如海、钱友明、温国荣一个房间。

我和队长来到天台，队长对眼前这片丛林很满意，"这是我们最后要考察的地方了，"他感慨道，"树林里肯定有我们要找的东西。"

队长有些兴奋，我也没有睡意，我们决定到树林里去走一圈。来到楼下不见老陈的身影，大概到园子去摘菜了。一个妇女蹲在门口刷牙，她便是老陈的儿媳阿娇。她对我们点点头，吐出嘴里的泡沫，指着树林说山里容易迷路，不能走太远。

森林植被保持得很好，靠近村子的这边有几条小路，再往前走就是密林了。热带亚热带灌木丛，树木长得密，繁茂的树冠挡住了阳光，林子里阴森森的，冒着一股湿气。蝉鸣以及鸟叫声会让人迷失方向，各种花草也会让人迷路。人的耳朵和眼睛没有太强的分辨能力，而且容易疲倦或自我欺骗。队长推开藤蔓走在前面，"海拔五百到七百米，"他说，"再往山上走要去到海拔一千米，两百万年前这个地方还不至于被海水淹没。"

我们没有再往前走，树林太深了，没有测量方向的仪器我们不敢保证不会在密林中迷路。"这次空手而归的话我们小组就会被解散，"队长坐在岩石上对我说，他顺手抓一把湿泥放到鼻尖前闻了闻，"只要找到迹象就能挖出东西，数据一定要精确，不能出差错。"

树林里不时传来奇怪的叫声，如此开阔完好的树林，野生动物自然不会少。树很高，覆盖面积很大，风吹来的时候树冠上的水珠滴下来，打在花草上，噼噼啪啪地像下雨。

2

"我活了六十多年，台风见过不少，从来没有见过海。"老陈坐在门前的石阶上说。

前面是田野，枝叶赤黄的庄稼因为吸收不了太多阳光普遍消瘦。尚未天黑，夕阳在树林里，四周渐渐阴凉了。田野中有淡淡的雾气，正是这些水雾缠绕着水稻，使它们不能充分接触太阳光。村子有二十来户人家，分散在田野四周，彼此之间的来往有些疏远，仿佛这片稻田便是海，海的这边跟那边是遥不可及的航线。生在岛上却没有见过海，我们感到不可思议。

"儿子三年前从村里出去后再也没有回来，我经常梦见他，梦见他出海的时候被海水淹死了。不然怎么会那么久不回来？"老陈的语气中带有一丝怨恨，一年前他生了一场病，吃了半年中药也不见好转，身子垮掉了。儿媳妇把家里的重活都揽在身上，始终没有想过离开这个家，她也去不了哪里，主要还是胆怯，生怕被海水淹死。

"会不会有些遗憾？大爷，有没有想过去看看海？"陈东说，"我们的车明天就到，等我们办完事，你和娇嫂跟我们出去，看海，看够了再送你们回来。"

老陈笑了笑，在他眼中海是很遥远的，没有陈东说的那般容易见到："晕车，出不了远门。"

"吃晕车药，睡一觉就到海口了，还可以坐船去广东，坐飞机去北京。"陈东说。大伙儿都知道他在开玩笑，我们的资金十分有限，如果再挖不出化石，自己也只能坐火车回去。

夕阳下沉，天上的光由金色转为蓝色，再转为灰色。我站在屋后的小山坡上抽烟，不远处阿娇弯着腰给蔬菜浇水，她的影子十分纤细，后来被夜色吞没了。月亮升起来，树林里有星星点点的火光，有黑色的影子在树丛里一闪而过。

大巴是半夜两点多到的，我和队长听到车声就起床去开门，司机帮忙把道具搬下来后直接掉头走了，说是在我们工作期间去镇上拉客换一些经费。

吃完早餐，队伍便要进山。天气很好，太阳蒸腾着大地，树林里冒着水汽，像翻滚的蒸汽机。老陈走不了远路，带路的是黑狗以及阿娇。阿娇手持一把镰刀，轻装上阵，我们背着各种测量工具。

穿过稻田，有一段路种满了玉米，穿过玉米地开始爬山。"山上不是每个地方都能去的。"阿娇说。我问她山上最危险的是什么。"树林，"她说，"不能在山上过夜，否则会出事。"

进入树林以后太阳光被削弱，炙热感很快消散了，越往山里面走湿气越重。阿娇说即便是本地人也很少到树林深处去，山里有鬼，她吓唬我们。我们是科研团队，鬼这种东西在我们眼中是不存在的。在前几个地方考察的时候，当地人也说山上有鬼，我们进山以后轻而易举地发现了是什么在作怪。

我们进山的第一个目标就是找峡谷断崖，分析岩石成分。沿着山溪往山里面走比在树林里行走要轻快。溪边是爬满青苔的石头，偶尔能看见天空，不时还能看见云。溪边多是荆棘类植物，具体名字说不上来，它们从溪流两边覆盖过来，像巨大的帐篷，遮天蔽日。阿娇在前面用镰刀开路，脚下泥土松软，草丛里长满湿菌。荆棘钩住我们的衣服，像要把我们拉进杂草丛里吞下去。

中午时分我们在撒满鹅卵石的河滩上歇息，河滩上有风，风是从北方来的，没有海的气息，我们距离海边有相当一段距离。张丽丽去溪边洗眼镜，阳光打在溪水上，河谷散发着各种颜色的光。烂漫的光朝树林里浮动，刚进入树荫就被树吸收了。

"还要走多久才到断崖？"陈东问。

"前面就是。"这个身体纤细皮肤黝黑的女人长着一双晶透的眼睛，这种晶透是山里的空气和水洗涤过后润养出来的。阿娇快三十岁了，脸上时常有少女般的笑容，或许因为不经常跟外地人接触，她表现得过于热情了。"我们再走一段路就不能往前走了。"阿娇坐在岩石上侧过身跟我们说。

我问她为什么。

她说再走就是绿谷了。

在接近绿谷的地方有一处断崖，是保持完好且没有植被覆盖的断崖，岩层分布明显，像年糕一层叠着一层。钱友明和陈东负责攀岩取样本，邓如海和队长考察四周的地势，最好能发现山洞，山洞是最好的庇护所，世界上多处古人类留下的迹象便是在山洞和石壁上被发现的。

绿谷在不远处，被高大的灌木挡住了。阿娇眺望那片林海，树林静悄悄的，太阳开始偏西，白色的雾气从树冠下冒出来。我问阿娇在看什么。她对我摇摇头说："每到夜晚那里就会发出绿色的光。"

阿娇说我们该回去了，天黑以后树林里很危险。采集岩石样本的工作尚未完成，陈东还挂在半空中，我们没打算马上走。

时间一分一秒过去，天越来越暗，前面不远处果然有绿色的光冒出来，一条浅浅的光线在树冠与天空之间浮动。"那是什么？"队长问阿娇。

"绿谷。"阿娇说。

钱友明和陈东采集好岩石，阿娇带我们下山。天色已经完全暗下来，摸着溪边的石头往山下走，我好几次踩到水里去，经过荆棘林的时候身上好几处被割伤了，也不能停下来处理伤口。我一直在回想那道浮动的绿光，绿光下丛林有奔驰的影子。

回到村子，分散在田野四周的房屋发出灯光，仿佛浩瀚宇宙中的星辰。上山途中不见了的黑狗出现在屋前，摇着尾巴低着头跑来。老陈已经做好饭菜，长虹电视正播放一则新闻：

> 7月4日下午5时45分，一头亚洲象从广州动物园逃出，至今下落不明。这头名为"安娜"的大象今年三岁，重约两吨，性格温和，没有袭击人的行为，从铁笼逃走时动物园接近关门，游客稀少。饲养员说"安娜"刚从泰国运过来，还不熟悉动物园的环境，常在夜里嚎叫流眼泪。
>
> 大象失踪以后动物园管理处及公安部门展开了寻找大象的行动。据摄像头显示，大象从动物园南门出来，沿环市东路进入水荫路，最后消失在水荫直街。公安来到水荫直街调查，路边店铺员工以及附近居民均表示不曾看见大象。大象在水荫直街消失至今尚未发生大象袭人事件，寻找工作仍在进行中。本台将持续跟踪事件的发展，孤独的大象究竟去了哪里？敬请关注下一期晚间新闻。

3

打开窗也没有风吹过来，凉席上有汗印，台风要来了。我从床上爬起来，找到拖鞋，到天台去抽烟。天台上有个黑影，走近才发现是阿娇，我在她旁边坐下，问她怎么不睡。

她指着树林叫我往那边看，我看到远方的天空有一层绿色的飘浮物。

"绿谷后面就是千井洞，绿谷拦住了千井洞那边的恶魔。"阿娇说。

我问阿娇千井洞里的恶魔是什么。

"野人。"她说。

我感到震惊，野人只是传说，真正的野人从来没有被证实存在过。

阿娇问我来这里的目的，我说是为了找历史证据。她不理解，沉思了一会儿说："跟阿翔从山里出去还是不同的。"阿翔是她的丈夫。"很少有人到这里来，都是这里的人出去。"

我问她村里人为什么要出去。

她说："还不是为了出去看看。阿翔说电视里看到的不知是不是真的，我也不知道那些东西是不是真的。近两年出去的人越来越多，有些人在海口找到工作就把家里人也接出去了，村里原本有四十多户人家，现在只剩下二十来户，学校都快办不下去了，高年级的学生要去八公里外的小镇读书。"

我问她为什么不跟他出去。

她说："只读过几年书，怕出去什么也不懂。"

天上的乌云越来越厚，挡住了所有星光，我回到房间躺下不久雨便来了。

下雨天不进山，陈东在房间睡觉，钱友明和邓如海在一楼看成龙的电影。队长、我还有张丽丽到村子去闲逛。大雨已经过去，细雨洋洋洒洒。我们穿着旧雨衣走在碎石路上，房子之间相隔一段漫长的路，宛如城市与城市之间的距离。田野中央有一条溪流，是山上流出来的水汇成的，被田埂引流到整片盆地，然后在另一头进入另一片树林往外流走。河流总会流入大海的，但是大海离村子太远了。

　　荒废的房子前堆满了湿漉漉的木柴，墙壁和屋顶长满了藤蔓，有些房子里甚至长出了一棵树。小孩上学去了，偶尔看见有老人坐在屋檐下一边看雨一边做手工。

　　学校是一座两层高的房子，教室前有个水泥地板篮球场，教室窗户好几块玻璃不见。我们站在窗边看老师讲课，学生纷纷仰起头朝我们看过来。一共两个班，每个班十人左右，一个班级里面有年纪较大的学生，也有较小的。楼上是老师住的地方。头发斑白的老师正用地方口音很重的普通话教学生念鲁迅的文章《故乡》。老师走过来问我们有什么事，我们说只是过来看看。他看张丽丽戴着黑框眼镜，便请张丽丽给学生朗诵文章。张丽丽没有推辞，两个班级的学生挤到一起听她朗诵。读完鲁迅的文章，学生又叫她念诗，整个早上我们都是在学校里度过的。

　　回到老陈家，队长径直走到三楼去做试验，把陈东从岩壁上刮下来的粉末倒进试管里分解其中的组成元素。我坐在窗边抽烟，外面还在下雨。回来的路上队长接到一个电话，他假装信号不好，躲开我和张丽丽，独自走到水井边去，听完电话，神情变得十分难看。

　　"是不是北京来电话？"我问他。我曾听说研究院本打算召我们回去把我们项目组编入田野考察队的，是队长求着他们再给一年时间，一年后提交成果。

"项目资金用完了，研究院不会再给我们资助，而且，十月份就要上交考察报告。"队长说，他抽着烟，晃了两下试管，试管中的土壤成分被化学药水分离。"别小看这个地方，"队长提起精神，"一个地方的重要性不能只看当下，就像你在沙漠里永远不知道你脚下是不是楼兰古国。我们要想办法到树林里面去，还要去绿谷和千井洞，那边肯定有更多发现。"

晚饭期间阿娇不在席上，老陈说她娘家有人去世了，她回去帮忙打理。电视上正在播放李连杰的电影《木乃伊3》。雪人在雪地上跳跃腾飞，庞大健壮的身体看上去十分有力量。我问老陈树林里有没有野人。大伙被我的问题吸引住了，其实我们在湖北和四川考察的时候就有听说过野人的传闻，我们没有见过真正的野人。

"野人到村里来的时候天还没亮，我听到楼下鸡鸭乱叫，出门看见一个站立的身影提着血淋淋的鸡鸭往树林里面走。它浑身长着黑毛，我不敢叫住它，我一个人制服不了它。以前村里有人在树林里走丢了，多是小孩和妇女，走丢了就回不来了。我年轻时候天不怕地不怕，一个人到山里去，夜晚爬上巨大的岩石，点了四个火堆，在树林里一夜没有闭眼。四周都是奇怪的叫声，好像走进了鬼穴，天亮以后那些东西才离开树林到千井洞那边去了。"

"野人生活在千井洞，那里有大片的果树，岩壁上有无数个山洞，一般人不敢进去。"老陈大口大口抽烟，考察队所有人都听得入神，电影悄悄播完了也没人换台。

"我们会去千井洞，"邓如海说，"我们会在那里住一段时间，带个野人回来给你看看。"

"我知道你们会去那里。"

"许多没有人去过的地方我们都去了，什么鬼怪我们都没有遇上。"陈东说，"搞科学的人身上都有一个光环，马克思主义光环。"

老陈不懂什么是马克思主义："你们要是信了就能看见，不信当然看不见。你们找的是野人的骨头，我看见的是它们的鬼魂。"

广告过后跳转到晚间新闻：

欢迎收看晚间新闻，今天晚上我们将继续追踪大象"安娜"。自从大象迷失在城市的街道，时间已经过去两天。据广州市越秀区东山口一市民反映，5日凌晨4点左右他在房子附近听到了大象的叫声。公安在东山口各街道进行地毯式搜查，没有找到大象。最近一次看见大象是通过正佳广场第4、5、8号摄像头观察到的。镜头里的大象比在动物园的时候更瘦了，肋骨凸出，四腿无力，眼神十分忧郁。公安以及动物园管理人员抵达正佳广场的时候大象已经离开，询问路人大象离开的方向，均无人知晓。

动物学家分析道："大象有着极强的记忆力，对童年生活的地方有很深的感情。这头从动物园出走的名叫'安娜'的大象年幼时期生活在热带雨林与主人一家培养了深厚的感情，被贩卖至动物园以后长时间被关在笼子里导致孤独抑郁……"

时至今日，"安娜"没有给城市的交通带来麻烦，也没有造成人员伤亡，它只是不停地游走、流浪。公安人员说城市没有大象的食物，大象很可能会困在街道上饿死，所以当务之急就是要找到大象，把大象运回动物园治疗，再考虑是否将它送回热带雨林。

4

早晨七点半左右，雨越下越大，我们在大厅吃早饭，行李已经准备好了，整整齐齐靠着墙。队长已经订了工作计划，无论是否下雨，我们都必须进山，我们要在秋天到来之前挖出有价值的东西。

下雨天在山里行走是有风险的，一个山洪一次泥石流就可能把我们埋在山谷里。门外有小孩在说话。我看看时间，才发现是星期六。小孩光着脚，脚上沾满了黄泥，八九个人，只有三把雨伞，其中一个戴着草帽。来到门前的时候他们的头发都有点湿了，羞涩地推来推去，屋檐下都是他们的脚印。

"今天进山，"阿娇对他们说，"你们来干吗？"

他们把目光放在我们身上，放在靠墙那些鼓鼓的背包上面。"他们进山做什么？"

"去找野人。"阿娇没好气地说。

"野人？你们找不到它们的，它们躲在山洞里。"

"别多事，"阿娇说，"你们走吧。"

"我们来找他们。"

"找他们做什么？"

"教我们念书。"

阿娇侧身看了我们一眼，又回过头去跟小孩们说："今天要进山。"

"我跟你们进山吧，我知道野人在哪里，我还看见过野人呢。"戴草帽那个男孩说。

阿娇给了他一个白眼："你们就是一群野人，看看你们，鞋子不穿，衣服邋遢，学习又不好，不是野人是什么？"

行程有些缓慢，前天被我们压倒的草丛已经重新爬起来。雨被树叶挡住了，零星打在我们的雨衣上，脚踩在杂草上冒出来的都是水。下雨天是不能开展挖掘工作的，泥土沉甸甸的，而且挖出来的坑容易积水，也容易坍塌，即便挖出有价值的东西也会遭到破坏。我们来海南之前就知道这个季节岛上多雨，工作会受到阻碍。队长的意思是我们不能在房子里等雨停，我们要保持高度的工作热情，他跟阿娇说这次我们要去绿谷。

　　"去不了，"阿娇说，"下了这么大的雨，绿谷已经被水淹了，过不去。"

　　我们来到溪边的时候原本冒出水面的石头都被混浊的山洪淹没了，路已经被毁，我们只能在树林里重新开路前进。树林里静悄悄的，下雨天鸟禽也懒得啼叫。草丛中有野兽走出来的小路，我们看到了野猪的粪便，还见到一些狼毛，野生狼在受国家保护的森林公园以外已算罕见。蕨草下面长满了菌类，有些草丛里还挂着新鲜的蛇皮。

　　阿娇带我们爬上岛上最高峰，海拔一千多米的山峰，遥遥望去四周的树林都被雾雨笼罩着。"还要去绿谷吗？"她问我们。"冒水雾的地方就是绿谷，千井洞在绿谷后面，没办法穿过绿谷就去不了千井洞。"

　　"什么时候才能去绿谷？"温国荣问阿娇，他是我们队伍里话最少的一个，平时负责挖掘和文物修复工作，他对工作的执迷可以跟队长相提并论。

　　"雨停后一两天。山谷里溪水很急，两边都是锋利的岩石，下雨后路滑溜溜的，被水冲走就别想从绿谷走出来了。"阿娇脸上有几颗水珠，被雨泡了一天的脸泛起一股白光。

　　队长决定先在树林里面考察地形和植被情况，天黑前下山。考察工作是邓如海和钱友明的强项，张丽丽负责拍照和取样，队长带着陈东和温国荣分头去了解地形地貌。阿娇帮不上忙，扒开蕨草找菌菇。"你们没吃过这些东西吧？"她转过身问我。其实我们长期在山里生活，野菜野菌对我们来说不是什么新鲜事物。

我走到她身边帮她采野菌，草丛里有一股泥土和腐烂的草根的气息，杂草上的水扑到了我脸上。我问阿娇有没有小孩。她从草丛里钻出去，用坑里的水简单洗了一把野菌，"有，"她说，"四岁了，被阿翔带出去了。"

"他把小孩带走了？"

"是，他说在山里没出息，在山里待下去会变成野人。"

又是野人，我心想，来到这个山村我听到最多的就是野人。

"你呢？"阿娇突然问我。

我把手上的野菌递给她。"我还没结婚，当然没有小孩。"

"你们来这里就为了找野人的骨头？"她问。

"我们在证明一些事情，关于整个民族，整个人类发展史的事情。"我看了她一眼，不知她懂不懂。我说，"目前为止，非洲被定义成人类的起源地。整个世界的人，最早出现在非洲，大概是一百七十万年前。我们项目小组的论题是'中国才是人类的发源地'，我们的目标就是在国内找到两百万年前的人类化石。远古时代人类没有交通工具，不可能从非洲走到世界各地。人类绝不是从一个地方发展起来的。两百万年前海南岛已经从大陆分离出去了，所以，我们只要在岛上找到人类化石就能推翻人类起源于非洲的观点。"

"文化人做的事，"阿娇说，"你们应该帮帮那些淘气鬼，不然有一天他们真的会变成野人。"她说的是村里的小孩。

雨越下越大，白茫茫一片，其他组员到四周去勘察了，只有我和阿娇在原地。树林里传来一阵声响，草丛跟着晃动起来，我以为是组员在那边工作，但是看不见人影。我往声音所在方向靠近，扒开草丛，雨打在草木上溅起的水汽挡住了视线。我看到了脚印，脚印深深印在淤泥里。当我走出草丛，看见一个黑色的背影站在不远处一块石头上，瘦小的身影在雨中影影绰绰。它似乎发了我，朝前面的树林奔跑过去。我扒开杂草追上去。来到一片及腰的草林，影子消失了，我只听到它在草丛里跳跃的声音。脚下的泥土松软，淤泥越来越深，过了将近二十分钟，那个声音消失了，四周白茫茫一片。我站在草地里喘气，水汽随着我的呼吸进入鼻腔，呼吸格外沉重。我直起腰看看四周，发现自己身陷茫茫的草丛中，天色暗了许多，乌云在天空堆积成山。我往树林里面走，不轻易改变方向，走了将近三十分钟还没找到来时的路。一般人眼中，草木都长一个模样，但对于长期在树林里作业的人来说草木都有不同的面孔，像地标建筑一样有其特殊姿态。这一次给我带来困扰的是雨，下雨的缘故我没有多留意来时的路。后来我听到草丛里传来声响，声音朝我奔来，当草丛被推开，阿娇出现在我面前。

"你这样会迷路的，"她一边喘气一边斥责我，"你去追什么？"

"野人，"我说，"我看到野人了。"

阿娇的脸色沉了下来，抓起我的手往树林外面走。我们回到队伍集中的地方，其他组员已经下山了。我们从细小的山路往山下走，阿娇一直抓着我的手，头也不回。天完全暗下来，漆黑的丛林里传来阵阵虫鸣。阿娇停了下来，她记不得回去的路了。我放下包袱，拿出手电筒往四周照了照，确实不是我们来时的路。我把灯光照在阿娇脸上，她脸色苍白，嘴唇一直在抖。

"你冷吗？"我问她。她没有说话，眼睛依旧在四处探看。我从背包里掏出睡觉用的毯子盖在她身上。"只要是下山就不会错了，"我说，"我们先走到山下，再绕着山往村里走。"

"不对，"阿娇说，"再往下走我们可能会走到绿谷，这时候绿谷已经被水淹了。"

回到较为空旷的岩石地,我说与其浪费精力找回去的路不如就地过一个晚上,天亮以后路就容易走了。她没有反对,我便搭起了帐篷。帐篷空间不大,两个人挤在里头,身上还是湿漉漉的,我把手电筒吊在帐篷上,阿娇抱着膝盖坐在灯光下。

"阿翔走之前也说看到了野人,"阿娇背对着我说话。帐篷外面无数只昆虫冲撞着帆布,企图穿透帆布靠近灯光。山上吹起了大风,帐篷摇摇晃晃。我把雨衣脱下放在脚边,动作细微谨慎,不轻易惊动到她。"他说野人要把他拉到山洞里去,他乘机挣脱逃了出来。自那以后他就格外痛恨野人,他带小孩走的时候我就知道他不会回来了,他怕野人下山来找他。"

"野人真的会下山吗?"

"会的,冬天山里没有吃的它们就下山偷牲口,咬断鸡鸭的脖子带上山。夜里听到响声也不敢出去,担心小孩被抓到山里去。"

"我们从小就认识,村子就这么大,上趟山下个地都能碰见,但我从来没有跟他说过话。五年前我被阿妈带到他家做了他的媳妇,住在一起也没说过什么话。他白天上山,夜里就跟我讲在山里找到的野人的踪迹"。阿娇叹了一口气,"从这里出去要走好长一段路,就算在镇上找摩托车,开摩托车也要两天才到海口,去三亚的话摩托车要走半个月,是这样吗?"

"有没有想过出去?"我问阿娇。

她犹豫了片刻,她沉思的时候眸光分散,五官朝下。"想过,"她说,"有时候梦见自己一个人离开村子,在一条没有尽头的公路上走,那条公路就好像青藏高原上的天路,我在电视上看到过。你们是不是很快就要离开这里了?"

"秋天吧,"我说,"我们要先找到化石。"

山里气温低，阿娇跟我背靠着背，我能感受到她的体温，想必她也是。她好几次都有所顾忌地动了动身体，无奈帐篷太小，没有太多伸展空间。我钻出帐篷透气，雨停了，风很大，山雾被吹开了，我往山下望去，隐约看到了灯光。我把阿娇从帐篷里拉出来指着灯光让她看，其实我们离村子已经不远了。

"没想到我会在这么近的地方迷路。"阿娇说话的语气有些低落。

回到老陈家的时候大伙已经吃过饭洗完澡坐在电视机前看晚间新闻了。电视台第一次对外展示镜头中的大象。那头亚洲象骨瘦如柴，行动极其缓慢。它频繁出现在广场和市场，用鼻子翻开垃圾桶找垃圾吃。大象受过训练，会跳简单的舞步，在垃圾桶里找到美味食物的时候会轻盈地跳舞，跳舞的时候没有愉悦感，只是类似得到奖赏而做出的条件反射。它每吃一口就做一次动作，样子十分滑稽。大象已经病了，屁股后面粘着黑色青苔状的粪便，吃进肚子里的垃圾伤害了它的肠胃。

"它会死吗？"睡前我问队长。

"大象？"

"是。"

"不知道，它很可能会死。"

5

天亮的时候又开始下雨，我醒来看见队长坐在窗前抽烟，他眼睛红红的，晚上没有睡好。我坐到他身边，也点了一支烟，两个人望着窗外的雨一句话也没说。这雨要下到九月。

去年九月我们在清远市一个山城里，那时也没完没了地下雨。白天我们冒雨进山，晚上在旅馆打牌娱乐。有天晚上钱友明说去楼下买烟，出去以后再也没有回来。我们在他的房间坐了一个晚上，天亮才出去找他。山城不大，只有几条街道。几个人分头去找，烟铺、酒商以及钱友明喜欢去的舞厅找遍了，就是没有找到他。傍晚回到旅馆，队长一怒之下把桌子掀翻了。队长知道钱友明不会平白无故消失，他是躲起来了。考察工作开展两年来，一无所获，队长把他憋了两年的委屈一下子骂了出来。我和其他人坐在钱友明的床上抽烟，没有人说话，也没有人去收拾地上的东西。十一点多的时候队长把烟掐灭突然站起来摔门而去。第二天早上我们到楼下吃早饭的时候看见队长和钱友明疲惫不堪地从车里下来径直走回各自的房间。后来钱友明跟我们说，他回到家里，三岁的儿子一直在躲他，不敢看他，不敢叫他。他被队长拽着走的时候小孩在屋里一个劲地哭。队长也是有家庭有小孩的人，只是三年来没有听他提起过。

听到大巴鸣笛，我和队长把烟掐灭下楼去。老陈撑着雨伞给司机遮雨，车身溅满了泥土。"在上次那个地方车陷在泥洼里差点没爬出来。"司机把香烟丢在地上，迫不及待回屋里喝了一碗粥。他从镇上带回来一台 DVD，好几张光碟。

我们把阿娇家里的电视机以及司机带回来的 DVD 抬到村小学去，给学生放电影。第一场电影是《超凡蜘蛛侠》，第二场是《侏罗纪公园 3》。小孩围成一个圈，屏气凝神面对着屏幕。

电影结束后我们在教室里跟学生玩，他们张牙舞爪扮演恐龙或者蜘蛛侠在桌椅间跑来跑去。几个女孩把我拉到一个角落问我外面的男孩都喜欢什么样的女孩。我面对这个问题哭笑不得，说："善良的女孩。"

她们叫我弯下腰，然后靠近我耳边细声跟我说阿娇喜欢我。

搬电视机回老陈家的时候我跟队长并排走。"如果雨季要到九月才结束，我们就真的完蛋了。"他说。

禾草被水淹了，只剩下叶尖露出水面。树冠上有黑色的鸟啊啊地叫，队长咳嗽起来，声音跟那鸟叫声相似。

"生病了？"我问他。

"下雨天就会这样，空气中水分太重对肺不好。"

我看是抽烟的缘故。

我花了一个多小时重新连接电视机和信号接收器，没有找回原来的电视频道。我有些着急，冒雨到天台上转动铁棚上的信号接收器，转动一下就问楼下的人有没有收到画面。厚厚的乌云里有电光，雨点砸在我脸上，脸麻麻的，好像被人打了耳光。我举着信号接收器东走走西走走，心里焦急又万般无奈，我单手举着信号接收器，降落到铝皮筒状物上的很可能不是信号波而是雷电。

过了将近半个小时，张丽丽拿着毛巾跑上来，站在铁棚门口跟我说新闻时间已经过了。

6

几乎每个早晨都下雨，有时候雨会下到傍晚，这样的天气持续了一个多月。队长的咳嗽越来越严重，喉咙痒，得随身带着水瓶。他夜里睡不着，怕打扰我们睡觉，强忍着不咳出声音，有时候干脆在楼下椅子上坐到天亮。他愁得厉害，黑眼圈越来越深，眼睛周围的皱纹更密了，白头发从黑发中钻出来。我们叫他去小镇医院看看病，他摇头说雨停了就没事了，可这雨似乎要下到世界末日到来那天。

农忙时期，小孩帮家里人拯救长时间被水淹没的庄稼。稻谷收成少得可怜，村里人身前挂着木盆把稻谷捋下来。我们白天帮忙干农活，晚上带小孩到教室去看电影、玩游戏、讲故事。我再也没有收到那头在城市走失的亚洲象的消息。

司机第二次回来的时候从车里拿出一袋东西交到队长手里，后来我才知道那是药。我们不清楚队长的病情，他也不跟我们说，夜色降临和白日将至的时候他咳得最厉害，那时他就会悄悄地从抽屉里拿药出来服用。

有天傍晚，我在门口水井旁洗菜，邓如海从稻田的另一边慢吞吞走回来。原本蹲在门口抽烟的温国荣看见邓如海走过来时脸色突然变得很难看，把烟头掷在地上对邓如海说："你回来做什么？"

我吃了一惊，认识温国荣以来他不曾对其他人发过脾气。邓如海站着愣了一会儿，低头就往屋里走。更晚一点的时候张丽丽、陈东和钱友明回来了，还带了两个小男孩。晚上钱友明和张丽丽都在和两个小男孩玩。我留意着温国荣的神色，他不停地抽烟，坐在椅子上一言不发。

两个小男孩缠着钱友明玩到夜深才回房睡觉。屋里刚安静下来雨就到了。温国荣叫我到楼下开会。我来到楼下的时候，其他人已经到了，大家的脸色都有点严肃。"我觉得这个会很有必要。"温国荣说，他批评大家最近心态懒散，都在做跟工作无关的事情。他越说越激动，"我们不是来扶贫的，我们不能把时间花在照顾老人和小孩上面，我们有更重要的事情要做。"

"下雨天进不了山，难道干坐着等雨停？"邓如海有些怒火。

温国荣因为激动浑身发抖："坐着想办法总好过四处游荡，要时刻想着自己要做的事情，才能保持工作热情。"

"三年过去了你有想到什么办法？还不如去关心一下村里的

、老人和小孩。"

"那不是我们的工作，这些工作自会有人来做，你是这个项目组的成员就应该为项目组服务。"

持续到凌晨两点，大伙才安静下来。屋里弥漫着烟雾，张丽丽擦了好几次眼泪，眼睛红红的。我和队长全程没有说话，队长第一个离开客厅上楼去了，我走在他身后。上楼的时候我看见老陈和阿娇的房间里有灯光，来到三楼的时候看见跟钱友明睡一个房间的两个小男孩愣愣地站在房间门口。

8月20日，夜幕刚刚降临台风就来了。我们吃完饭坐在大厅抽烟，风吹得天台上的铁棚哐哐响。天花板上的吊扇把我们吐出来的烟雾旋转成一个涡旋，涡旋像一朵云在桌面和天花板之间扭摆。再晚一些的时候开始下雨。我们对单调的雨声厌烦不已。停电以后老陈一只手拈着蜡烛底部一只手护着烛火从房间慢吞吞走出来。他小心翼翼，宛如捧着一把即将流逝的水。

雨越下越大，外面黑漆漆的，连山的影子都看不见。随着"哐"一声，楼上的铁棚响得厉害。我们戴着安全帽往楼上走。铁棚的两根柱子断了，信号接收器不知被风甩到哪里去了，另外两根铁柱以及四条铁链还跟铁棚粘在一起。铁棚的一角拍打着水泥板。正当我们不知所措的时候另外两根铁柱也断了，铁棚浮在空中被四条铁链拉扯着。阿娇拉住一条铁链，试图把铁棚拉下来，可是铁棚根本拉不回来。

"把铁锁解开，"队长说，"不然整个楼顶都会被风掀起来。"老陈拿来绳子让我们捆住腰，我和陈东匍匐到天台，用老陈给的钥匙去解锁。铁链绷得紧紧的，锁不好开。身体轻飘飘的，只要我站起来，风就会将我托起，像那块蓝色的铁皮一样。费了大半个钟头，锁终于解开了，铁棚被掀起甩到屋后竹林里去的时候铁

看不见的大象　　　　　　　　　　　　　　　173

链从我的额前甩过，差点在我脸上抽一鞭子。

没有了铁棚，雨直接落在屋里，屋里的东西被风吹得满地都是。我们换了一身衣服回到一楼大厅。蜡烛刚点着就被风吹灭了，我们干脆坐在黑暗中，谁也看不见谁。队长在黑暗中不时咳嗽一下。为了不让队长的咳嗽声显得过于寂寥，钱友明和陈东找老陈说话，问老陈山上的情况。

老陈说的都是过去的事情，他年轻时候在山里遇见的野兽，村里流传的各种鬼怪故事，这些事情多数发生在千井洞附近。"很少有人敢接近那块地方，"老陈说，"那里地形非常陡峭，满山都是锋利的岩石，还有一条湍急的溪水从山上俯冲下来。草丛里有洞穴，也不知是不是野人挖的陷阱。早上从村里出发，经过绿谷到达千井洞天就黑了，天黑以后掉进洞里就很难活着出来了。山洞里有很多图案，听说是野人在上面画的。"

听到石壁上的图案，所有人都提高了注意力。野人是不会画画的，连制造工具都不会，这些图案很可能是远古人类留下来的。

"你怎么不早说岩壁上有图案？"张丽丽问老陈。

"那都是听来的，没人真正到洞里去过，我也不敢说岩壁上是不是真的有图案。"老陈解释道。

"有图案就说明那里曾经住过人，"队长说，"那里肯定可以找到有用的信息，不管这些壁画是不是两百万年前留下来的，只要发现新的古人类遗址就能做好文章。"

"但是我们没有时间了，雨季要到九月份才结束。"张丽丽说。

"有没有别的路可以去千井洞？"队长问老陈。

"没有，只有这一条路。"

风扑到屋里来，带着雨雾，大雨冲刷着门前那块水泥地板，尚未晒干的用油纸盖起来堆在门外的稻谷大概已经长苗了。沉默让人不知所措，队长又剧烈地咳嗽起来。

"那天在树林里我看到了野人，"我说，"我就是去追那个野人才迷了路。树林里有野人是不是说明路没有被水淹？不然野人是出不来的。"我在黑暗中寻找阿娇，希望她开口说绿谷没有被水淹，但是她没有开口。

我听到椅子发出来的呻吟，大概是有人挪动了身子，我们在等队长说话，他在权衡我说的话，我提供的信息到底值不值得我们往山上跑一趟。

"跑一趟也不要紧，"队长说，"总比坐以待毙好，早点回房休息，台风一过我们就进山。"

7

雨大概是凌晨时分停的，天亮以后只有风在呼啸。我们背上行李进山，还带了防御武器，我们不想跟野人交锋，也不希望在野人发起袭击的时候毫无还手之力。

经过村小学的时候我们看见教学楼发生了倾斜，墙上有一条裂缝。这里没有具体的寒暑假时间，学生干完农活就得回学校学习，我想他们之所以这么做也是因为害怕成为野人。教室外面有几个学生在打扫卫生。老师在修墙上的裂缝，往裂缝里面塞水泥。学生走出来跟我们打招呼，我们没有停下来，阿娇也没有。

山上横七竖八倒了一大片树木，好些大树被拦腰折断。溪流没有想象中那样湍急，树林是一个庞大的蓄水库。台风的尾巴卷着山里的白雾在树林里乱窜。这次我们没有在树林逗留，直奔绿谷。中午休息的时候阿娇坐在我对面，问我愿不愿意留下来给山里的学生上课。我犹豫了一下："教学不是我的强项，只要我们把信息传出去，会有更好的人来支教的。"她低下头去喝水，眼睛里透露着失落。我想起学校里的小女孩悄悄跟我说的那些话，有点难为情。

松树林里杂草不多，地上都是松针，路也好走。土壤贫瘠的缘故，松树长得奇形怪状。树上偶尔有松鼠或者鸟在跳跃。这片松林太大了，仿佛永远走不出去。在路上遇到了好几条蛇，老鼠也见了几次，长时间下雨它们的洞穴被水淹了。老鼠浑身湿漉漉的，有些连毛都掉光了，从山路边窜出来的时候样子十分狼狈。

"我总觉得不对劲，"在松林里兜兜转转快两个小时后温国荣停下来说，"我们没有走出这片松林，现在又回到原地了。"他指着一棵松树树干上的泥巴说，"那是我涂上去的。"

阿娇脸色煞白，"我们可能迷路了，"她说，"这么深的地方我也没来过几回。"她从腰间拿出一把大头刀，开始在松树上面留记号。魔鬼一般狰狞的松树被砍出伤口以后树林一下子被打开了，走出松树林我们往山的更深处走去。

翻越一座由千千万万花岗岩堆成的石山的时候张丽丽来到我身边跟我说阿娇刚才是故意在松林里兜圈，"她知道我们去了千井洞之后很快就会离开这里，她不想我们走。"

尽管没有雨，山路还是走得艰难。天黑之前我们来到了绿谷。所谓绿谷是一条狭长的沟壑，沟壑里是沼泽，沼泽上长满了绿草。队长让我们在树林前搭帐篷，对面就是千井洞。

我们在沼泽边生了一堆火，自从来到海岛，身体从来没有这般干爽舒服过。天上出现了月亮，月光慢慢降落，落在峡谷的绿色植被上，植被竟发出绿光。我们走过去张望这些发光的植物，阿娇把手伸出去，仿佛能抓住浮动的绿光。这些光就是村里人心中的护城河，那不过是水草上面的绿粉反射月光而成的。

阿娇望着翡翠般的峡谷发呆，大伙回帐篷休息以后她突然捂住脸低声哽咽起来。"你说我要不要出去找他们？"她问我。

我把她搂在肩膀上，她突然慌张起来，推开我，只顾着擦眼泪。

"你找不到他们的，"我说，"出了这个村要经过好几个小镇，然后才是海口，过了琼州海峡是广东，广东北边呢？在城里找一头大象都找不到，更何况你要找一个男人和一个小孩。"

我回到帐篷里躺下，刚闭上眼睛就听到了大象的叫声。我马上睁开眼侧耳细听，那个声音再也没有响起。峡谷里的绿光透过帆布映进帐篷。我钻出帐篷走到外面，已经是后半夜，月光偏向树林，峡谷里的光也暗了许多。我望着漆黑的树林，企图在黑暗中找到大象的身影。其他人已经睡了，我在帐篷前点一支烟，有些焦虑。我听到的确实是大象的叫声。

天亮以后树林里白茫茫一片，队长最先从帐篷里面出来，他迫不及待点了一支烟，看到我身前的烟头，问我是不是没有睡好。

"你有没有听到大象的叫声？"我问他。

他摇摇头，轻声咳了起来，用手掌捂住嘴巴，往地上吐了一口痰。

"我听到了，"我说，"但是我看不见它。"

"这里没有大象，"他说，"我经常梦见自己在岩洞里找到一颗古人类头骨化石，每次醒来都空虚得不知所措，你跟我一样。"

"不一样。"

他看了我一眼，笑了笑说："确实不一样，看这天气多好，老天都在帮我们，我可以在这里找到化石，而你在这里注定是找不到大象的。"

大伙陆续从帐篷钻出来，阿娇的帐篷依旧静悄悄的。我去她的帐篷前叫她，没有回应，拉开布帘发现她不在里面。我跟大伙说阿娇不见了。队长看了帐篷一眼，发现该带走的东西都带走了，"她可能回去了。"他有点生气，把烟头扔到地上踩灭继续说，"前面就是千井洞了，没有她带路我们也能过去。"

阿娇的不辞而别是我万万没想到的，她是不是也听到了大象的叫声？她去找大象了？我跟在队伍后面踩着水草越过沼泽。绿谷和千井洞之间还有一片广阔的榕树林。穿过榕树林路变得好走了，到处是岩石。

队长突然停了下来，"走不动了。"他说，他嘴唇发白，汗水从额头滑到下巴。天上没有太阳，树林里感觉不到闷热，我们有些疑惑，但只好停下来休息，队长掏出香烟，望着山沟里的果树沉思。我们才走了两个小时的路，刚进入爬山最好的状态，从队长的状况来看，他确实走不动了，不是疲惫，他对前面的路产生了怀疑，或者是恐惧，他吐了好几口白烟，又点了一支，没有马上要走的意思。其他人看他这个样子纷纷卸下背包，掏烟出来抽。水雾飘到天上形成云，台风带不走所有的乌云，我们不能依靠台风来缩短雨季。

温国荣走到队长面前，问他要不要紧，"再不走可能又要下雨。"

队长拍拍小腿想要站起来，"还是没有力气，"他说话的时候嘴唇微微颤抖，"再坐一会儿。"

风吹着身前的树林。繁茂的树丛如波涛起伏，如奔腾的象群。我又回想起那头名叫"安娜"的亚洲象，从它走失那天算起，时间已经过去四十七天。我总觉得它已经死了，死在城市的某个角落，我在梦里听到的则是它临死前发出的呻吟。大象的呻吟在讽刺我。

"不管结果如何，"队长突然开口打断了我的神思，"今天过去后我都尊重大家的意见，你们可以做出自己的决定。这三年过得不容易，是轰动世界还是虚度，答案就在前面。成功的话功劳都是大家的，失败的话责任在我。"队长深深吸一口烟，吐出来，挎上背包站了起来，"我们走完这段路。"

千井洞是一座低矮的石山，上面有个漆黑的洞穴。我们在石山对面停下，用望远镜观望山上的动静，担心遇到野人。张丽丽托着相机，拍了几张照片。观察了半个小时，队长下令到石山上面去。石山有点陡峭，岩壁上面长满了苔藓，脚下一滑很有可能就跌到山下去了。

我们爬到山洞前，往里面探望。山洞很深，有一股闷气冒出来，像是有动物居住在里面。我们找到了一些黑色的毛发，张丽丽收集起来装进样品袋。没有花太多精力我们就找到了老陈所说的图案，这些图案不是画上去的，而是岩石的纹理。队长有些着急，咳嗽声在洞里回荡。他举着猎枪一步步往山洞里面走，一边让张丽丽把这些图案拍下来。

山洞里面传来一阵嘶叫，我们慌忙举起手中的武器，队长站在最前面，他朝黑暗处开了一枪。我们听到一阵痛叫声。队长上了一发子弹，对着黑暗处又是一枪，痛叫声再一次传了过来。我们打开手电筒往黑暗中照去，看见地上躺着一堆黑色的东西。它还在呼吸，剧烈地喘着粗气。走近才发现是一只大猩猩，张丽丽马上蹲下去给大猩猩堵住流血的伤口，大猩猩没有撑多久就死了。

从洞里出来，我们大口大口喘气。队长掏出香烟抽了一口，他手抖得特别厉害。不远处，几头大猩猩拿着树枝在岩石上划来划去，它们不是在画画，而是刮岩石表面的磷。这些磷有味道，对它们的身体有好处。我们在洞口坐了下来，接下来不知要做什么，万万没想到我们这一趟同样是一无所获。这片树林没有远古人类化石，也没有野人。

"我们回去就散了吧。"队长突然开口说。岩石上的猩猩听到声音马上警惕起来，呜呜呜地叫着。"你们一开始就不应该选择来我的团队，你们都是有本事的人，应该去做更有前景的事，我耽误了你们。"

我们没有说话，三年就这样过去了，寻找伟大历史的热情在这段时间内慢慢消减，最后陷在无止境的绝望里。张丽丽哭了起来。我在想我们是不是一开始就错了，我们本可以在三年的丛林考察中找到更多其他领域的信息，但是我们眼中只有化石。

"就这样回去不是怕被人笑话，我该为你们争取点东西。"队长将烟头踩灭，拿起一把小刀重新走进山洞。过了好长时间，他满手是血，提着一块毛茸茸的东西走出来，他把山洞里那只大猩猩的皮剥下来了。他走到我们面前，脱下衣服，弯腰挖了几把泥土涂在身上，披上大猩猩的皮毛，手拿着石头摆出一副在岩石上面画画的模样。他对张丽丽说："来，给我拍照，不要拍脸，尽可能拍背影，不能让别人看出破绽。"他企图制造野人画画的新闻来给我们骗一点项目回报。我们一言不发站在他身后看着他。他骂张丽丽，叫她别哭，叫她拿起相机给他拍照。张丽丽哭得更凶了。队长站了起来，把大猩猩的皮毛扔在地上，脸色十分难看。

我们又在山上过了一夜，第二天走了一天山路回到老陈家。我问老陈阿娇去了哪里。他指了指我们来时的路说："走了，去找她的男人和小孩了。"

晚上队长打电话给司机，让他第二天来接我们。收拾好行李后我们帮老陈把楼上的铁棚重新盖好，信号接收器也找回来了，装上去以后只能搜到一个卫星频道。

第二天早晨，大巴还没到，老陈急匆匆从外面跑回来，说教学楼坍塌了，老师和学生都被埋在里头。我们赶过去的时候教学楼已经变成一堆废墟，村民哭着喊着扑到砖瓦堆上面去挖掘。有两个小孩被救出来了，满身都是尘土，坐在一边用毛巾捂着伤口。我们马上加入到救援当中。教学楼是用泥砖和青砖砌成的，楼顶是水泥板，没有房梁，也没有水泥立柱。困难不在于搬砖头，而是搬那块巨大的虽然断裂但还有钢筋连在一起的水泥板。

救援工作持续到傍晚，被埋在废墟里的人都找到了，活下来的、死去的都被挖了出来。大巴来到学校前面的空地上，司机已经把我们的行李搬到车上去。队长问村长要不要把受伤的小孩送到小镇医院去。村长说："活下来的都没受太严重的伤。"他将一张发黄的纸递给队长，拜托队长交给镇政府。

我们没有多停留。老陈站在路边朝我们挥手，汽车发动以后原本还在休息的小孩也走出来跟我们挥手。汽车缓缓离开，车内鸦雀无声。村长的那张纸从前面传过来，经过好几个人的手来到我面前。白纸上有几行歪斜的字：

2018 年 8 月 24 日，古勒村教学楼倒塌事故造成多人受伤 4 人死亡，死者情况如下：

陈冰华，男，48 岁，教师，为人善良，热爱工作，天花板砸在头上而死。

陈好弟，男，9 岁，二年级，热爱学习，热爱祖国，天花板砸在头上而死。

李曼，女，8 岁，一年级，乖巧听话，梦想是做一名老师，钢筋刺入肚子流血过多而死。

陈子龙，男，8 岁，一年级，热爱音乐，有担当有理想，天花板砸在头上而死。

发表于《山西文学》杂志 2019 年第 5 期

看不见的大象

南方一去不回

1

2012年春，南方天亮得早，我扒在小木屋窗台上眺望远处的景象，有雾，有鸟，褐色的田野铺张过来将我吞没。

篱笆上有露水，没有阳光的清晨，阴沉的天空下白雾遮住了远处的山野。黑猫来到屋前的草地上，嗅嗅挂满露水的青草，张嘴去咬叶子，露珠洒到它身上，它轻轻一晃，露珠便顺着它光滑的皮毛落到地上了。它穿过篱笆跳到石板路上，又钻进石板路另一边的草丛。

草丛后面是条小泥路，然后就是赤河了，河水很浅，河中有鹅卵石，大多石子是白色跟青色的。不到一百米远处有座石拱桥，桥身长满了苔藓，桥栏早已掉进河里。往上游走十里路就是陈雨遇害的地方，她当时就是沿着赤河走的，也是在这样冰凉的早晨。

警察对陈雨的死毫无头绪，犯罪现场没有留下蛛丝马迹，另一方面，陈雨长时间独处，没人知道她接触过什么人。犯罪现场被胶布封锁了，但是被破坏得很严重，河岸以及芦苇地到处都是脚印，不清楚陈雨具体躺在哪个位置，她倒下的地方本应该铺满鲜血的，可是血迹被狼藉的淤泥覆盖了。

"因为犯罪现场是在河边，好多东西都是河水从上游带下来的，形成很大的干扰，很难找到突破口，第二天早上河水上涨，犯罪现场就被淹没了。"李警官说。

河流落差大，河道狭窄，流水很急，如果不是有人发现了尸体，第二天河水上涨的时候尸体就会被水带到下游去，那时候陈雨的死会变得更加模糊。

小村庄不是陈雨的家乡，来这里之前她身体状况很不好，毕业论文只写了两千字，一大部分还是摘抄下来的资料。她精神很差，对声音敏感，细碎的响声就会使她烦躁。那时我在学校附近租了个二十平方米的房子学画画。她在我涂满颜料的房子里住了四天，依旧无法平静，晚上睡不着，就拖着行李离开了。

我不清楚她是怎么找到那地方的，那时身边的人都在准备毕业论文，或者为找工作焦头烂额。她从公寓离开的时候我跟她说我很快就会去找她，我向来不会对未来的事情做安排，因此也没说具体哪一天去找她，半个月后一个陌生来电告诉我，陈雨死了。

桌上还有陈雨涂改过的稿子，一双人字拖整齐摆放在床脚，太阳照晒挂在门旁的裙子，仿佛她只是出去一下很快就会回来。李警官打电话跟我说陈雨死了的时候我正坐在窗前抽烟，另一只手举着画笔，画纸是空白的。我想将陈雨离开前卧在我床上那个画面画下来。油腻的被单缠着她白皙的身体，她左腿伸直，右腿跷起，双手叠在一起垫在下巴下面，头发蓬松，目光迷离，望着玻璃窗上的太阳。我画画习惯从眼睛下笔，她目光中的疲惫与忧虑给我带来了难度。李警官还在说话，我举着手机不自觉地构想她在小山村生活的情景。她遇害前的画面应该是这样的：坐在桌前抽了好几根烟，在那篇未完成的稿子上涂涂改改，她肯定是浮躁的，稿子上有几道深深的划痕，不知不觉天亮了，她关了灯走到门外，雾水贴着她的裙子与头发，她沿着赤河往上游走，芦苇越来越密，被风吹得哗哗响，她没有留意身后的脚步声……

山里多雨水，河流纵横交错，形成了许多沙洲，大片的芦苇在近水处生长。村子保留着传统民风，很多人还住在几十甚至上百年前的骑楼里。小巷的石板是从北边的山林运出来的，被无数个脚步踏过之后变得无棱光滑，路边的柿子树掉了一地叶子，黄色的鸟儿从树上飞下来在青石板的缝隙里翻泥土。天空晴朗，金色的阳光将骑楼的墙壁照得更加残旧。

坐在石磨旁抽烟的老头建议我到丛林去找杀害陈雨的凶手，许多犯了不可宽恕罪过的人都钻进那片深不可测的丛林躲避追捕去了。

蓝色的天没有云，山脚的梯田装了一层层的水，灰色的稻草凌乱散落，山野干爽明净。稻田旁边的炮楼已经被遗弃许多个年头了，里面塞满了木柴。炮楼后面是河流，无数座木桥在河流上弯着腰。

"我们走访了村里的每家每户，那天傍晚除了发现尸体的张大嫂外没有人到河边去过。"李警官把烟头扔到脚下，用褪了皮的运动鞋踩灭，他脸上爬满了胡碴，额头上有几道深深刻进身体里去的皱纹，一副烦恼忧愁的模样，"说实话，从警七年我第一次遇到这样的案件，完全找不到犯罪线索。小镇的警察大多缺乏办案经验，而且，这个地方有个天然的深渊。"他指的是那片林海，假如凶手真的躲到丛林里去就如一滴水滴进海里，如一个影子走进夜色当中。

晚春的天空是昏暗的，阳光穿不透云雾。如湿了水的棉花一般，天际的乌云皱成一团团。

2

我和陈雨是高一同班同学，第一学期结束后分班，第二学期结束后分校。2010年暑假，陈雨来广州找我，那时她有男朋友，我也有女朋友。第一天晚上她睡我舍友阿海的床，第二天分手的时候她坐在我的大腿上，嘴唇黏了过来。她又多留了一晚，那一晚我们是在旅馆度过的。整个晚上她趴在我身上，几乎要将我揽入她身体里面。

夜深以后我们已经疲惫不堪了，依旧没有睡去，两个人在一起的时间太难得，或许天亮以后我们就不得不离开这张床去过各自的生活。陈雨谈起了过去，长时间没开口说话，她的口气热乎乎的。

我和陈雨之间有一种奇妙的情感。第一次见到陈雨不是在高中那个拥挤的教室，而是在校外的烈士陵园，她和三个男生站在一棵柏树下，他们在谈论着什么，她显得很开心，嘴唇弯起露出洁白整齐的牙齿。首先引起我注意的不是她的笑声，而是她的眼睛，两颗眼珠色彩淡淡的宛如玻璃，即便我与她相隔五米远，我也能从她的眼珠里看到我的模样。

烈士陵园是一处神秘幽静的园林，整齐挺立的松柏，干净的石阶与草坪，广场中央高大的石碑面对着南边的小城。我喜欢到烈士陵园看书，坐在松柏下面的草地，没人打扰，看一阵子书眼睛疲惫时放眼俯瞰山下的田野。在拥挤的教室与陈雨相识以后她说我是个怪人，她注意到我了，她对我在烈士陵园看书的行为感到不可思议。

学期结束以后我莫名其妙地跟张妙谈起恋爱。我与陈雨之间理应保持一段距离，保留一种向往，这样我的生活不会在单调中死去，我们的感情才能保留最完美的部分。我相信她明白我，即便后来分班、分校，大学分别在相隔三百公里的两个城市，我们依旧向往彼此。

"然后我们就上床了。"陈雨把过去简单捋一遍之后归结到这样的结果，"忍不住了，便来找你，我知道这次过来肯定要做点什么，抱一下，亲个嘴，甚至上床，都是见面的仪式。"

暑假结束以后阿海回来了，我躺在床上半睡半醒的状态中听到了他停车的声音。他有一辆五成新的二手福田小货车，那是他卖掉自己设计了一年多的机械手从一个生意失败的中年人那里买来的。他开着福田车回来那天带我和两个女生到郊外兜风，他坐在驾驶位叼着香烟，一首接一首播放汪峰的歌，喇叭已经沙哑了，显得汪峰的声音更沧桑有力。他的车技不娴熟，我和后座两个女生紧紧抓住把手。意外跟预料中的一样发生了，小货车撞到路边的榕树上，前盖翻了起来车头冒出一阵白烟。两个女生下车以后看到小货车那狼狈的模样捂着肚子笑个不停，每次听到阿海在宿舍外面停车或者开车出去的时候我总会想起那个画面。

阿海用力推开门，又狠狠地甩上，我知道他是用脚将门钩回去的，那是他的习惯性动作。他一边唤我一边脱衣服，外面烈阳如火，他的短袖已经被汗水浸湿。他将我从床上拉下来，打开冰镇啤酒咕咚咕咚喝了起来。看着我疲惫颓废的模样他叹了几口气，责怪我没有跟他出去旅行，说我在浪费生命。他晒得黝黑，看起来壮实了许多。他去了一趟海南，在那里跟一个女孩鬼混了一个多月，后来将她留在旅馆自己一个人走了。他说那是个好女孩，好女孩是不应该带回来的，相处一段时间可以，不能耽误人家一辈子。

喝了半箱啤酒，他又出去买来花生、薯片。将剩下的半箱啤酒喝完以后他有了一点醉意，洗了个澡头发还没干就爬到床上去了。在床上翻来翻去，一直抱怨床上有一股怪味，他在竹席上翻了翻，找出一根长长的头发，问我是不是带女孩回来睡觉了。我将那根头发接过来，确实是陈雨的头发，我认得她的头发。

"可以啊，偷偷带女孩回来睡觉，张妙知道吗？"张妙留着一个男生头，而这根头发足有半米长，"下次可不要在我的床上干这种事，只有我在别人的床上搞女人，别人可不能在我床上乱搞。"他坏笑了几声，重新躺下睡去了。

我将陈雨的头发放在书本上细细端详起来，那根头发沉甸甸的，我不自觉地回想起陈雨，想她健美的身体。她离开了一个多月，我却感觉她离开好久了。

陈雨总是戴着一个黑色鸭舌帽，夏天穿着紧身牛仔裤和白色衬衫，冬天是紧身牛仔裤和白色毛衣，有时候毛衣外面披着一件棒球服。她从人群中轻易找到我，然后从我身边走过，我跟在她身后往校外走。陈雨每一次出现都那么小心谨慎，她头也不回往公交车站走去。我不清楚她是来找我之前就知道要带我去哪里，还是在车站看到第一辆车进站就上车。她在靠窗的位置坐下，当我来到她身边她才抬起头笑盈盈地看着我。

"请问这里有人吗？"我一脸正经地问，她不说话摇摇头。

贴着她坐下，我们的手就紧紧抓住了对方，假如车上人不多，我们就迫不及待地接吻。后来就不急着去找旅馆了，我们像恋人一样各处去。在沙湾古镇，她牵着我在幽静的巷子里慢悠悠地踱步。她说这种感觉很好，但是很不习惯。

大多数时候都是陈雨来找我，我只去找过她一次，那是 2011 年秋天。从我的城市到她的城市，三个小时的车程，我一路在构想她多少次从这条路来往的情景。或许她已经记住了每一条高速公路、每一个隧道、每一个收费站。

去找她之前我给她打了个电话。她听后心情非常激动，依旧小心谨慎，精心布置我在哪里下车，在什么地方等她，晚上在哪家旅馆过夜。我从来没有去过她的学校，她的学校离市区还有十公里，在一座山丘下面，是半封闭式的校园，外来人不可随便进入。

我下车的时候是中午十二点三十四分，陈雨找到我的时候已经是下午三点四十二分了。我在一家咖啡厅吃了个便餐，喝了两杯咖啡，看了一百多页的书她才出现在我面前。

"有点事情耽误了一下，出来晚了，我知道你身上会带书，所以也不会生气吧？"

我知道她说的那点事就是安慰她那耿直憨厚又容易产生情绪的男朋友。和我在一起的时候她总喜欢提及她的男友以及我的女友张妙，可能让他们两个存在我们的见面才显得更加难能可贵。我曾问她是否跟她的男朋友睡过。"男人都是忍耐不住的，"她这样跟我说，她不介意我跟张妙之间的事情，也让我不要在意她和她男朋友，"我们没有权利介意这些，这个权利是属于他们的。"

我有些生气。

她带我乘大巴去了海边，在车上坐了两个小时，我有些疲倦，没话可说的时候打了几个呵欠。陈雨看着窗外，路边的山一座比一座矮，进入一片开阔的平地，汽车来到旅游区。找到酒店时已经是傍晚六点五十五分了，陈雨站在落地镜前换衣服，她健美的裸体暴露在镜子里。我从后面抱住她，把脸凑到她脖子上双手在她的双乳间滑动。她将我推开，甩给我一条泳裤，两个人披着浴巾到海边去了。陈雨游得很好，而我只能在浅水区跐着脚吃力地扒一段距离。黑色的海，尽管有强光扫射海面，我依然觉得阴森恐怖。海浪一个接一个拍打过来，我吃了几口海水，肚子胀胀的，也因为疲惫，没有心思游下去，在海水与陆地交接的地方躺下。

那晚没有月亮，倒是有几颗暗淡的星，风有点凉，海水漫上来的时候有一阵暖意，海水退下以后便感觉到冰冷。陈雨如海水一般爬到我身上，头发上的水滴在我脸上，手指在我的两道眉毛上滑动，柔软的乳房压着我的胸膛。她冰冷的皮肤紧贴着我，玻璃色的眼睛在我脸上扫来扫去。"如果哪天你不想跟我见面了，就跟我说一声。"她这样跟我说，我躺在沙滩上不好点头，轻轻嗯了一声，并希望她也如此。

最后一次见面便是2012年初了，晚上十一点，我和张妙从校外吃饭回来，将张妙送回宿舍后我觉得身后有人在跟踪我。陈雨站在树影下穿着红色大衣，走出树影后修长的手臂朝我伸过来。

第二天张妙到外地实习，陈雨搬到我的公寓住了四天，夜晚我们纠缠在一起，她不想做爱我也没有勉强她。她的话很少，总是趴在床上凝望着一边抽烟一边在画纸上涂颜料的我。我问她是不是发生了什么事，她微微扬起嘴唇摇摇头。分手那天我们在学校的泳池游了一个早上，陈雨不知游了多少个来回。她说她要找个安静的地方写论文，可能很长时间不会来找我，分别的时候紧紧抓着我的手不停地叫我亲她。那次分别她是带着笑容离开的，那也是她留给我最后的模样。

3

　　陈雨的死过于突然，我没想到她是以这样的方式结束我们之间的来往。我被一股巨大的湿气笼罩着，做任何事情都提不起精神，只要一闭上眼睛就会想起陈雨站在镜前的裸体。我抽了一支又一支的香烟，喝了一瓶又一瓶的啤酒。很想大哭一场，可是咧开嘴唇两颊的肌肉上提发出呜呜的声音时还是没有眼泪。

　　我有种感觉，陈雨还没死，她只不过是离开了，离开好长一段时间，像她所说，她会很长时间不来找我，但她既然这么说了，就终有一天会回来。我试图忘记李警官打过来的电话，他肯定是找错人了，死者可能也叫陈雨，而我的电话则是他按错了某个数字。我越想越烦躁，举着画笔在纸上乱涂。我走出房间来到潮湿的街道上，沿着撒满木棉花瓣的街道走出去，腐烂的花瓣发出的气息使我清醒了许多。

　　行走减轻了身体的负担，我从这条街走到那条街，广州太大了，无数条街道纵横交错像没有终点的圈圈。天黑以后街道变得更加拥挤喧嚣，我走上一座又一座的天桥，从来的方向和去的方向观察瞪着眼睛奔驰的车流。

　　在天桥逗留到夜深，人流消失在漆黑的楼房里，街道有些凄凉，我走到开放的公园，在潮湿的石椅上躺下，风是闷热的，蚊虫从四面八方飞过来。我想我当时的模样肯定十分狼狈。疲惫一阵阵袭来，双腿沉重，头晕眼花，我多么渴望心里头的悲伤汹涌而出。往后的几天我乘着公交车到处去，我找到曾经和陈雨住过的旅馆酒店，找到那些房子，一个晚上接一个晚上睡下去。大多数时候那些房子是空的，我也得以顺利住进去，也有碰壁的时候，比如我去到陈雨的城市，找到海边那家酒店，去到那里的时候房间已经有人入住了，我问那对恋人是否愿意换房间，他们骂我是神经病，叫客服将我轰了出去。

　　没有哪个地方是属于我和陈雨的，我为此感到悲哀。在无人的沙滩上踱步，和之前的几个晚上不一样，那天没有月亮，星光也没有，天空和海一片浑浊。我走进海水中，躺在海水上，海浪将我按进海里，我又浮了起来。我怀念陈雨趴在我身上，捧着我的脸手指在眉间滑动那个情景。沿着海岸线走，酒店的灯光已经看不见，野沙滩上没有路，只有坚硬的沙子和岩石。我听到海水从很远的地方涌过来，被沙石挡住以后又退到遥远的地方。渐渐地，耳边只剩下海浪和海风的声音。半夜时分我冷得浑身颤抖，躲在巨大的礁石后面蜷缩着身体。我的衣服已经被海风吹干，雾水降下来以后又变得油腻腻的。

　　我没有在岩石背后坐到天亮，沿着海岸线继续走，天将亮的时候看到了灯光，观海广场上有好几个露营帐篷，帐篷里面有灯光，那些人彻夜不眠在等日出。我走到广场的尽头，钻进一家音乐餐吧点了一份便餐一杯咖啡。服务员是位年轻女子，她盯着我看了好几眼。我身上沾满了沙子，衣服和头发上还有海水的味道。那位姑娘心想我是个跳海自杀未遂的人，她格外小心地伺候我，说话的声音很低。

　　餐吧不奢华，但很有特色，音响里一首接一首播放左小祖咒的歌曲。很难想象会有音乐餐吧播放左小祖咒的歌，无论如何，在大多数人眼中左小祖咒那个嗓音是难以入耳的。也不失为一种特色，左小祖咒的歌跟餐吧的装潢很搭，灯光暗沉，墙上的瓷片以黑色和红色为主。餐吧人不多，隔了两个座位的角落里有三个年轻男子一边喝啤酒一边在讨论什么神秘的事情。喝了两口热咖啡，我被左小祖咒拖沓无力的嗓音打动了，泪水涌了出来。我感到释怀痛快，叼着香烟任眼泪哗哗地流。那首歌我是记得的，名叫《我不能悲伤地坐在你身旁》：

> 那杆枪被你扔了，我也没有说我用不上那玩意儿，我需要它去杀某个人，在昨天我不能悲伤地坐在你身旁，我不能，悲伤地坐在你身旁。
>
> 当我推开那扇门，想看看那永恒荣光的壮景，那没有他们说的实用阶梯，然而我，又不能悲伤地坐在你身旁，我不能，悲伤地坐在你身旁。
>
> 那把吉他你拿回来了，你也没有说我用不上那玩意儿，我需要它来歌唱，在今天，我不能悲伤地坐在你身旁，我不能，悲伤地坐在你身旁。
>
> 在我，走出那扇门，撕下某本书的二百五十二页，它用黑色镶金这般地写着：嘿，我不能，悲伤地坐在你身旁，我不能悲伤地坐在你身旁……

服务员递来纸巾，我叫她重复播放那首歌，直至我的泪水流尽才切换。咽下便餐，我又点了一杯咖啡，到洗手间洗了把脸回到座位上，天快亮了，我才听清楚那三个男子在讨论世界末日预言。

"1月31日晚，一颗很大的流星从天上飞过，那颗流星很近，甚至可以看到流星上面的火。流星飞过以后天上布满了黄色的云，海面被那团黄色的云笼罩着。"女服务员一边擦台面上的玻璃杯一边细声跟我说话，"自那以后他们就每天晚上来这里讨论世界末日的事情，他们好像知道很多，12月21日真的是世界末日吗？"

我摇摇头："不清楚。"

"你有没有看到那颗流星？"

"没有。"

她有些失望："好可怕，幸亏没有砸下来，不然整片大海都浇不灭那团火。"

将近五点钟的时候那几个人站起来要走，来到前台付账。他们的穿着像是学生，其中两人还戴着黑框眼镜。没有戴眼镜那个人对服务员说："12月21日所有东西都将化为乌有。"说罢他们轻声笑了起来，走到门外站在广场上面对大海伸了个懒腰打了个长长的哈欠，一阵摩托车声过后餐吧里就剩下左小祖咒不知疲倦的哼唱。

我问服务员可否在角落那个位子上靠着睡一会儿，她看看时间说我可以睡到六点三十分，此后他们要收拾关门。我在那个阴暗的角落坐下，盖上服务员从抽屉里拿出来的毯子就睡去了。我做了个梦，梦中陈雨在大海里游泳，一颗巨大的陨石从天而降，大海被砸出一个洞，海水形成一个漩涡从四面八方往那个被陨石砸出来的洞灌去，陈雨随着海水被黑洞吸了进去。

醒来的时候音乐已经停了，餐吧一片漆黑，那位女子脱下工作服穿着便衣趴在旁边的桌子上。我把她唤醒，问她几点了，她迷迷糊糊看了看手表："八点四十三分。"

我们打开门走出去，没有太阳，天上布满了厚厚的云，露营的人垂头丧气收拾帐篷。我谢过她，说我该回广州了。她对我点点头，戴上头盔墨镜骑着电动车走远了。

4

春雨是令人郁闷的，墨水般的云将天空涂得阴暗，到处是水。陈雨的尸体被运回来的时候装在一个黑色匣子里。我想象着她赤裸的尸体躺在验尸室被人围观被法医解剖的情景，心里很不好受，仿佛自己的东西被人玷污了一般。尸体被法医用数据与照片代替以后成了一个空壳。

李警官说陈雨没有受到性侵，只是大腿上有抓痕，她的衣服被撕破了，左脸颊有瘀伤，致命的是背上的两道伤口，凶器是两厘米宽七厘米长的匕首。除了尸体上留下的犯罪手段，警方目前对杀人凶手还一无所知。

我去参加陈雨的葬礼的时候，她的尸体已经被运到殡仪馆准备焚烧。阿海载着我冒着蒙蒙细雨疾驰，我们穿着为毕业典礼准备的西服进入殡仪馆找到送葬队。陈雨的棺木被送进火炉，出来的时候就剩下一铲骨灰。她的父母捧着骨灰盒以及她的遗照钻进车厢往墓地奔去。

李警官也来参加陈雨的葬礼，穿着旧西服。他身上有乡里人的粗犷，黝黑的脸上布满了皱纹，头发灰白凌乱。除了李警官以及他的两位同事，葬礼上还有一个陌生男子，他是陈雨的男友，整个安葬过程面无表情，他很瘦，穿了西服以后显得身体更长了，仿佛没有肩膀。他凝望着墓碑上陈雨的照片，没有打伞。

加上我和阿海、陈雨的父母，葬礼就在这样凄凉的调子里完成了。从墓园下来，陈雨父母邀请我们到家里吃饭，男子一个人默默离开了。李警官和他的同事要赶回去办案，我和阿海看着两个老人孤零零站在路边便送他们回去。警车在我们前面开了一段距离后拐进高速公路，我们穿过松柏街进入城里。阿海开车一改往日的狂奔，变得十分谨慎，陈雨的母亲靠在父亲肩膀上低声抽泣。

陈雨家在肇庆，面对西江，一栋六层高的楼房。高中时候我去过一次，那时学期快要结束，周五下午她的阿爸没有来接她，我便骑着自行车载她回家。我们在她的房间看了电影《阿飞正传》，她脱下校服换上薄裙子。我们同情刘嘉玲和张曼玉，又理解张国荣的作为。她的房间在四楼，桌上放着一个花瓶，瓶子里是一束将要枯萎的白菊花。房间空荡荡的，她的物品被清出去烧毁了，她阿爸说不想阿妈看到这些东西而伤心。

陈雨父母在楼下准备晚饭的时候我和阿海在楼上阳台抽烟。下过雨，西江水浑浊浩荡，货轮从江边工厂码头接货往下游开去，偶尔会有白色的水鸟在江上盘旋。屋里屋外一片湿腻，抽了几根烟以后身体里憋了许久的那股气才吐了出来。

晚饭期间屋里很安静，没人说话，饭桌上只有碗筷的声音。菜比较清淡，不够火候，陈雨阿妈吃了两口便吃不下了，独自黯然回房。陈雨阿爸问今天参加葬礼又独自离开的那个男生是谁。我本以为他知道是陈雨男朋友的，但也没有说穿。

"应该是陈雨的大学同学。"我只这样说了一句。

"葬礼都是这样冷清的，人死了不来参加葬礼也就算了，学校也不让提起，好像她的死是见不得光的。"老人说话的语气稍显无奈。

晚饭后喝了一杯茶我和阿海便离开了，回校之前我打算回家住两天。阿海开车送我回去，他不打算去我家了，我便带他到我家附近的清吧坐一会儿。我点了啤酒，他开车不喝酒只要了一杯水。

"我们忘记买花了。"抽了两支烟后我对阿海说。

"太赶了，没所谓的，能送她一程就好了。"阿海不像平常那样活跃潇洒，或许葬礼的氛围影响到他了，"你跟陈雨之间的事情张妙知道吗？"

我对他突然提起张妙感到不满，这是属于陈雨的一天，张妙这个名字的出现打破了我对陈雨的想念，"不知道，我回去会跟她说清楚的。"

"你觉得她能接受？"

"接受不了吧。"

"所以你是要跟她分手了？"

"大概是，我再想想。"

阿海开车离开后我又回到座位上喝酒，我让服务员播放左小祖咒的歌。她有点犹豫，但还是切换了。下雨天清吧没几个人，都是单客，或许他们也各有心事，对正在播放的歌曲并不排斥。这样沉闷的梅雨天，清酒和左小祖咒的歌曲再适合不过了。

5

我和张妙也是高中第一学期同班同学，有一段时间我们每天晚自修后一起从教室走回宿舍。她是个心事重重的人，不善于表达，她太悲观了，总是绷着脸。教室到宿舍那条路很窄，因为是新建的学校，靠山，还有一片开阔的荒地，路灯暗黄，路上铺满尘埃，我想正是这条单一的枯燥乏味的水泥路将我和她捆绑在一起了。

第二学期开学第一天就分班，很多人恋恋不舍，难以表达各自的情感。五十个人分到二十八个班级，总有一两个是同班的。等候老师念名字的时候所有人都忐忑不安。每个名字对应着各自被分配到的班级，仿佛在等候命运安排。那确实也是命运中很重要的一环，我、张妙和陈雨都没有被分到同一个班级，张妙在一楼，我在二楼，陈雨更远，在四楼。

和张妙交往了七年，太长了，无论如何，这都是很漫长的一段时间，然而，高中三年大学四年，一分一秒都没有少。七年时间也没有什么特别令我印象深刻的事情，感情生活不温不火，平平淡淡的。这样说似乎对张妙不公平，她规规矩矩，对我也很好，从来没有想过有一天会离开我。我想我们之间有一种东西是无法交融在一起的，正是这种东西形成了一道巨大的隐形的鸿沟横亘在我们之间。

　　她从深圳实习回来的时候我刚从陈雨的葬礼中走出来。我在公寓里跟她说了我和陈雨之间的事情，她坐在地板上靠着玻璃窗一个劲地流眼泪。"我一直认为你和她之间过于亲密了，我相信你，一直没跟你说，可你还是这样做了。和我做爱的时候心里想的人是不是她？"我否认了这点，和她做爱的时候我是专心致志的，也尽可能使她满意。

　　说到陈雨的死，所有的谎言与悲伤都被淹没了，张妙停止哭泣挽着我的手臂说："但是她死了，我也没必要介意你们的过去，过去的就让它过去好了，我们继续过我们的日子，我会做得更好。"

　　相处了七年，分手也需要一个漫长的过程，从2011年冬到2012年春，张妙一直试图挽回这段感情，不断给我打电话，发信息，有时直接来敲我公寓的门。那段时间敲门声几乎是我的噩梦，我每次听到敲门声心里都突然紧张起来。我们之间已经没有了以前的客套，只剩下厌恶与憎恨。有一天我隔着门问张妙坚持的理由是什么，她没有回答，坐在被梅雨濡湿的地板上撕心裂肺哭了一上午后离开了，往后再也没有来敲门。

6

按照玛雅历法，12 月 21 日将是人类世界的最后一天，持续的黑暗将会降临，陨石与洪水相约而至。尽管国内外科学家都发表言论解释玛雅历法不是预言，只是一个周期，然而这些解释的根据只是一些空洞的理论以及他们权威掌握的数据，社会上依旧有相当一部分人对此表示怀疑。这些人认为恐龙灭绝就是因为玛雅历法的周期预言，只是当时玛雅文化尚未诞生，可预言从不会迟到。

陈雨去世后第二个周末阿海开着他的福田小卡车来到我公寓楼下鸣笛唤我。我从窗口探出脑袋，看见他穿着整洁的衬衫，戴着一副墨镜，福田车没有熄火，他晃着手叫我下去，"带你去一个地方。"说罢他低头点了一支烟。

出门时天已经黑了，下着蒙蒙的雨，车前的雨刷左右摆动。从学校南门进去，北门出来，拐进一条幽暗的街道来到河边，沿着滨江路走了二十分钟，阿海哼着音乐手指在方向盘上打拍子，我们慢慢靠近被废弃的工业区。

"到底要去哪里？"

"放心，不会带你去做见不得光的勾当，我们去见识一群很酷的人。"阿海得意地笑了笑，始终保持神秘。他交际广，认识各种各样的人，而我不喜欢去人多的场合，即便在人群里我也只会找个安静的角落拿出砖头般的书来看，因此我有些后悔跟他出来，但他的车已经来到我的楼下，一副势必要我出来的样子。

福田车进入工业基地，被遗弃的工厂、高入云端的烟囱映入车灯的视野中。路上有许多旧木板，车轮从上面碾过的时候摇摇晃晃的。没有路灯，这些地方白天都很少人来，但我在车灯扫出来的视野中看到路面有车辙，显然在我们之前已经有人到基地里去了。

我看见一所楼房里面有灯光，三辆汽车停在楼下草坪上。下车以后阿海走在前面，朝着灯光走去，没有修理过的草在脚下软绵绵的。

"这个组织叫'末日社团'，"阿海高傲且诡异地说，"都是附近几个学校的学生，他们的想法肯定会让你大吃一惊。"

屋里弥漫着白烟，轻音乐是从墙角的蓝牙音箱里传出来的，房子中间有一张方桌，桌上有三堆海报、花生、薯片和蓝带啤酒。我们走进去的时候屋里的人纷纷朝我们点头，站在门口的那位男子拍拍我的肩膀，说了一句欢迎我的加入。

我在靠边的椅子上坐下，数了一下，加上我，屋里有十三个人，四个女生。气氛沉闷严肃，我想在座的大部分人跟我一样也是刚来到这里，彼此不认识，因此没什么话可说。

接近九点钟的时候，外面又传来了车声，走进两个穿着时髦的女生。站在门口迎接的那个男子呼吁大家靠拢过去，他来到灯光下我才看清楚他的模样，粗犷的面孔，腮帮子很大，说话的声音低沉有力。

"时间已不多了，"他开门见山，把所有人的注意力都吸引过去了，"剩下不到十个月，我们聚集在一起要做什么？"他拍拍桌子上的海报，"浪费了二十年、三十年，都已经过去了，我们要让更多人在接下来不到十个月的时间里做回真正的自己。"

进行到十一点多，啤酒喝完了，两个男子又从车里拿来两瓶红酒四瓶五粮液，大伙儿都有了一些醉意，讨论愈演愈烈，每个人都陆续说了话，都是关于活着的意义，关于如何度过末日到来前那段时间的。阿海拍拍我的臂膀让我也说两句，"你读过那么多书，肯定能说说，什么是生命力，什么是人的本性。"

我慢吞吞站了起来，我知道自己是清醒的，而我正对着一群醉酒的满脑子疯狂想法的青年人。要说生命力和人的本性，书本的内容我一句也想不起来，我马上想到的是我和陈雨那段没有始终的感情生活，对我而言，追求那种情感就是生命力。他们昏昏欲睡，但侧着脑袋似乎都在认真地听我讲话。我说我并不敢确定世界末日预言的真实性，至少在那一刻我的立场还摇摆不定。

　　屋里的气氛瞬间降到了冰点，我坐下以后再也没有人站起来说话了。音乐被放大，在场的人拼命抽烟喝酒，最后不欢而散。阿海抛下我载着其他三个人走了，另外四辆车也纷纷挪动往城里去。我站在被细雨打湿的草地上看着他们离去，车灯渐渐变得遥远。四周阴森森的，有点冷，我点着香烟一步步往基地外面走，远处城里的灯光看似很近，高速公路上的车声隐隐约约传到了耳边。

　　工业基地的出口处，一辆车停在巨大的牌坊下，车没有熄火，烟囱冒着白烟，后车灯一闪一闪仿佛奄奄一息的人的心脏。我过去探头往车厢里面看，是晚来的两个时髦女子中的一个。她趴在方向盘上，侧着脑袋看我，"你走得跟蜗牛一样慢，我都快睡着了。"她招招手让我上车，然后往城里开去，我们身上冒着酒气，我担心遇上交警，那样会有大麻烦。"你朋友蛮有意思的，就这样把你抛下了。"她开车进入城中村，似乎经常这样做，知道哪条路线可以躲开交警。汽车在阴暗狭窄的路上穿梭，不知拐了多少个弯，来到一个大排档面前。"我们去喝酒吧。"她没有等我回答就走了出去。

　　大排档里坐满了人，我们只能在人行道上摆张桌子坐下，她点了几串烧烤，要了半箱啤酒，"我明白你说的生命力，我也有过那样的经历，那个人还在这个城市，可是他要结婚了，和他不爱的女人。"

"即便他结婚了，这段生命力还是存在的，除非他死了。"

"或者我死了。"她看着我笑了笑，举起瓶子喝酒，"我喝醉了你就送我回去。"她将地址说给我，还从袋子里拿出一串钥匙递给我，然后拼命往嘴里灌酒。

她没有醉，趴在油腻腻的桌子上哭了起来："他怎么可以比我先放弃？"她呜呜地哭着，周围的人也没有关注我们，这种事情在这样的场合司空见惯了。

我结了账以后扶着她到车里去，小心谨慎地开着她的小飞度前往她的住所，她在副驾驶位给我指路，不知绕了多少个圈，始终没有走上大街。来到一个老社区她喊了一声停车，钻出车厢往楼上走。老社区的路灯很暗，树荫挡住了大部分的光。她住在四楼，楼房外表残旧，里面装潢却很时髦。她让我留下过夜，我看看手表，已经凌晨四点四十四分了，便在她的沙发上躺下。她关上门走进半透明的浴室洗澡，我看了一眼热气蒸腾中她的身体便闭上眼睛睡觉。她走出来的时候披着浴袍，趴在我身上，头发冰冷，看了我两分钟又爬了起来，坐到另一张沙发上抽烟。

她吐出一口白烟："你就好，至少你说的那个人死了。"

我头痛得厉害，辗转反侧，爬起来找水喝的时候她在另一张沙发上睡去了。我喝了两杯水，洗了把脸，坐在沙发上抽烟。浴袍遮不住她的身体，右边的乳房受到重力往左边坠下，两条大腿露出来，有蚊子在她身上飞来飞去，她睡得很死，保持这个睡姿一动不动。

天亮的时候她的姿势还是没有变，我带走了她的香烟悄悄开门离开了。早晨又下了一场细雨，香烟被打湿了，每吸一口都特费力，脑袋缺氧。我找到地铁站，坐上第一班地铁往南走。回到公寓，躺了半天，下午时分爬起床找饼干填肚子的时候我翻了翻桌面上尚未看完的那本书，看到压在书里那根黑色的头发我知道我该到什么地方去了。我找来报纸盖在床铺和桌子上，夜色降临时坐上了夜班车，大巴从天河客运站出发，不断靠近这个陈雨去世前住过的小村庄。

7

我在木屋前种了各种花，牵牛，月季，向日葵，山杜鹃。我坐在窗前点根烟，拿起门后生锈的剪刀修剪生长得郁郁葱葱的山杜鹃。晨间的阳光来得晚，天际被白雾遮笼。我搬画架到院子里画画，这是我除了抽烟以外第二种平静心绪的方式。我依旧在画陈雨躺在我公寓铁床上那个画面，画了好长时间了，人物始终没有出来。石桥对面小卖部老板的小孩石头抬一张板凳手里抓着画纸和彩色笔坐到我旁边跟着画画。石头五岁了，村子里没有幼儿园，到镇上去又麻烦，因此还没上学。我将颜料挤到他的盘子里，让他用我的画笔画画。他习惯用硬笔作画，拿起软笔的时候下笔小心翼翼的。

一个多月里，我走遍了村子的每个角落，沿着赤河到芦苇地去探索，到山涧去游荡，甚至去过丛林，那片丛林太广阔，我只能在边沿行走。陈雨的死始终没有进展，一次，我在陈雨遇害的地方发现了一只深陷在泥土里的皮鞋，提着皮鞋到镇上去找李警官。李警官坐在办公桌后面，被厚厚的文件埋没了。他瘦了许多，叼着香烟，眼睛布满血丝，无精打采，将那只黄色的皮鞋放在桌面上端详了许久。

"这是一只新皮鞋，照理说是不会被人丢弃的，所以应该是某个人去到那个地方又急于逃跑才留下的。"我对着沉默不语的李警官说。

"穿这鞋子的人应该是个一米七左右的男子，可是这样的人太多了，村子里没有人会穿新皮鞋到河边去，肯定是外地人的鞋子，有可能是为了赴约特意穿了新皮鞋。"

李警官将鞋子放进保鲜袋塞进他身后的档案柜。"有突破我再通知你，最近案子比较多，虽然不是什么大案子，工作还是要按程序走，你先回去吧。"

太阳出来以后气温上升得很快，四周变得燥热，我和石头收起画具走过石桥到他家的店里去。小卖部老板夫妇是热心肠的人，他们知道我来这里的目的，对我十分关照。我借用老板的嘉陵摩托车到镇上去，老板将塑料篮子拴在车后，要我回来的时候顺便帮他带一些货。

小镇名叫昆陵，三面环山，南面是平地，种着一片开阔的甘蔗。从小村庄到镇上有八公里路程，其中有一段三公里长的黄泥路，出了黄泥路才是双线水泥路。公安局在拥挤的街道上，低矮残旧，门前停放着两辆蓝白色的警车，摩托和自行车停在门口两边，积水从楼房上面流下来，墙上爬满了污垢。我绕过前台走进狭窄的回廊，李警官办公室的门敞开，里面没有人，桌面依旧堆满了文件，黄色皮鞋还放在贴着墙壁的玻璃柜子里，摆放的样子跟我上次来的时候一样。我在木沙发上坐下等李警官，翻了翻桌上的杂志，抽了两支烟。他最近有意避开我，我找他也没有什么事情，只是想找他聊聊，我想聊聊陈雨的事情。他以为我在催他办案，我有种预感，凶手已经沉入人海中找不到了。抽完第三支烟，快要到午休时间了，不时有警员探脑袋进来，有的还端着个饭盒，跟我目光相遇时朝我点点头便走开了，也没有说李警官不在或者什么时候回来。

我将烟屁股掐灭在烟灰缸里，走出派出所，开车在拥挤的街道上慢吞吞地蠕动。摊贩将手推车摆在路中央了，路人提着一袋袋东西在马路上大摇大摆地走，鸣笛也丝毫没有改变他们走路的姿势。嘉陵车的手刹不灵敏，油门也不好控制，我只好双腿撑地推着摩托往前走。我个子不高，腿也不长，幸好坐垫已经磨损下塌，我双脚撑地的时候才不会太累。

街上没有红绿灯也没有摄像头，载满货物的三轮车摇摇摆摆走在前面，技术娴熟的青年载着三四个人鸣着笛从身边挤了过去。突破人群拐向水泥桥右边进入长满榕树的街道，我在一家旧书店前停了下来，将车停放在视野内。书店里大多是武侠小说和言情小说，几个高中生蹲在地上翻褪了色的旧书。我在仅有的一栏文学书架上找了两本书，一本是托尔斯泰的《安娜·卡列尼娜》，一本是加缪的《鼠疫》，两本书我都看过了，只是从学校带来的几本书已经看完再也找不到想看的书了便想再看一遍，而且这两本书够厚，够翻一段时间。

书店老板是个年轻人，戴着厚厚的眼镜，叼着烟，抬头看了我一眼，用便宜的塑料袋子将两本书塞进去，两本书三十块。他问我要不要买一本畅销悬疑小说，转身从书架里抽出一本《消失的爱人》。这本书我没有看过，买这本书完全是因为这个书名。老板问我是不是外地人。我说是。他意味深长地点点头，"凶手能够逃之夭夭是因为社会上太多盲点。"

找到小卖部老板所说的刘记批发店，老板正在打电话，我说明来由，他示意我等等，我便走到店外抽烟。那段时间抽烟抽得凶，手闲下来就往口袋掏烟。批发店是一间平房，除了柜台，从地面到天花板堆满了货物，大多是零食，店里弥漫着一股油腻与淀粉交杂的气味。老板将已经包装好的货物抬到车后的篮子里，说钱已经记下了，我便开车往村子去。

回去的路上我一直惦记着被货物压在篮子里的三本书，消失的爱人到底去了哪里？我恨不得马上停车去翻那本书。经过开阔的甘蔗地进入黄泥路，路上的石子从车轮底下弹到两边，两边是松树与芦苇，穿过好几座山便看到了田野与河流。赤河边的芦苇比路边的要繁茂，河边几块大理石上站着一个穿白裙的女子。女子面向河水，我看不清楚她的样子，但她显然不是村里人，村里女子没有那样白皙的手臂，而且要下地干活的人也不会穿裙子。我停车在路边看了好久。女子凝望着流水，或许是在眺望不远处的山野，始终没有回过头来。我将车开到小卖部，卸下货物以后跑到那个路段去找女子，我去到那里的时候女子已经离开了。

8

早上一趟，傍晚一趟，我从石拱桥沿着赤河走，好几天过去了，那个穿裙子的女子再也没有出现。下过几天春雨河边的泥土软绵绵的，我早晨穿着白色背心和人字拖，傍晚时候套一件衬衫，每次从河边回来人字拖上总是沾满泥土，背心和衬衫带了一层泥土的暗淡色。对那个女子的盼望减轻了对陈雨的思念，我不再蹲在院子里画画了，也很少到小镇去找李警官问案件情况。大理石上空荡荡的，我甚至怀疑那个女子只是我的一时错觉，这是因为焦灼而产生的自我宽解，我确实看到了那个背影，听到了风吹白裙的响动。

我想是我的出现打扰了她，她再也不会来河边眺望远处的山野了。我站到大理石上，俯瞰身前的流水，流水饱满，鹅卵石和水草被水覆盖了，眺望远处的山野，山雾弥漫，只能看清最前面那堵山，远一点的就剩下影子了。她站在石头上的时候在想什么？后来我走得更远了，有时不知不觉就来到了山脚。河边的芦苇一撮撮地生长，芦苇生长的地方其他野草的生长空间就被剥夺了，因此河边的路不难走。

　　大概是见到那个背影的第六天，我在芦苇丛背后发现了一所红砖房。红砖房被斑竹包围着不易被发现，屋前有一片空地，长着几片营养不良的菜叶。门锁上了，走廊挂着几件女人的衣服，白色长裙正是我那天看到的那条。我绕红砖房走了一圈，每个窗户都拉上了灰色的窗帘，看不到屋内境况。

　　将近午后两点钟了吧，我没有戴手表，太阳蒸腾着地上的水，从那种燥热感大概可以猜到是这个时间，那位女子出现在竹林前，站在竹林与菜地的交界处看着我。我为她的出现感到突然与吃惊，马上站了起来，将烟头扔到地上，拍拍裤子上的泥土对她点了点头。

　　她穿着休闲裤，黑色秋鞋，宽松的上衣，匀称标志的面孔。我不由得紧张羞涩起来，挤出笑容，脸上的肌肉轻轻跳动起来，一时不知该说什么。她走过来，脸上没有警惕与质疑，是冷淡，轻飘飘地从我身前走过，掏出钥匙打开用铁链捆绑起来的锁，推开门又关上。我听到钥匙放在桌面时发出的声响，随后屋内失去了动静，我站在门外敲门不是喊话也不是，伫立了半刻又在台阶上坐了下来。

　　她不像陈雨，唯一和陈雨相同的地方是她独自在这个偏远的地方生活。我猜她也有某种心病，需要找个安静的地方度过生命中的这个坎。背后的木门咯吱一声被打开了，我马上站起来回过头去。她靠在门口一副坦然的模样，没有看我，目光放在外面的某个事物上。"你是谁？"

　　我没想到她会跟我说话，脑袋突然空白，将烟头丢下，打开空空的手掌，又将目光放在她脸上，"我，住在对面，过了石拱桥就能看见的木屋。"

"那里原本住着一个女的。"

"死了。"

"我知道。"她走出门口，在石阶上坐下，我才注意到她指间夹着一根白色细长的香烟，她递到唇间轻轻吸了一口，"你女朋友吧，挺漂亮的。"

我看看自己的穿着，头发没有洗，胡子也忘记刮了，样子十分龌龊，站在她身后踱了几步，在离她一米远的地方坐下。"说不上是女朋友吧，我们没有确立这样的关系。"

"关系，"她轻轻一笑，动作细微，没有声音，"在你心里存在这种关系吗？"

"是的，她在我心里就是那样的位置。"我不时侧过头去看她，从口袋里掏出香烟点着，她指间的香烟还有很长，"你怎么一个人住在这里？"

她没有回答，反问道："你在木屋里画画？"

"嗯。"

"希望你的画纸上没有我，"她终于侧过脸来看了我一眼，"我不希望别人记下我的样子。"

我点点头。

"你来找她的死因的吧？"

我又点点头："你住在这里不怕吗？刚发生了命案。"

"没什么可怕的，"她细腻地将烟头掐灭，我没发觉她的香烟什么时候烧完的，"该死的时候怎么提防也没用。"

"她的死你知道什么？"

"不知道。"说完她站了起来，望着前方，真不知她在看什么，然后转身往屋里走，木门再一次关上了。

又下了一场雨，衣服长日不干发出一阵酸味，穿在身上凉飕飕的。我依旧早晚去河边走一趟，走到红砖房附近往往变得踌躇，既想看见那个女子，又担心跟她见面不知说什么，多数时候都是在竹林里徘徊，红砖房的门紧关着，门前没有人。我想我总该问一下她的名字，将我的名字告诉她并跟她讲清楚自己对她没有坏念头，只想跟她说说话。

又过了四天，天还是阴沉沉的，再次在红砖房前看见她时她坐在一张木椅上，身体往后倾，仰面朝天，紧闭双眼，没有阳光的日子难免呼吸艰难心里郁闷。我穿过竹林，走过泥泞的菜地来到她身边，依旧与她保持一米距离，靠着红砖房的墙壁抽烟。

"我叫司徒，"我艰难地开口说了一句话，"你呢？"她依旧紧闭双眼，胸膛微微起伏，乳房之间的领口下塌，将姣好的乳房形状显露出来。她没有说话，我又不得不另外找话，"那天在路上看见你站在河边的大理石上，我没有什么目的，就想跟你说说话。"

"真的就是说说话？"

"就说说话。"

她侧过头来看我，两分钟后从椅子上站了起来，往外面走去。我跟在她身后，一米的距离，她身上散发着淡淡的香味，我希望有风，风能将她身上的气息扑打在我脸上。我们走在泥泞的小路上，河水漫到河岸以后泥土更松软了，她穿着白色长靴，我依旧是那双人字拖。走了一段路，没有说话，来到乱石堆上她找一块被风吹干的石头坐下，我四处看看，没有干净的石头了，也没有多想，在她身旁坐下，石头上的水渗透了裤子，我想当我站起来的时候裤子上肯定留下一个湿印。

给她递一根烟，不是她平时抽的牌子，她接过去了，我弯腰给她点火，那是最靠近她的时刻，我看见了她吸烟时皱起来的唇纹。河水平静，芦苇丛里有几只麻雀在跳跃。

"你怎么会来这种地方？"我习惯性地看着她的脸说话。

"你觉得我不是本地人？"

"不像。"

"我是，"她吐出淡淡的白烟，用手指梳理一下被风吹散的头发，"那房子也是我家，我小时候就搬出去了，家人住在城里，我一个人回来了，所以你问我为什么不害怕，也没什么好怕的吧？"

我表示理解点点头："还以为你是特意找到这个地方来的。"

"你把我当作她了。"

"没有，"我支支吾吾解释，"只是好奇。"

她没有回应，沉默了两分钟，烟烧完了，我再给她递一支，她摆手回绝。

"千万不要把我当成她，不然我不会再跟你说一句话。"

"我明白，她是不可取代的，你也是。"

她回应一声，白皙的手指捏起一粒石子抛向水中，"我从城里回来就想自己一个人过几年，"她用了个过字，仿佛活着就是为了将时间耗完，"你来跟我说话，你不是那种让我恶心的男孩。我们还是可以再说话的，接下来我要去一个地方，可能很长时间不回来。"

陈雨最后一次跟我告别的时候也说过类似的话，但是她再也没有回来。我望着已经站起来的女子，她显得陌生，那是我第三次见到她，第二次近距离端详她的模样，陌生是难免的，我庆幸自己有这种陌生感，说明我真没有将她当作陈雨看待。

"你不问我去哪里？"她回过头看我。

"还是不问好，你还会回来就行。"

她点头笑了，这次笑得开放一些，嘴唇向两边伸开变得又薄又亮，"你还会在这里的吧？"

"不出意外我还会在这里。"

"案子破了你还会在这里？"

"无论如何都会回来见你一面。"

我们沿着赤河走，穿过竹林来到红砖房前，在门口抽了两支烟，她说她要进屋了，我便默默离开。第二天早上我再来找她的时候红砖房已经上了锁，回廊上的衣服也收回去了，我想她一定是到那个地方去了，我往回走，走到竹林跟菜地的交界处回头看，红砖房被细雨淋湿后暗淡下来，那光景仿佛突然过去了好几十年。

9

5月21日，天空阴沉，树林里的鸟不安地飞来飞去，昆虫唧唧呱呱叫个不停，太阳一直躲在阴云里。我坐在河边草地上，河水中沧桑的面孔一度使我愕然，以为水中的人不是我。

突然，地面暗了下来，天空只有太阳所在的地方发出一环光亮。村民纷纷跑出来仰望天空，我和石头跑到石拱桥上看着太阳不断被侵蚀，黑影来到太阳中央，太阳化为一滴滴火焰滴落，地面完全被黑暗笼罩，无数的鸟鸣声响起。

"天黑了，"石头眯着眼睛，指着天上的光圈说，"太阳不见了。"

我感到不安，一阵风吹过来，凉飕飕的，地面似乎马上就要被冰封。过了将近十五分钟黑暗才退去，太阳依旧躲在云后，天空恢复了原来那暗沉的样子。我听说世界末日来临的征兆是持续三天的黑暗，我不清楚世界末日是不是真的要来了。

我骑上小卖部老板的嘉陵车往小镇开去，天还是阴沉的，还有人站在路边观察天空。天气已经变得炎热，黄泥路上翻起尘土，摩托车发动机的轰鸣声堵住了我的耳朵。走了好远我才发现自己穿着暗黄色的背心，脚上还是那双人字拖。幸好城里没有查车，我心惊胆战躲躲闪闪来到小镇仅有的一家网吧门口，锁了车头又用铁链将车后轮跟街边的绿化树绑在一起才钻进黑漆漆的网吧。

网吧不大，四排液晶电脑一字排开，坐满了人，我不得不在柜台前等别人退出才能预定一台电脑。抽了两支烟，过去了十多分钟我才被安排到一个座位上。左边是一个中年男人，一边喝啤酒一边看色情电影；右边是一群初中生，一个人坐在位子上打游戏，另外几个围在周围指指点点，大声叫嚷着。我打开浏览器找到 2009 年末上映的电影《2012》，点击播放。

耳机的音色不是很好，旁边那群初中生还在叫嚷，唯一使我满意的是液晶屏幕，电影画面很清晰。电影很详细地讲述了世界末日预言，并将预言付诸现实。末日到来前的安静画面将我引导了进去，接近 12 月 21 日，流浪汉在街边举着牌子示意末日将至那个画面透露出深深的绝望。地震、火山、海啸……我一直在等候三天三夜的黑暗。

经过小镇车站，看到车站后面高高耸立的巨大方形时钟我想起图书馆后面的钟楼。那是学校最有艺术感的建筑。钟楼每小时报一次时间，钟声与教堂和寺庙的钟声相似，浑厚深沉。

"你说，人为什么要活着？"阿桑躺在草地上问，除了我和她，身边还有阿海。那时阿桑父亲在工地施工的时候从楼上摔了下来，没有死，落得终身残疾，花了一大笔钱，维持治疗还需要巨大的开支。

"活着是自然规律的一部分，我们现在说的话也是历史规律的一个环节，世界末日也是。"

那是我第一次从阿海口中听到世界末日，他说生命发展到一

南方一去不回 211

个期限宇宙就会发生一次末日之灾，灾难过后生命又像细菌一般花千百万年再次凝聚而成。

"想想，12 月 21 日便是世界末日了，还有什么事情值得放在心里呢，毕业论文、工作、爱情、家庭，所有幻想都将会被从天而降的行星击碎。"他说得很认真，瞪着眼睛望着天空，仿佛蔚蓝的天空有一块巨大的石头正在降落，石头来自遥远的星空，表面剧烈燃烧着，它将在十个月后降临地球。

　　我坐在木屋里抽烟，隐藏着月亮的地方发出朦胧的白光，突然想回一趟学校，这个念头的出现是因为红砖房女子的离开，当然也是因为世界末日预言带来的疑惑。

　　回到学校已经是下午五点三十一分，大巴在南门放我下来，而我的公寓在北门外。我走到阿海的宿舍，自我搬出去以后宿舍就剩他一个人了。我还保留着钥匙，敲门没人回应我便开门进去了。宿舍里弥漫着一股汗味，床上和书桌上的东西胡乱放着，方便面只吃了一半，蚊子飞来飞去，看似人刚走开，实际阿海已经好几天不在宿舍里住了，这点我可以从混浊的空气中闻出来。我没有在宿舍逗留，在门外走廊点了一支烟，几个认识的人跟我打招呼。大部分人还留在学校，说是准备毕业论文，其实是找不到工作。

　　我正要往北校区走的时候听到了熟悉的福田车发动机颤动的声音。阿海打开车门看见我惊喜万分，"你这家伙终于回来了，"他走过来拍拍我的肩膀，已经忘记了上一次的不欢而散，"正好要跟你说一件事。"阿海打开宿舍门，将里面的垃圾扫到垃圾桶里，抬出方形折叠桌，用毛巾擦了一遍桌面。

　　我看见车里还有一个人，是那天在末日社团认识的时髦女孩。她一脸的不快与疲倦，从我身边经过时看了我一眼说："这个神经病开了几天的车，别跟他说太多话，他随时都会猝死。"

我们围着折叠桌坐下抽烟喝啤酒，阿海喝了两杯啤酒后说起5月21日的日环食。日环食过后天空出现一团团混浊的云，这些云形成各种形状，千奇百怪，周围的人看得目瞪口呆，有些女孩捂着脑袋蹲在地上尖叫哭喊。"太可怕了，"酒气上头他说话的语气沙哑疲倦，"许多人只看到了阴森的树林，好大一片树林，就在3号教学楼上面，但我还看到了其他东西，"他靠近我耳边说，"我看到了恐龙，知道吗，恐龙，几百万年前就灭绝了的怪兽。现在你相信世界末日预言了吧，玛雅历法的周期就是一次生命大灭绝。"他将烟头掐灭，本想再点一支的晃晃脑袋又将香烟放下，他累到不行，爬到床上呼呼睡去了。

"不过是海市蜃楼，"时髦女孩没好气地说，"他开着车说要到那片树林里去，追了几天，不是车坏了都不愿停下来，我真后悔上了他的车。"

和阿桑见了一面，沿着学校荷花池走了几圈然后去天河北一家新开的餐馆吃沙拉。阿桑说她看见过张妙，在图书馆前面的湖边，张妙一个人坐在长椅上望着湖水发呆，阿桑早上九点进去图书馆，十一点四十五分从图书馆出来，张妙一直坐在那里，"她当时的样子就像一块木头，一动也不动。"

想到自己给张妙带来的伤害，我心生内疚，想起公寓门口十几个白色烟头，或许张妙来找过我，面对空荡荡的房间不知所措，坐在门口抽了好久的烟。她肯定悲伤欲绝，眼泪已经流干了，仅剩下一副皮囊，才落得个僵尸般的模样。

晚上我和阿桑到田径场走了几圈，学校已经没有值得我眷恋的东西，寂寞没有得到释怀，世界末日的预言倒似乎是真的，至少从阿海口中得到的答案是这样。

第二天我将公寓里的书和行李寄回家，处理完租金便乘车回山村了。两个月后一个闷热的下午，石头跑过来叫我去接电话。阿海在电话里头告诉我美国太空探索技术公司商业运货飞船"龙"升空成功，美国太空舱建成，下一步就是运输人上太空，而中国发射了神州九号，"蛟龙"号潜艇深入海底。世界各国都在绞尽脑汁逃离地球。他叫我不要回去了，学校乱成一团，大批毕业生不肯离校。学校请来安保将毕业生清出宿舍，学生又在草地上搭起帐篷，要求学校分配就业。阿海说他就在帐篷外面，阿桑也在附近。学生每天晚上都在谈论世界末日，他们期待预言实现，渴望着天空不再明亮，电话那边传来了厚重的钟声，他就在钟楼附近。

10

有些颠簸，一路都是这样，警车在狭窄的山路爬了一个多小时了，两边除了芦苇就是榕树，我有点头晕，肚子咕噜噜地响，不时有气体钻上喉咙，我不停打呵欠将气体排出体外。李警官在驾驶位上不停地抽烟，幸好车窗摇了下来，不然车里简直无法呼吸。他最近话不多，活多，没完没了地处理琐碎的案件。镇上年轻人浮躁，到处惹是生非。我有两次到镇上替小卖部老板办事，顺便到他办公室去的时候看见他在叱训那些身体消瘦把头发染成各种颜色的青年。他一只手夹着香烟，一只手拿着绿色的塑料板，塑料板是记录口供用的，犯事青年说谎或者有不满和抱怨情绪的时候他就用塑料板拍他们的脑袋。

无路可走了，李警官打开车门，为了不让烟熏到眼睛他眯着眼侧着脑袋，抽抽腰带，撒了泡尿。"当心。"他一边拨开芦苇往前走一边叮嘱我留意脚下。在他眼中我不是那种碌碌无为的年轻人，也许是因为我在名校读大学，搞艺术。

拖鞋是在靠近丛林的地方发现的，是陈雨的拖鞋，陈雨遇害当天光着脚，当时一致认为是河水带走了拖鞋，没想到拖鞋突然在赤河上游接近山谷的地方出现了。河水不会逆流，拖鞋不可能是河水带过去的，有两种可能，一是陈雨可能不是在赤河附近遇害的，而是在丛林边沿，但是这个地方没有发现犯罪线索，没有血迹，周围的芦苇也没有被踩踏或者压倒的迹象。当然，事情已经过去两个多月，以芦苇顽强的生命力即便被压倒也有可能重新生长起来，而泥土里的脚印也会被雨水或者山上下来的水淹没铺平。另一种可能是，凶手杀害陈雨之后将她的拖鞋带到了这个地方，可是凶手为什么只带走了拖鞋呢？

"拖鞋是陷在泥土里的，所以很可能是陈雨留下的，她当时跑得太匆忙，有可能是她在这个地方发现了凶手就开始逃跑。"李警官蹲下去，端详着芦苇根旁边的鞋印。

还是一头雾水，这只拖鞋不是突破口，反而让案子变得更加扑朔迷离。李警官叮嘱我不要去找媒体，也不要在网上发布信息，那样会给警方带来压力。他在芦苇地搜查了这么长时间，唯一的发现就是这只拖鞋。

李警官走到车尾厢前，拍拍上面的尘埃，打开铁皮盖，捧出一个纸箱，向我展示了一只沾满泥土的粉色人字拖。他轻声承诺他会将凶手绳之以法，然后合上纸箱重新放进车尾厢。

不远处就是丛林的入口，静悄悄的。李警官背靠着汽车抽烟，问我什么时候回广州。我说案件尚未侦破就不打算回去了。他点点头，将尚未烧完的香烟丢在地上踩灭，钻进车厢掉头往镇上去。

后面那段时间一直在下雨，天灰蒙蒙的，芦苇地和山野总飘

南方一去不回

着白雾。雨通常不会很大，我穿着雨衣到田野中央那座矮山丘上去看雨。下雨的时候通常是没有风的，早晨雨点比较小，我带上画纸颜料去画画。穿过田野的时候容易被禾草割伤，庄稼的清香倒使人自在。水雾在庄稼地里弥漫，雨林仙境的错觉时有发生。田埂被雨水泡软了，踏上去容易垮掉，被村里人看见是要被斥骂的。

画架有点重量，工具又多，走起路来不方便，我小心谨慎，穿过田野就来到山脚下了，没有草皮的地方难免会脚滑，泥土容易下塌。上山是不能穿人字拖的，穿在脚上的是小卖部老板送的大头皮鞋，他买了没穿几次，一直放在阁楼里。

山上多是芒草，没几棵树，偶尔会有竹子在山脚挡住部分视野。我在两块巨大的大理石下面放下画具，爬到石头上去看风景，在乡里人眼中这些景色都看惯了，不觉得新鲜，而我面对空旷的山野常会陷入深思。

被雨淋湿以后画纸变得湿腻，颜料不容易粘在上面。我的画通常是单调的，将所有心思放在大面积的背景上面，要勾勒的核心点很小，因此下雨天不但没有破坏我的绘画，反而使画布上颜料的分布更均匀有致，仿佛不是画出来的，而是纸本身的颜色。我的画更像水墨画，油画的基本特征只会在那个很小的需要细细勾勒的核心点上面有所展现。核心点常常是在小木屋勾勒出来的，带有立体感，有时候甚至会觉得它独立于画布之上，暗淡的背景与鲜明的亮点突兀，当我将这些画钉在墙上的时候所有的亮点都在浮动。

大部分时间还是无法画画的，特别是中午时分，天气燥热，雨下到地面以后又被蒸发起来，呼吸不顺畅无法静下心来观察和思考。这时候我就坐在山坡神思，一只手挡住雨，小心翼翼地抽烟。小卖部老板说雨会泡坏身体，我隐隐感觉到关节的酸痛，但也没有太在意，总不至于会被雨打垮，我心想。

我好几次看见穿黑色雨衣的身影走过田野到芦苇地里去，而且还不是同一个人。远远看去，那些人身材瘦小，都是女子。我曾问过小卖部老板她们都是什么人要到什么地方去。老板说她们是在店里买水和方便面，一边做笔记一边吃干粮，有时候还从芦苇地里带回一些破烂，用保鲜袋小心翼翼包裹着。

我开始关注这些到芦苇地里去的人，在山上远远看见的身影，下山来就不见人了，从未在路上或者更近距离地跟她们接触。雨下了一段日子之后芦苇地里到处是水，这些女子在芦苇丛中摸索肯定越来越艰难，而且河水上涨，河边泥土下陷，对她们来说是很危险的。

为了跟这些人碰面，我不再到山上去看雨画画了，整天待在小卖部和老板闲聊，有时两个人无话可说便看着无聊的电视剧神思。电视剧使我困倦，我从小卖部走出来站在门口抽烟，看见不远处的田野间有一个黑色身影慢慢走过来。是位年轻的女子，雨衣帽子摘下来了，扎着马尾，额前的刘海紧紧贴着被雨泡白的皮肤。她在芦苇地里摔了一跤，身上沾满了黄泥，神情有些沮丧。天色将晚的缘故，她在我面前经过时抬头看了我一眼，没打算到小卖部去坐坐，就要往镇上走。我朝她挥挥手，示意她过来避雨。她晃晃脑袋继续走路。我随手拿起一把伞追了上去。

"你到芦苇地里去了？"我问她，走到她身边为她遮雨。

"还到树林里去了，找线索。"

"找什么线索？河边的案子？"

她停了下来，茫然望着我："什么？这里发生过案子？"

"你不知道？前段时间，我朋友在芦苇地里遇害了。"

"我不清楚，我是来实习的，警官在芦苇地布置线索，我们去实地侦查。"

"李警官？"

"是，太辛苦了，比集训还要累。"

她叫我不要送她了，身子已经湿了，雨伞也没用，她还要到镇上去做汇报。我站在黄泥路上望着她渐渐走远。

"她们都是警官学院出身的，受过训练，自我保护能力很强。"李警官一边喝茶一边跟我说话，他指间总是夹着一根香烟。

"你在利用她们。"

"是培训她们，她们将要到公安部门工作，没有经验很容易犯错的。"

"她们根本不知道芦苇地里发生了什么。"

"知道了反而不好，这样做有两个好处，既能锻炼到她们，又能为陈雨的案子找线索。"

"她们找到什么线索了？"

"找了一堆垃圾回来，但是她们能引蛇出洞。"李警官走过来拍拍我的肩膀，"这是唯一的办法，不然陈雨的案子就会石沉大海。"

"这是你个人安排的？"

李警官沉默了好一阵子，在我面前踱步，"出了事我会负责，陈雨那个案子破不了我也会负责。我会找到凶手，也不会让我的人受伤的。"

李警官在河边搜索了几个月还是没有找到突破口，抑郁成病，跳楼自杀了。

最后一次见他是在他自杀前两天，他瘦得很快，看起来不单是患了抑郁病，还有肝病，甚至是癌症。他侃侃而谈，跟我分析他收集到的线索，并将嫌疑人锁定为村子里性格怪异的小学语文老师、小镇的黑社会老大以及娱乐城老板。他始终没有道出他们的名字，提到的那些线索没有说服力，我知道他是在编故事来骗我。我一边抽烟一边点头，看着柜台里的皮鞋细细听着。得知他跳楼自杀，我的第一反应是震惊，并为此感到内疚。

我去参加李警官的追悼会。追悼会是在小镇老干部活动中心举行的，一个二十平方米的礼堂上挂着李警官的黑白半身照，照片中的人跟去世前的他完全是两个模样。黑色棺木横放在相片前，旁边有两个花圈。李警官的妻子和女儿站在一边相互依偎着，两个领导和李警官生前的好友陆续上去致悼念词，前来追悼的人上前烧香祭拜，随后便各自散去。

来到街上，穿着黑西装显得自己跟人群格格不入，我走进一家小饭馆，解下领带脱去外套掖起衣袖，点了两瓶啤酒一个烧鸭拼叉烧的便餐，吃了两口，没有胃口，放下筷子抽烟喝酒。我注意到前面有一个面孔熟悉的男子，他一边喝豆奶一边将便餐狼吞虎咽般塞进嘴里。我一时想不起他是谁，我肯定在什么地方见过他，而且他当时也是穿着黑色西服。身穿黑色西服出席的场合除了葬礼就是婚礼，我很少参加别人的婚礼，因此我只能回想在谁的葬礼上见到过这个男子。他吃完盘里的食物，将豆奶一口吸完，扬起瘦削的手臂看了看时间。我猛地想起他就是陈雨的男朋友，那个像竹竿一样瘦长的男子。

我没有马上坐过去跟他打招呼，简单分析了一下他为何会出现在这个地方，或许是公安通知他来的，或许他本来就生活在这个地方，或许他像我一样跑到这里来掺杂在陈雨的案件中。他在位子上抽了一支烟，又看了看手表，站起来要走。从我身边走过时我们的目光对峙了两秒钟，他停了下来，在我对面坐下，我叫老板拿一个杯子过来，给他倒了一杯啤酒。

"案件没有进展，人说死就死了。"我不清楚他说的人是指陈雨还是李警官。

"你怎么会在这里？"我问他，这话一出口气氛就僵了下来，我似乎把自己当成是本地人了，或者是把自己当作陈雨最重要的人，在表面上他才是陈雨的男朋友。

"靠这里的警察是破不了案的，他们没什么本事。"

"你来多久了，有找到线索吗？"

"这凶手真狡猾，我打算到树林里去一趟。"

他是要到那片没有人烟的浩瀚的丛林里去，而且，即便冒险进去也可能一无所获，我们对凶手一无所知，进去丛林又能找到什么呢？我没有劝他，他选择到丛林里去肯定有他的理由，我理解他对陈雨的感情，用痴迷与沉溺形容也不为过。他肯定知道我和陈雨之间的来往，甚至明白我们之间的感情深度，可他一副毫不在意的样子，或许是因为陈雨已经死了。

他将杯子里的啤酒喝完，杯子重重地放在桌上，站起来走了出去。我对着剩下一大半的饭菜已经没有食欲，找到绿化树底下的嘉陵摩托车，戴上头盔往小村庄开去。

第二天，一辆警车来到木屋前，车里钻出两个警察，我没有请他们进屋，屋内是一桌油腻的稿纸和满地的颜料。他们说陈雨的案件短时间内不能结案，他们打算将案件放进档案库，往后在相似案件上找到突破口再拿出来审理。

警车离开的声音在山谷回响，很久才消沉。阳光一寸寸散开，这些微弱的光点在无数粒雾珠间流动，斑斓的雾水在降落，被山坡上的花草吸收。河水映照着天空，远山由青色转为绿色，颜色越来越深，景象也变得清晰了。

11

天还没亮，打火机点火的声音把我唤醒了，我看一眼窗外，天上有一层蓝光，远处山野的影子黑幕一般盘在天边。我探脚找到人字拖，走到门外，她回来了，我能感觉到。雾水很重，扑到身上带来一阵清凉，人一下子就清醒过来了。蓝光变为白光，我站在小木屋前四处张望，又走到外面去，被洋洋洒洒的雾浇湿了的头发紧贴着头皮。她站在石拱桥上，一如当初站在大理石上凝望河水那样，黑发湿漉漉地垂落，指间的香烟已经被雾水浇灭，她又点了一次才重新燃烧起来。

我走到她身边，和她并排站在石拱桥上，远处的山岭由黑色变成蓝色，河上飘着袅娜的白雾。"哎，你回来了。"

"回来了。"

红砖房女子来小木屋看我画画。她始终没有跟我说出她的名字，我只能叫她红砖房女子。她坐在我身后，从第一笔到最后一笔，整个过程纹丝不动。我多次邀请她做我的模特，还保证不会将她画得难看，她拒绝了，她说宁愿我画得抽象一些。她不理解我为何喜欢铺色背景，而画的核心内容只占很小的空间，比如，浩瀚海面上一个泳圈、树林里一条上吊绳、废墟中挂着一只断手的枷锁、沙漠里的一口井等等，当我用颜料将泳圈、吊绳、断手、枷锁、井等勾勒出来的时候这些东西就有一种立体感，从背景中跳出来。

"看着好孤独。"女子远远看着这些画说。

"我没有受过专业培训，不懂得构架，随心画出来的。"

我不画画的时候她就坐在竹椅翻阅我从小镇书店带回来的《消失的爱人》和《安娜·卡列尼娜》。

"两个女主人公有相同的地方，都是为了爱情，虽然自私，但总觉得是情有可原的。一个杀了人，一个私奔了，一个的爱情变质了，一个则轰轰烈烈，但她们的感情都是真的。"她转过身来问我，"你跟她怎样？"

"你说陈雨？"这突然一问我有些茫然失措，"当然是真的。"

"我看也是，不然你怎么会在这个地方住那么久，她还是蛮幸运的，至少她知道自己喜欢你，而且你也喜欢她。"

有一天红砖房女子捧着一个玻璃缸来到小木屋，放在我平时放烟灰缸的桌子上，玻璃缸里有几块石头，两只青蛙。她说她要出去一趟，委托我帮她照看青蛙。青蛙平静地坐在潮湿的石头上，脖子上的皮肤起伏着，我惊讶竟有人养青蛙。

"你要注意，不能让玻璃缸里的温度太高，高温会烧坏它们的皮肤，皮肤坏了它们就活不下去了。"她向我展示如何给青蛙喂食，"直接将虫子扔下去它们是不会吃的，把食物放在身边它们也会饿死。要用绳子把蚯蚓吊在空中，还要不停地晃来晃去。三四天喂一条蚯蚓就够了。"

她将青蛙留下来就走了，一走就是半个月。养青蛙是需要耐心的，它们警惕性很高，轻易不会进食，我吊着蚯蚓在它们面前晃来晃去，有时一晃就是两个小时。有一段时间它们根本没有食欲，蚯蚓都发臭了，所幸它们都活着。女子回来的时候将它们捧在手上，它们不能忍受人的体温，热得软绵绵的没有力气，女子又将它们放回水里。

"到了冬天我就把它们放走，我不知道怎么给它们过冬，它们会被冻死的。"

事实上青蛙没有活到冬天，夏天还没过完就死了，肚子朝天半躺在水中，我和红砖房女子都没有搞明白是怎么回事，"可能是抑郁，"她说，"如果没有共同话题，被放在一起肯定会抑郁而死，要不然它们怎么都没有叫过。"

青蛙死后她情绪低落了好几天，然后又消失了一段时间，在一个寂静的清晨突然来到小木屋门前跟我告别。

"来跟你说再见。"

"所以，你又要走了？"

她点点头："这次可能不回来了。"

我没有问她接下来要去什么地方，我没有这个资格，她能回来见我就已经很荣幸了，毕竟我们相识不过几个月，只见了那么几次。我往她身边靠过去，尽可能感受她在身边的感觉。

"前些日子我去参加了一场追悼会，办案的李警官跳楼自杀了，公安跟我说那件凶杀案暂时无法侦破，只好先搁置在档案库里。"

她回过头来看我，我才发现她憔悴了许多，脸颊深陷，眼里积满了疲倦，"不是所有的案件都会有结局的，"她似乎在安慰我，又似乎在陈述这个世界的神秘，"我也参加了一场葬礼，学校里两个男生为了我自相残杀，一个被另一个捅了六刀，流血过多，在去医院的路上就死了。杀人的那个男生跑到外面被车撞倒了，没有死，腰椎断了，脑袋裂开一条缝，还在昏迷当中，医生说他可能成为植物人。"她感慨了一声，"是不是所有人在这个年龄段都会犯错？"

我一时不知该说什么。

"我打算找个地方躲起来，可能到山里去，可能到一个小岛上面去，或者找个房间关起来，只要没有其他人就行。我要一个人待到三十岁，过了三十岁，再也没有人喜欢我的模样了再出来，也可能待上一辈子，如果我适应了一个人的生活的话。"

南方一去不回

"这么对自己是不是太残酷了？"

"不要问那么多，也不要劝我，我是答应了要跟你道别才回来的，马上就要走了。"她将手中的香烟抛到水中，又点着一支，深深吸一口，吐出来。

我送她到红砖房门前，她第一次邀请我进去。屋里空荡荡的，有一张铁床，两张木椅，墙上挂着一张油画，所画之物不知是什么，但是颜料铺得格外有致。她在木椅上坐下，将另一张椅子推到我面前。"你这个人蛮特别的，"她看着我说，"你接近我是为了什么？"

"一种非常特别的感觉，我说不清楚。"

"够了，"她掏出一把黄色钥匙，"这房子交给你吧，任你怎么处置。"随后她提起铁床上的黑色挎包往外走。

"你不回来了？"

"三十岁以后吧，还有七年，如果那时候还能想起这个地方就回来，怎么，你打算将房子空着等我回来住吗？"她调皮地发出了笑声。

"我是这样想的。"

"真正到了那一天再说吧，说不定活不到那一天呢，谁也说不准。"

她走下阶梯，让我别再送她了，随后穿过菜地消失在竹林后面。麻雀在竹林跳来跳去，叫声清脆。我坐在石阶上抽烟，仿佛是一场梦，回想起她所说的每一句话，感到不可置信。烟头烫伤了嘴唇，我吐出烟头跑到竹林，又跑到河边，张望了好久，找不到她的身影。

在河边徘徊到傍晚，我垂头丧气走进小卖部拨通了阿桑的电话，不知从何说起，支支吾吾说了什么我自己都不清楚，电话那头阿桑肯定也听得很煎熬。

挂了电话我问老板要了一包烟，电视正在播新闻，美国"好奇号"登陆火星，新闻主持人没有一丝焦灼，她标志的脸蛋洋溢着一股喜庆，仿佛这艘飞船能够把所有人带到火星上去。

虫鸣声响彻夜晚，河水的湿气扑过来，倾诉一番以后身体轻松了许多，一天没吃东西有些空虚，头晕目眩的。风吹着身边的草，月亮挂在天空，星星满天，假如天再也不亮了世界会变成怎样？这个问题使我头疼，末日到来的时候世上有五分之三的人无法活到三十岁。

12

进入晚秋以后河水枯竭，褐色的淤泥露出水面。芦苇变得轻盈，叶子上没多少水分，风一吹就弯了腰。芒草枯黄，芒穗落在地上，轻飘飘的黄叶与芒草秆在风中摇曳。我在木屋前整理凋零的花草，远处一辆福田小卡车摇摇晃晃驶过来，车厢钻出两个熟悉的身影。

"外面乱成一团。"阿海尚未走近就对着我喊，"美国驻埃及开罗和利比亚班加西领事馆遭到恐怖袭击，世界末日真的要来了。"

"看看你，快变成山顶洞人了。"阿桑从我身边走过，把行李拖进屋里。

他们看到了桌上的稿纸，地上的颜料，没说什么又走了出来。阿桑独自走到河边，闭上眼睛仰望天空，贪婪地呼吸着。阿海瘦了许多，两鬓冒出几根白头发。"又是就业率暴跌的一届。"他在我身边坐下，"外面到处在散播世界末日预言，饭堂在这个不恰当的时间里将饭菜平均价格提高了五毛钱，学生心里不爽就把饭堂砸了，学校为了做招生宣传把我们赶了出来。"

傍晚时分阿海在屋前挖了个坑烤土豆，我到河边去找阿桑。她坐在不远处的石桥上，样子疲惫不堪，裙子上沾着几朵鬼针草，手臂跟脖子被晒红了。芦苇随风摇摆，叶子摩擦的声音如海浪拍打岩石。河水的腥味，泥土的气息和芦苇的清香搅拌在一起。河水是黑色的，宛如被墨水玷污，那是天空的影子。沉重的乌云几乎贴到地面，只要有个锋利的东西刺破它，大雨就会倾盆而来。

"你打算在这里住到什么时候？"

"我也不清楚，只是哪里都不想去。"

阿桑走下石桥来到河边，她是如此憔悴，眼睛都睁不开。她站在勒竹旁边，望着奔波的河水，绿色的花裙跟竹叶以及芦苇叶子混成一片。我带她去红砖房，她手指抚摸着砖块，像细数往事一般计算这所房子由多少块红砖砌成，"你确定她给你是这样一种感觉？"

我点点头，她若有所悟地嗯了一声。

天黑以后火已经烧起来了，我们躺在地上，双手枕在后脑勺下面。

"犯错以后躲在山里就会安心吗？"阿桑似乎在问我们，又似乎是在自言自语。

"说死就死了，生和死之间的界限到底是什么？"阿海说话的时候若有所思，我知道他并不是为陈雨的死感到可惜，他说世界末日就要来了，人是谁杀的已经不重要，重要的是弄清楚生和死之间的区别，只要搞清楚这个就不必为世界末日感到恐慌了。

"我们进山吧。"阿桑说。

山林漆黑浑厚的影子就在眼前，山与天空的交界处有一条白线，山的颜色更深一些，天空更像一张幕布罩在上面。山里有什么我们并不清楚，或许有陈雨死亡的真相，或许有世界末日的预言，或许……

一阵燥热的风吹过，雨淅淅沥沥降下来，我和阿桑站在窗前看着门外的火慢慢熄灭，阿海在画纸上涂抹，雨声封住了我们的耳朵，也封住了我们的嘴巴。

山路一开始还比较好走，山也不高，松树长得繁茂，地上没有太多杂草。后来山路越来越难走，杂草与杂草之间、树与树之间布满了蜘蛛网，蜘蛛网上除了水珠就是昆虫的残壳。陈雨出现在我眼前，她穿着长裙，雾水浇湿了她的身体，裙子贴着皮肤。她对着我笑，在山路上奔跑着，渐渐地，越走越远，变成一棵树。

我们沿着溪流往山里走，后来溪流消失了，消失在浓密的丛林里，有时依旧能听到水打岩石的声音。天朗气清，堆积的疲惫记录着时间的进展，山下的村落被白雾笼罩，房子稀稀落落。第一个夜晚我们住在岩洞里，相互依偎坐在冰冷的岩石上。夜间山里温度很低，树上有水滴落。阿桑把头靠到我的肩膀上。云丝缥缈，云缝透出亮光。树枝上有鸟儿跳跃，地上或许还有丑陋的禽兽在活动。飞虫在身边旋转，蚊子和蚂蟥会找准时机爬到身上吸血。阿桑呼吸着冰凉的空气凝望着树林，月亮暴露在天空，身前的空地宛如刚下过一场雪。

风变得强劲，阿桑收紧衣服，双手环抱在胸前。她的乳房丰腴，双手一挤，白皙的肌肤从领口露出来。我们在火堆旁围了一层石头，担心风在我们进入睡眠以后把炭火吹到树林里去。阿桑靠在我的肩膀小睡了一会儿又醒了，回到岩洞躺在毯子上。火吞没木柴的时候特别活跃，但很快就变得靡靡。雾水笼罩过来，我抱住双臂借着月光走进丛林。陈雨站在不远处的松树下，她长裙飘飘，在面前跳跃着，两条修长惨白的手臂在召唤我。

峡谷有湿气冒上来，湿气是白色的，飘忽不定，零零散散。树木遮蔽了天空，偶尔有星星点点的阳光透过树叶的缝隙洒下来，花粉围绕着阳光旋转。树荫下长着各种色彩的花，有知名的，有不知名的，最璀璨的阳光已经被野蛮生长的草木抢夺走了，这些花还能开得烂漫。

走出树荫便是喀斯特地貌，到处是岩石，岩石上爬满了藤蔓，岩石被清澈的水包围着。我们从一块岩石跳到另一块岩石，攀爬藤蔓，越过湍急的河流，第四天傍晚找到了一片浩瀚的湖泊。绿色的湖水宛如一块巨大的翡翠，蔚蓝的天空，白色的沙滩，褐色的岩石，成群的水鸟。我们走到沙滩上，将行李放下，手牵着手背对湖泊顺势倒下，波浪将我们接住带到湖里去。我们忘记了疲倦在湖里嬉戏，直到夜幕低垂才爬上岸。

阿桑喜欢被波涛带着在湖中漂浮。阿海攀上陡峭的石山，举着手机到处找信号，他越来越忧郁，常常独自一人坐在岩石上看着天空发呆。

日子一天天过去，我们没有继续往深山里去，也没有往回走，阿桑被太阳晒黑了，背后的皮肤被水泡得松弛。阿海手脚摔烂了，每次回来给我们带来外面的消息，听到他带回来的新闻我们满怀期待又提心吊胆。后来阿桑将他的手机抢过来抛到湖里去了。

"反正也没有电了，我们现在开始与世隔绝，静静地等候世界末日吧。"阿海一副满不在乎的样子。

气候日渐寒冷，中间下了好几场雨，雨过后气温下降一大截。清晨阿海从远处奔跑回来，沙滩很长，他从石山后面钻出来，沿着湖边奔跑，一开始只是白沙中的一个黑点，跑了很久才来到我们面前。

"你们快过去看。"他指着那片山地，呼吸的时候整个身体都在起伏。

我们走了好久，走过乱石堆，满山谷都是水鸟的尸体，臭气熏天。

"我以为它们飞走了。"阿桑脸色很难看，声音颤抖，嘴唇苍白。

"是因为我们。"阿海说，"我们不该来这里。"

往后的日子，我们的情绪反复无常，有时亲密无间，有时显得陌生客气。寒风阵阵袭来，身前的火被吹得左摇右晃，仿佛要从木柴上脱离出来飞到湖面上，如人的灵魂脱离肉体。那时距离12月21日还有几天，我们常常望着天空沉思，天空平静的时候我们浮躁；天空出现一点动静，比如划过一颗流星，泛起红色的云，我们的内心就会泛起波澜。

我们躺在沙滩上说了好多话，关于自己做过的错事，关于情感，关于生活，我们抱在一起歇斯底里地哭了好几次。一连几天没吃东西，也没有睡觉，疲惫与疾病袭来，阿桑无力地咳嗽着。

天空有时候被一团团厚厚的乌云堵住，有时候万里无云。树林里的白雾在傍晚时分钻出来，零散无力，被风带着四处飘，在湖面和沙滩上纠缠。夜晚有时黑漆漆的，一米之外看不见任何事物；有时星光璀璨，月亮在云后露出模糊的轮廓。

其间下过一场很大的雨，雨点一阵阵扑过来，打在皮肤上很痛。下雨天，阳光穿不过厚厚的云，天际阴暗，湖水被风推起浪涛，我们坐在湖边枯朽的树干上紧紧依偎着，像三只迷失在荒野里的鸭子。

12月21日终于来了，那天是阴天，没有太阳，没有风，湖泊也没有浪涛，四周一片死寂。寒冷的雾从树林里冒出来，贴着湖面，久久不散。白天特别长，我想了好多事情，可能他们也跟我一样，马上就要跟这个世界道别了，心里总会冒出各种念头，关于生前，关于死后。

天黑以后，我们相互搀扶着走到山崖。山上风很大，吹得我们瑟瑟发抖，天空晴朗，星空璀璨，那是我见过最壮观的星空。闪烁的星光在浮动，环绕着我们，一圈又一圈快速地旋转，然后又一颗颗来到我们身边，燃烧着。

我偏偏在那个晚上睡着了，醒来的时候天空已经明亮，阿海坐在岩石上看着天际遐思，他的脸色十分难看，仿佛一夜间苍老了五十岁。阿桑还躺在身边，雾水沾在她的头发上闪闪发亮，她肯定知道天已经亮了，她不知该如何面对刺眼的太阳，也不知如何面对我们，因此躺在冰凉的岩石上久久不敢醒来。

寂静，所有事物构成一幅静止的画面，山雾凝固在山谷，鸟儿张开翅膀停在空中。

从山里出来，我们都病倒了，被村民抬到小镇医院，在同一间病房住了几天，一句话都没有说。阿海是第一个离开的，我是最后一个。我去警局询问陈雨案件的进展，等了半天没人出来接待我便离开了。我去了很多地方，最后来到赤坎古镇为一个地方机构服务。阿桑像很多大学生那样在学校周围找工作，学校成了他们的依靠，遇到不愉快的事情他们就到熟悉的跑道上奔跑几圈，出一身汗，第二天又能找到继续工作的能量。阿海到西部去了，在新疆的石油工地工作。

13

收到阿海寄来的包裹是九月初一个凉快的午后，包裹里是两块石头。他在信中告诉我，这些石头是陨石，来自地球之外，原本是一块，来到地上碎成了三块。他留了一块，送我一块，让我给阿桑带一块。

六年过去广州没有发生多大变化，道路还是按原来的方向延伸，楼房像春笋一层层往上生长。当基地建设完成，变化的往往是边幅，以及基地内部的人。阿桑幽灵一般在这座城市生活了六年，工作依旧不稳定，随时都有可能被辞退，然而她还是这样过来了，这座城市像磁石一样吸引着她。她没有时间恋爱，没有时间回家，公司在珠江边，宿舍在廉价公寓区，每天从这边钻进地下，从那边钻出来。

第一次见面是在中午，她利用午休时间出来跟我吃饭。她午休只有两个小时，当我们在餐馆坐下，时间已经过去半个小时了。好久不见，我们望着桌上黑色的石头不知该说什么，不知该从什么地方说起。

阿桑匆匆忙忙吃完饭，看了几次手表，"明天吧，明天请一天假陪你走走。"

广州已经不是我的城市，或许它从来不属于任何人。活在城里的人就像它体内的细胞，总有一天会被它榨干，剩下一张空洞的皮囊，被它通过无数个毛孔排出体内。阿桑带我去了好多地方，说是带我四处走走其实是我将她带了出来。她走得很慢，张开所有毛孔吸收身边的事物，似乎第一次来到这个城市一样。

分手的时候将近晚上十点了，在珠江新城地铁站，站台上人头攒动，她往后退一步我往前走一步我们就可能找不到对方。她挽着我的手臂，身体轻微哆嗦着，眼睛里有泪光。

"接下来你打算怎么过？"她问我。

"其实我从树林里出来的时候就想好了，熬到三十岁，然后辞职去找她。"

阿桑听后流出了眼泪，然后又笑了起来，"也好，"她说，"六年过去了，还剩一年。"

我擦掉她脸上的泪珠："那年你真的相信世界末日预言吗？"

她扶正鼻梁上的眼镜，低下头沉思片刻："我不相信，我早就知道世界末日预言是假的。"

"是啊，"我跟着感慨一句，"我也不相信。"

发表于《南方文学》杂志 2019 年第 2 期

海边别墅

1

从海里上来，天空已经聚满乌云。

翻滚的乌云里闪电交加，我跑到小卡车里，披上浴巾，能感觉到风逐渐变得猛烈。司徒还在冲浪，他好不容易爬上冲浪板，高声欢呼着，没一会儿又被海浪掀翻在水里。海浪一阵高过一阵，原本露出海面的黑色岩石已经被海水吞没。

这是一片野海，在岛的西南面，沙滩上拳头大小的石头星罗棋布。我踩着被海浪掀上岸早已枯死的黑色海藻走到波浪前，呼唤司徒。他有时候消失在海面上，久久不见浮出来，冲浪板上的绷带捆绑着他的脚踝，我担心海浪把他卷到海中央。

要下雨了，我对着浩瀚的海水呼喊。海浪和海风削弱了我的声音。司徒还想再玩一会儿，黝黑的身体闪着光。我们开了两小时的车才找到这片深水海湾，这里的海浪比岛上其他地方都更具生命力。我又对着大海呼喊，司徒还在海浪上弯着腰倾身向前俯冲。

他毕竟脱离了海水，背着冲浪板走过来。怎么啦？他问。要下雨了，我说。我从车里拿出浴巾递给他，他一边擦头发一边把冲浪板放到车后厢。哪里要下雨？他埋怨道，才刚起浪，跟你出来玩总是这样，不尽兴。我说，玩得开心以后再来，你看天上的云，是真的要下雨，可能要刮台风。

话刚落，雨就来了。我们躲进车厢，司徒坐在方向盘后面，还在抱怨。看看你这乌鸦嘴，他说着把浴巾扔到车后座，在逼仄的空间里扭曲着身体穿上了衣服。刚扭上衣扣，他迫不及待点了一支烟，他习惯在车里抽烟，还要打开音响播放嘈杂的重金属摇滚乐。雨太大，摇滚乐也被雨敲碎了，淅淅沥沥。

发动机发出咆哮声，车后喷出蓝色的烟跟雨水混在一块儿。我说，等雨停了再走吧，这么大的雨，路滑。抵达这片野海滩的时候我就担心回去时还走那条路，坑坑洼洼的路面满是黑色的石头，有几个路段还发生了坍塌，这场雨过后，那条路想必更难走。

把小卡车引擎关掉，司徒点了第二支烟，手指跟着音乐在方向盘上打节拍。他说，好久没这么爽快了。我们身上散发着海水的气味，这时候去淋一场雨，皮肤会好受一些。司徒枕在我的大腿上，他的头发自然卷，脸庞瘦削，棱角分明，刚冒出来的胡楂从两腮蔓延到下巴。

他把手伸进我衣服里轻轻揉着我的胸部，我俯下身去亲他。我们在大雨中，在逼仄的车里做爱。司徒像公牛冲撞着我的下半身。我抓住车门，空间狭小，身体被磕痛了，不得不把脑袋伸到车窗外。雨稀里哗啦打在我脸上，我的身体跟着小卡车摇晃，在沙滩上越陷越深。

当我们放弃挣扎，司徒靠着车窗抽烟，我身上青一块紫一块。我说，你不能这么粗暴。司徒叼着烟咧嘴笑，他拧了拧车钥匙，小卡车扒了半天泥沙始终没有往前挪一步，车轮陷进沙子里了。天色已经暗下来，司徒再一次发动小卡车，企图强行把车开出沙坑，可小卡车摇晃着越陷越深。他骂了一句脏话，脱下衣服走到外面。我打开车灯给他照明，司徒在雨中四处找石头塞在车轮下。

踩油门，他在车外对我喊。我挪到方向盘后面，小心翼翼踩下油门。小卡车从沙坑里爬了出来，走了不到两米又陷进了另一个沙坑。被雨冲刷过的沙子软绵绵的，别说汽车，人走在上面都会下陷。这片沙滩有五百多米宽，一直往车轮下垫石头不是办法。天已经彻底黑了，车灯照着前方一丝不挂的司徒，雨水从他身上流下，他双手叉腰，满脸无奈。

钻进车里，司徒一边用浴巾擦身一边点烟，他拍打着方向盘，以此来发泄，每拍一次，小卡车就发出短促的喇叭声。这片海域除了我们，别无他人。我不敢开口说话，司徒的脾气难以控制。车里以及车前的灯光被雨包围着，就算雨停了，沙子也不会一下子变得结实，我们得想办法离开这片沙滩。

在雨声中，我和司徒小睡了一会儿，夏天的雨夜清凉舒爽，在跟海浪搏斗中流失的力气逐渐恢复。我醒来时雨已经停了，月亮挂在天空，小卡车的灯已经熄灭，司徒趴在方向盘上打鼾。我走到车外，海上没有雾，远处城市的光依稀可见。

我把司徒唤醒。我说，雨停了，出去走走吧。司徒迷迷糊糊醒来，发现小卡车没电了，没法启动，也没法照明。他叼着烟踢了一脚车轮。这辆二手车来到他手上已经有三个年头，毛病不断，又偏偏在这时候没电。我拉着司徒朝海边走，夜里海水退潮，露出一大片沼泽。我从未见过野海的夜景，因此有些兴奋，撒娇让司徒陪我找个舒适的地方看日出。天上月亮还很高，距离天亮还有很长一段时间，我们在黑暗中走了好远。脚下的海泥变成了沙子、变成碎石，然后变成了草地，淡淡的月光中，我们发现树林后面有一座别墅。

别墅估计被荒废了好些年月，门前的花园长满杂草，游泳池里积了一塘雨水。房子内部一片漆黑，门窗紧闭，阴森森湿漉漉的。我站在花坛边，不敢靠近别墅。司徒用手机的光照亮，攀在窗口往里面探望。他走到别墅门口，敲了敲门，四周寂静，敲门声仿佛在旁边不远处同时响起了。

门被撞开的时候两只白色的鸟从阳台上飞起，我尖叫了一声。司徒叼着香烟，举着手机往房子里头照探，后来，司徒和那微弱的光在房子里头消失了。我依旧站在月光下，月光在一层层褪去，我焦急地对着门口细声呼唤。司徒犹如走进了没有尽头的洞穴，久久没有回应。

撩开脚下的杂草，我试探着靠近那所房子。房子里头空气浑浊，伸手不见五指，呼唤司徒还是没有回应。房子里的灯突然全亮了，我忍不住又惊叫了一声。司徒从楼上下来，叼着香烟，表情厌烦。这里没人住，他说着又转身往楼上去。灯光中，房子内部暴露出来，灰尘扑扑，红木地板上留下了我和司徒的脚印。

这是一座欧式别墅，吊灯、桌椅以及楼梯都是铜制的，虽然铺满了灰尘，依旧金碧辉煌。墙上贴满了镜子，一对麋鹿角挂在正前方，通往二楼的廊道上贴着几幅油画，油画之间有几个方形类似相框的窗口。一楼有两个房间，床褥都还在，其中一间房的衣架上挂着个礼帽，一套复古西装。

顺着螺旋楼梯走到二楼，司徒刚好从三楼下来。有三层高，他说，天台长满了树。他问我要不要上去看看，我晃晃脑袋。我说，阴森森的，我不想去没有光的地方。二楼的装潢跟一楼相似，只是二楼有三个房间，其中一间是书房。

司徒打开面向大海的房间。他说，今晚我们就睡这里。我吃了一惊。我说，怎么可以住这里，这是别人的房子，衣服还挂在床头呢。司徒说，可能一家人出海，遇到坏天气回不来了，所以才什么都没有收拾。我说，那也不能就住这里，感觉怪怪的，会不会是凶宅？司徒走到客厅，从吧台取出一瓶红酒，冲洗一下杯子就喝起酒来。他说，反正我打算在这里住一晚，小卡车一时半会儿动不了，我才不愿意再走两个小时到车上去睡。

客厅里有一台黑胶留声机，唱片都是爵士乐，司徒不感兴趣，他提着红酒走到阳台，坐在吊椅上看着快要沉入海里的月亮，感慨自己从未住过这么大的房子。我还是放心不下，我说，要不先把楼下的门堵上，我怕等会儿有人或者有什么东西进屋。司徒嫌我烦。他说，要去你自己去，反正我是不想动了，顺便把房间打扫一下，我已经够累的了。

我没有下楼，天快亮了，我走进那个铺着地毯的房间，梳妆台上还放着女主人的化妆品，铁床上有两张羊毛毯，上面铺满了尘埃。我把毛毯从床上搬走，擦一遍床板，打算跟司徒就在床板上躺一会儿，天亮就离开。司徒拿着红酒杯走进房间。他靠在门口说，你打算这样睡？他把酒杯砸在地板上，把羊毛毯上的灰尘抖掉，抱到床上睡了起来。

红酒把房间的地毯弄脏了，我把玻璃碎片捡起来，可地毯没办法清洗。窗外泛起蓝色的光，我不敢睡，又不敢一个人到外面去，便坐在窗边发呆。铜制的椅子冰凉刺骨，当尘埃的气息有所减弱，房间散发出淡淡的香水味，大概是女主人的衣物散发出来的。在这股特别的香味里，我昏昏欲睡，终于倒在了冰凉的桌子上。

2

太阳从海平面跳出来时，一群白鹭从前方的树林惊起。

手臂硌出一道深深的印痕，这座楼房依旧寂静，阳台门和房间的窗打开以后空气干净了许多，风把灰尘带走了，房子里的铜制品发出寒气。

穿上白衬衫，我忍不住倒了一杯红酒，走到阳台上，朝着大海点了一支烟。好久没有这么清闲过了，不过这都是短暂的，回去以后我还得完成未完成的悬疑小说。距离交稿的日子已经很近，如果不是司徒情绪不好，我大概也不会跟他到这片海域来冲浪。

司徒是个音乐制作人，跟大多数靠艺术来生活的人一样，他的工作并不顺利。这个时代不需要他那种露骨的表达方式，不需要重金属和个人风格，他的作品屡屡被拒。前段时间，他一天到晚在外面喝酒，还埋怨我只顾着写小说，把他给忽略了。

去旅行一趟吧，我跟他说。他喜欢开着车四处去，背着绳子到野外去攀岩，独自在原始森林里待几天几夜，到沙漠中去骑行……这些我都干不来，于是，我只能提倡去海边，心想他游泳的时候我至少可以躺在沙滩上看看书，可没想到他把我带到了这个偏僻的地方。

走到阳台的尽头，我发现旁边五十米远处竟然还有一座别墅。这两座别墅都是一样的建筑风格，前面是花园，门庭由四根石柱子和塔形屋顶构成，三层高，楼顶长满了野杜鹃，背后是半个篮球场。我顺着石阶小路走到那边，那座别墅同样无人居住，外墙爬满藤蔓，木门紧锁，窗帘挡住了房子里面的布局。

两座别墅被树林包围着，别墅之间是一条两米宽的水泥路，水泥路通往的地方竟然是大海。海边的岩石斜坡看起来像一个码头，岩石上还有铁栏，可没有看见游艇。或许真像司徒说的，这两座别墅的主人乘船出海一去不回了。

花坛里长满芦苇，我坐在游泳池旁边的吊椅上荡秋千，司徒提着红酒走过来。我指着旁边那座别墅说，看，还有一座一模一样的。司徒皱着眉头往那边张望，他同样感到惊奇，两座一模一样的海边别墅被遗弃了，即便房子的主人一下子消失了，也应该会有警察来调查，住在这地方的肯定都是有身份的人。

　　走到那座房子前，司徒打量着别墅的外观，像昨天晚上那样四处张望，然后突然一使劲，把那扇腐朽的木门给撞开了。我惊叫了一声。我说，你在做什么？灰尘纷纷扬扬落下。司徒拍掉肩膀和头发上的灰尘，走到房子里头，他目光中带着一丝兴奋。到楼上去逛了一圈，司徒站在楼梯上对我说，一模一样，我们可以在这里多住几天。

　　我说，你打算在这里住下去？司徒说，为什么不？我们这么辛苦工作不就是为了过得好一些，现在找到这个地方，跟飞来横财一样，我们还要装作这里的主人，以免有其他人住进来。我感到不可思议。我说，这不是我们的房子，再说，如果房子主人回来了怎么办？司徒不以为然。他说，看墙上的藤蔓，这地方至少有三五年没人住了，他们不会回来了。

　　海风摇撼着前方的棕榈树，司徒走到海边，太阳出来以后气温一下子上升了，我们沿着海边往东走，昨天晚上露出水面的沼泽地和沙滩被海水重新吞没，大海和树林之间只剩下不到两米宽的岩层。走了快两个小时，热汗滚滚，我们终于看见了深陷在沙坑里的小卡车。

　　小卡车里原本打算野餐用的干粮够我们吃一个星期，司徒把干粮跟他写歌用的稿子收拾好，幸好我把笔记本电脑带来了，不然没办法写小说。司徒背着冲浪板，提着干粮，小卡车就这样被我们抛弃在海边了。它可能会慢慢陷入泥沙里，或者被海浪卷到海里去。海水腐蚀车里的皮革，把玻璃全打碎，然后吐出个车架暴露在烈阳下。

　　两座别墅阴森森矗立在树林里，司徒放下东西转身就抬着冲浪板去冲浪，天气很好，这片海域总是在刮风，巨大的海浪能够满足司徒的野心。黑色岩石铺成的码头不知通往何处，白鹭和灰鹭站在树枝上。司徒从码头走下去，很快就爬到了海浪上，他的冲浪技巧不好，可他不知道。

我本该马上到书房里去打开笔记本电脑完成那部悬疑小说的，可刚走进别墅我就无法忍受那股尘埃的气息。我从一楼开始大扫除，每次经过楼道那些镜子和相框，我都心里发怵，仿佛房子里除了我以外还有别的女人。房子的主人是个艺术爱好者，我在三楼发现了一个大房间，里面堆满了塑雕，还有油画工具和摄影道具。房子主人对"镜像"充满好奇，可能正因为如此才在这个地方盖了两座一模一样的别墅。

天台上的树紧紧抓住地板，截留住天台上的泥垢，细长的根沿着墙壁伸到地下，依靠地下的营养生长发育。在亚热带海岛，任何一颗果实都可能发育成蓬勃大树。我把抹布挂在树枝上，撩开树叶，看见司徒正背着夕阳走来，他身体通红，是海浪冲撞造成的，也可能是太阳晒出来的，也可能是夕阳余晖，后来发现是血。

冒血的是他的手臂，我拿着绷带跑到花园，问他发生了什么事。撞到石头上了，司徒说。他接过绷带缠在手臂上，我给他打了个结。说是绷带，其实是女主人的丝巾，我第一反应就是用这条丝巾给司徒止血。我跟司徒说，我们回去吧，今天太阳这么大，说不定沙滩已经可以受力了。司徒说，我不打算回去，我打算在这里住下去。

不行，我说，我要回去，吃的只能维持一个星期。司徒说，吃完了出去买了再来，房子里随便一件东西拿出去都能换不少钱。我知道司徒已经完全被这个地方迷住了，他害怕出去以后再受到别人的冷嘲热讽，他害怕失败。我说，反正我要回去。

司徒把我甩开，斥骂道，你走啊，有本事现在就走。我摔倒在地上磨破了膝盖，司徒走上二楼，我听见他在楼上砸瓶子。我只好上楼，告诉他我不走了，留下来陪他。他才安静下来。地板上的红酒像血流淌着，我捡起玻璃碎片，拿到门外埋在树根下。转身回去的时候天已经彻底黑了，光从窗口照出来，我吃惊地看见隔壁那座别墅的灯也亮了。

直至我走过石阶小路来到那座别墅前，才发现那不过是我们那房子的光打在这房子的玻璃上造成的光影。不过看着被司徒撞坏的那扇门，感觉里面真有人居住。我没敢上前去把门关上，海风吹动树林发出哗哗的声音，惊动树上的海鸟时能够听见海鸟扇动翅膀从这边飞向那边。

余惊未散，我回到房子里，搬来椅子把坏掉的门顶住，为的是晚上能够睡得踏实一些。司徒在沙发上迷迷糊糊地躺着，他又喝了半瓶红酒，桌上胡乱堆放着塑料袋子。我把他吃剩的饼干捡起来吃了两口，两天没吃热食，我已经饿坏了。我把司徒叫醒，问他有没有发现这两座别墅在设计方面的特别之处。我说，这边的灯亮了，那边就会反射，也就是说，只要这边亮着，那边也会亮。

司徒嘟嘟哝哝地说，那又怎样，跟我有什么关系吗？无非就是两套房子，没人住的房子。我没有因为司徒的这番话而感到扫兴，他对此不感兴趣，无关紧要。现实生活里，我们除了做爱，基本没有其他共同的爱好。

取下已经被血染红的金色丝巾，我从房间里翻出一个医药箱，虽然里面的消毒水和药物都已经过期，棉花和钳子还能用。我给司徒清理伤口，重新包扎。他痛吟着，埋怨我太用力。当我把伤口包扎好，他又开始喝酒，还放起了他一直不感兴趣的慢悠悠的爵士乐。

洗澡的时候，我一直在想一个关于时间的问题。止痛药产于 2012 年，有效期至 2013 年，这么推测，房子的主人应该是在 2012 年离开的，不然也不会把过期的药放在盒子里。2012 年，也就是八年前，八年前这里发生了什么？那时候我在读高中，记忆最深的无疑就是那个关于世界末日的预言。

我决定把这两座房子的秘密解开，人总不会无缘无故就消失了。

3

明净的天空，无数颗星辰旋转着。

夜半时分，司徒突然来了兴致，在房子后面的篮球场打起了篮球。我坐在篮球架下，若有所思地看着旁边那房子。我要寻找房子主人下落的计划从那时就开始了。我在篮球场附近的杂草丛中、在房子的阴暗角落寻找线索。司徒还以为我在找什么值钱的东西，他总是对我的做法不屑一顾。

虽然我写悬疑小说，可我是个胆小如鼠的人，随身带着匕首和防狼喷雾，天亮以后才敢到花园和树林里去。我也不确定自己到底在找什么，心里想的很可能是找到房子主人的尸骨。或许这是我职业病的一部分，在寻找的过程中我能获得灵感，用以完成我的小说。

司徒终于忍不住要发脾气。喝过酒以后他指着我说，你这两天鬼鬼祟祟到底在找什么？我说，我在寻找灵感。司徒朝墙上砸瓶子，酒瓶从墙上绽开，红酒再一次染红了地板。我清理完玻璃碎片，把地板擦干净。司徒最近老是摔瓶子，这点让我难以接受。我做什么事情从来都不能使他满意。他不满意我过于沉闷，不满意我敲键盘的声音，不满意我什么事情都要跟他说。比较感动的是，即便司徒对我有那么多的不满，他也从来没有向我提过分手。

　　　　　　　　　　　　　　　　塞班岛往事　|

走进书房，本想静下心来写小说的，头脑却一片空白。我本以为能在书架上找到一本悬疑小说，或者青春小说，可书架上都是一些关于地理和建筑的书籍，而且相当一部分是我根本没有接触过的外文书，可能是西班牙语，或者阿拉伯语。唯一一本手稿，上面写着《平行镜像分析》。

　　手稿已经发黄，纸张清脆，大概是房子男主人的笔迹，文字健美有力。第一页写着一句话：平行镜像中分线出现了。后面两百页纸都是设计图，包括别墅内部装潢、门庭、花园，翻到最后发现树林、沙滩以及前方那片海也是设计出来的。

　　这本所谓分析文本并没有多少解释的文字，取而代之的是眼花缭乱的折线和数字。我陷入了设计图的困境中，迷宫般的线条不断延伸、折返，唯一的规律是每一张设计图都有一条霸道的直线，这或许就是第一页提到的平行镜像中分线，至于这条线的存在意义始终是模糊的。作者最后给出了一个结论，跨越平行镜像中分线，抵达第二个世界。

　　如此一来，可以推测房子的主人并没有在 2012 年遇难，而是前往所谓第二个世界了。我如释重负，暗自庆幸自己并非住在一所凶宅里，为自己这几天寻找房子主人尸骨的行为感到可笑。我本还想看看手稿主人所谓第二个世界指的是什么地方，听见司徒在说梦话，才发现自己已经在书房里待了六个小时。

　　凌晨四点十二分，四周静悄悄的，连平时呼啸的风声也没有听见。我合上手稿，放回书架，用其他书遮掩起来，担心司徒发现并将之毁灭。他有恶作剧的癖好，只要是我感兴趣的他都会想办法将其破坏。我因为他的这个癖好丧失了许多个人兴趣，当我故意翻看他喜欢的音乐书时，他的恶作剧之心才受到了打击。

　　关上书房里的灯，我感觉到有些事情已经变得不一样。当我准备回房间睡觉时，看见自己的影子出现在身前，也就是说，我背后有光，而且不是月亮的白光，是灯光。猛然回头，果然是这样，旁边那所房子的灯正亮着。

跑回房间，我把司徒叫醒。我说，快醒醒，隔壁那房子有人。司徒马上爬起来，跑到阳台，往那边眺望，外面漆黑一片。他神情严肃，我知道，他又要发脾气了。我把他拉到书房，想向他证明我的确看到了隔壁的灯光。来到书房时，那灯光也消失了。

司徒使劲把我推开，不耐烦地说，你不要再神神癫癫了，疑神疑鬼，我看你是写小说走火入魔了。司徒摔门而去，我站在窗口张望，深沉的夜色中，那座别墅像一座高塔。

那一晚我一直睁着眼睛，企图在天亮之前再看到隔壁那房子的灯光。窗外紫蓝色的天空越发明亮，我在想，住在隔壁的会不会是房子的主人？他们躲在我们看不见的地方，所谓第二个世界就是那座一模一样的别墅？

4

海雾茫茫，白鹭在雾中穿梭时只能看见黑色的长嘴和两条细长的腿。

终于还是没能继续在床上躺下去，我独自走到旁边的别墅前。别墅在海雾中像一座哥特式城堡，枯死的藤蔓纠缠在墙壁上，天台上的树吞噬了四周的光线。两座别墅花园里的芦苇和天台上的杜鹃树都是一样的，这种有意为之的设计达到了极致。

我用匕首削落一楼窗口的黑色树根，树根清脆易断，刀口轻轻一碰就掉下了好几根。我拿起其中一根，用来撩房子里的蜘蛛网。奇怪的是，当我走进别墅，完全没有蜘蛛网，黄铜家具一尘不染。我更加肯定这所房子是有人居住的。我小心翼翼往楼上去。我只穿着白色背心，胸罩忘记戴了，黑色荷叶裙下面是一条四角打底裤，脚上是一双人字拖，尽管穿得这样少，胸前背后还是冒出了汗。

海雾越来越浓，树林只剩下一个暗影，灰鹭偶尔从阳台前飞过，大海已经完全看不见了。我小心翼翼在房子里搜索，二楼房间乱成一团，地毯上还有血迹，蹲下细看才发现是红酒残渍。我打开书房的门，晚上的灯光就是从这个房间照过来的。

空荡荡的，什么都没有。在书架上浏览书目时，我心想，就算这两座房子是完全按照模型来修建和装饰的，但手稿总不会有两份。我在当初找到手稿的地方翻了一遍，果然没有任何发现。当我转身准备离开的时候，看见书架上有几本书叠在一起，最底下被遮盖住的就是那本名为《平行镜像分析》的白色封面手稿。

惴惴不安地来到花园前，身体在发抖，海雾洋洋洒洒，背心已经完全湿透，乳头凸显出来，我抱着脑袋在花园前蹲下，久久不能平静。世界上不可能有如此巧合的事情，这两座别墅里发生的事情很可能是同步的，至少是物理位移的同步，只是存在着时间差。这样就能解释晚上书房里传来的灯光了，因为那也是我点亮的。

司徒从海雾中走来，问我在做什么。在跑步，我撒谎说，跑累了就蹲下喘口气。司徒看了一眼白雾中显得诡异的别墅，转身就往回走。他说他在房子里找到了钓竿，他要去海边钓鱼，他再也不想吃那些热狗和面包了。回到房子前，我看见几根黑色的树根撒落在窗口下，切口平整。

目送司徒去钓鱼以后，我走进浴室，想洗个澡来缓解疲惫。解开背心，脱下内裤，面对喷洒而下的热水，我一只手抓住头发，一只手在乳峰间搓洗，浴室里蒸汽腾腾，灯光和镜子变得模糊。我把镜面的水汽擦去，认真端详起自己的身体。我的身材不算好，只是较为平衡均匀。乳房因为近期过于疲累而下垂，它们

海边别墅

已经失去了活力，不再上翘。

　　人往往不能清楚地看到自身，镜子里的自己跟现实中的自己是有区别的，至少在模样上是相反的。我左上唇有一颗痣，在镜子里头那颗痣则是在我的右侧。我突然想到了《平行镜像分析》设计图上面的秘密，别墅的设计者大概在修房子的时候用到了某种物理定律，也就是所谓平行镜像，两座别墅之间存在一面巨大的看不见的镜子，而我们可以在镜子里外自由穿梭。

　　恍然大悟，我的身体又开始哆嗦。这就能解释为什么我削掉那边房子窗口上的树根，这边的树根也会被削落。手稿上面所说的平行镜像中分线就是两座别墅之间的水泥路，那就是镜子所在的地方。而且，这两座别墅也并非完全一样，这就是为什么这边的书房对着的是那边的书房，阳台对着那边的阳台。更能证明平行镜像原理的是，我在穿过水泥路之前听不见任何来自那边的声音，我们是听不见镜子里的任何声音的。还有，那边的房子，可能住着另一个我和另一个司徒。

　　躺在床上，把头伸到床边，敞开身体，还在滴水的头发垂下，乳房向两边坍塌，我在等司徒回来，然后把我的发现告诉他。他可能会觉得不可思议，难以置信，但我们必须离开这里，否则我们很可能会跟镜子里的人碰面。我们应该避免这种事情的发生，因为我们根本不清楚镜子里的我们到底是怎样的人。

　　忘了是怎么睡着的，醒来的时候我发现自己被捆绑在床上，双手铐在床头，双脚叉开捆在床尾。司徒从房间外面走进来。我问他要做什么。他提起左手的冰块和右手的皮鞭。他说，我们来玩游戏。

　　司徒是个左撇子，右手往往只做辅导作业，他左手拿着冰块在我的皮肤上滑动。我身体痉挛，求他别这样做。哀求在司徒面前已经不起作用，他完全掌握着主动权。我挣扎着。我说，别闹了，我有正经事要跟你说。司徒根本听不进去。

折腾了半天，我身上伤痕累累，我已经不想挣扎了，软泥一般躺着。司徒的热情骤减，开始尝试进入我的身体，可是没多久他就疲软了。他泄气地提起裤子从房间走出去，接着，我听见客厅里瓶子破碎的声音。

5

冰和火破坏了我的身体，我在慢慢撕裂。

司徒把我捆绑了两天两夜，直到第三天我发高烧他才解开了手铐和皮带。如果不是因为我发高烧，他会一直把我捆绑着圈养。我烧得浑身通红，四肢无力，迷迷糊糊地看见司徒把我抱到外面，泡在海水里。我只有面部朝天，身体在冰冷的海水之下。我看见蔚蓝的天空有无数只海鸟飞过，它们从东边飞向西边，穿过码头的上空就失去了声音。

湿漉漉的我被放置在床上，司徒叼着雪茄为我盖上毛毯就离开了。我又在床上躺了一天，才获得了力气。走到客厅，看见醉醺醺的司徒跟着音乐摇头晃脑。他把我搂在怀里，在我耳边喷出热乎乎的口气。他说，地下有个仓库，里面什么都有，雪茄、保存完好的粮食、酒，再也不用吃面包了。他把我按在沙发上。他说，你不要再想着回去了，外面什么都没有，我们是这里的亚当和夏娃。

桌上的酒瓶和雪茄盒子胡乱摆放，我们来到这个地方已经五天了，司徒大概还没发现这里的秘密。他沉浸在烟酒当中，我说什么对他而言都是扫兴的。我对他产生了恐惧，身上的淤伤还没散去，泡了海水以后皮肤开始溃烂。司徒从不为自己的作为感到内疚，他不会向我道歉，而且，这类的暴力还会继续发生，会愈

海边别墅　　　　　　　　　　　　　　　　　　　　247

演愈烈。

从司徒的臂弯里挣脱，我脱下衣服走进浴室，清洗身上的海盐。我再一次面对镜子里的自己，可能我真的需要时间来重新认识自己，二十多年来，我都是怎么活过来的。镜子里的我是不是跟现实中的我不一样？我把脸贴在镜子上，想穿过这层玻璃触摸镜子里的那个人。

天黑以后司徒要到海里去游泳，手臂上的伤口已经结痂，他忍不住要到海水中去，以消解夏日和酒精带来的热量。我在房间处理伤口，酒瓶在客厅摔破的声音吓了我一跳。我跑出房间，客厅里并没有人，红酒瓶自己飞到墙上去了。走到阳台，我看见旁边那房子亮着灯，两个黑色的影子在晃动，女的给了男的两个耳光，男的始终低着头。

跨过水泥路，寂静就被打破了，又是酒瓶子摔到墙上去的声音。我躲在黑暗中，往那座房子靠拢，猫着腰藏在树林里，观察楼上的动静。那个男人是"司徒"，而叱责他的女人，正是"我"。

女人坐在客厅里抽烟，"司徒"突然转身往后看，不知在看房子前的树林还是在看海，他背着光，我无法看清他的脸，不清楚他是不是在注视躲在树林里的我。我悄悄转身往回走，跨过水泥路，又恢复了寂静。我从"镜子"里出来，回到了自己的世界。

司徒直到下半夜才湿漉漉地从海里上来，因为泡了太久的海水，伤口的血痂脱落，血又从手臂上流出来。我没有马上去拿药箱子，直到他粗暴地坐在沙发上用左手点着香烟，我才确信他是真实的司徒。我担心那边的人过来，他们迟早会发现我们，也迟早会踏过那条水泥路。

夜黑得深沉，我怀疑那边的"司徒"已经到这边来过了，他侧着身往树林里张望的时候，眼中肯定充满了恐惧，他跟我一样迫切想要离开这个地方。那边的"司徒"跟现实中的司徒肯定不一样，就像那边的"我"完全不是现实中的我。

　　夜间，在断断续续的睡眠中，我感觉有人来过，就站在房间门口或者床边端详着我们。我艰难地从睡梦中醒来，推开冒着酒气的司徒，穿上丝绸背心走出房间。楼梯上有个影子，我低头一看，是那边的"司徒"。他回头来看了我一眼，然后继续往外走。我看见了他嘴角上的淤青，是那个女人咬出来的。

　　我来到别墅门口时，"司徒"已经走远了，他默默地穿过水泥路，在树林里跟夜色混在一起。他大概已经知道了两座别墅之间的秘密，他和我一样，都没有办法改变眼前的事情。他还得回到那个女人身边，而我也只能往回走，躺在浑身发热的司徒身旁。

　　往后的日子里，我一边躲避司徒的殴打，一边偷窥隔壁两个人的生活。司徒有了第一次施暴的快感后，只要有稍微的不满就对我动手。隔壁的两个人呢，我看见那个女人像遛狗一样用绳子牵着"司徒"在花园前沐浴阳光。"司徒"给她涂防晒霜、按摩、倒酒、递烟……

　　一个闷热的下午，司徒敞开身体在二楼客厅睡着了。我悄悄来到楼下，在花园前绕着游泳池转圈，这是我消解不愉快的一种方式。身上旧的伤还没好又留下了新的伤，我依靠转圈来化解对司徒的怨恨。司徒变成这个样子完全是因为他过去受到的委屈和挫折。我能做的就是忍受他的暴力，等他安静下来再带他离开。

　　海上的天空布满了粉红色的云，成群的海燕在海面起起落落。我看见那个"司徒"坐在码头上，环顾四周，并没有看见那个"我"。"司徒"大概也像我一样偷偷跑了出来，我看见他暴露在衣服外面的伤痕，忍不住流眼泪。我在他身旁坐下，问他，你没事吧？对于我的突然出现"司徒"大吃一惊，原来他在哭泣，眼睛红红的。

我们聊起了在别墅里的发现，惊人地相似，最后扑哧一声笑了。我问他接下来有什么打算。他摇摇头说，不知道，你呢？我也摇摇头。我说，得想办法离开这里。他表示同意。他说，我看见他了，对不起，把你打成这样。我用手去摸他的脸，还有嘴角的伤口。他身体暖暖的，很柔软。

6

突然非常期待黑夜的到来，在那些漆黑的时间里我从司徒身边逃离，和另一位"司徒"约会。

我们躲在树林里，躲在岩石后面，说了很多话，有时候聊着聊着天就亮了，白光从海的尽头照来，把我们的隐身之处暴露，我们才恋恋不舍回到各自的房子。

后来，我们不自觉地变得亲密，在月光下牵手散步，在岩石堆前的铁架子荡秋千。"司徒"是个温柔体贴的人，他清楚我们属于不同的两个世界。不知道打破这两个世界的界限会发生什么，我们每次聊到这件事情就会欲言又止。我们所属的两个世界都是真实的世界，对我而言，他活在镜子里。对他而言，我才是从镜子里走出来的。

夜晚成了我们化解白天所承受的痛苦的时间，海鸥替我们放哨，海浪为我们做掩护，树林成了我们的遮羞布。我们亲吻对方，在树林里做爱。"司徒"的右手让我感到放心，我们抚摸着彼此身上的伤痕，流着泪，扭动着身体，久久不愿停下。我们在树林里、在岩石背后、在海水里，疯狂地做爱。我喜欢趴在"司徒"身上，欣赏他的右手。

黎明的到来让我们心慌焦虑，就像手上最后一根香烟马上就要烧完一样。回到各自的房子，我们胆战心惊，担心房子里的人察觉了我们的秘密。夜晚的兴奋消耗了大量精力，白天总是昏昏欲睡无精打采。漫长的夏日，我从未如此细心留意自己的举动，害怕自己的一个不经意破坏了往后所有美妙的夜晚。

有一段时间，因为司徒的忽冷忽热，夜晚面对从远处走来的男子，我总不能确定他是哪个司徒。我的担心越来越严重，每个夜晚对我来说都可能是最后一个夜晚。我珍惜和"司徒"在一起的每一个时刻，做爱时忘情做爱，不做爱时迫不及待把所有想要说的说出来，从不轻易在他身边睡着。

"司徒"说，我们可能会疯掉，或者死于筋疲力尽。海风一阵强过一阵，海鸥在汹涌的海面上飞翔，我靠在"司徒"的肩膀上，他下巴的胡碴在我额上摩挲。我说，其实两个世界除了方向相反，并没有什么不同，我去到你的世界，也不会因为汽车是靠左行驶的而不习惯，不会因为时钟是逆时针旋转的而越活越年轻，时间还是会慢慢流逝，人迟早都要死。

月亮四周的云是红色的，台风要来，海风比任何时候都要潮湿、新鲜，那是来自远海的风。我和"司徒"甩甩脑袋，把凌乱的头发甩到脑后。"司徒"紧皱着眉头，仿佛已经预知了未来。不可改变的未来是，我们的梦必将醒来，我们必须作出选择。"司徒"低下头对我说，天黑以后，我们在这里会合，然后悄悄离开。

台风在天明时分登陆，我刚在司徒身边躺下，就听见风在摇撼前方的树林。司徒被钻进房间的风唤醒了，爬起床，从窗口眺望。黑压压的云从远方滚滚而来，堆积在海上，像极了我们刚来到这片海域的那天。我尽管已经疲惫不堪，当司徒从房间走出去的时候我也跟着他走到了别墅外面。最近司徒老抱怨我过于疲软，每天烂泥似的瘫在床上。

黑色的海水汹涌澎湃，司徒叼着雪茄，抬着冲浪板奔向大海。我在别墅门口看着他走远，巨浪冲刷着黑色的岩石。我心里突然希望司徒就这样一直走下去，再也别回头，走到码头的尽头，穿过大海，还要再穿过一片大陆，在一个没有边际的世界一直走下去。

台风抬升了整个海面，司徒像鸭子浮在水上，他根本不能站在冲浪板上，海浪把他抬起放下，抬起又放下。我往石阶小路走去，本想看看"司徒"在不在花园里。被台风折断的芦苇贴着泥土，我抬头的一瞬间发现"她"正站在阳台上注视着我。

逃回房间，雨也跟着来了，我忐忑不安，不时从窗口往花园里张望，担心"她"会追过来。台风推着门窗，雨敲打着玻璃，我看见司徒从雨中走回来。他终究还是回来了，他太坚韧，海浪和台风都没能带走他。

司徒刚走进房间就发脾气，把柜子里的陶瓷和桌上的玻璃瓶朝我掷来，有些瓶子打在我身上没有摔破，有些砸在我身后的墙，化成碎片落下来。我不清楚发生了什么事情，我什么都做不了，只能蜷缩在墙角忍受他的伤害。

雨一直下到夜晚，司徒把湿漉漉的衣服扔在地板上，我也懒得帮他收拾。我坐在窗前抽烟，地板上的陶瓷碎片和玻璃碎片闪闪发光，上面还沾着我的血。夹着香烟的手微微发抖，烟屑还没靠近烟灰缸就掉落了。司徒终于在酒精里睡去了，四肢以及藏在两腿间的阳物疲软下垂。

我蹑手蹑脚走到楼下，冒着雨钻进树林。风不再强劲，树林里只有淅淅沥沥的雨落在泥土上。我靠着一棵棕榈树坐下，"司徒"久久没有出现，树上的海鸟咕咕地叫着。到了深夜，我终于等不下去了，从树林里出来，走到那座别墅前。漆黑的别墅没有任何动静。我摸索着把灯打开，别墅里面一团乱，满地都是陶瓷和玻璃的碎片，所有房间的门都敞开着，风四处乱窜。我从一个房间出来再进入另一个房间，一直走到天台。

雨停了，风也停了，海鸟不再啼叫，甚至连海浪的声音也消失得无影无踪，月亮出现在天边，像一面巨大的明晃晃的镜子。

发表于《鸭绿江》杂志 2020 年第 8 期

图书在版编目（CIP）数据

赛班岛往事 / 梁宝星著. -- 北京：作家出版社，2023.5
（21世纪文学之星丛书·2021年卷）
ISBN 978-7-5212-2218-0

Ⅰ. ①塞… Ⅱ. ①梁… Ⅲ. ①中篇小说-小说集-中国-当代 ②短篇小说-小说集-中国-当代 Ⅳ. ①I247.7

中国国家版本馆 CIP 数据核字（2023）第 041522 号

塞班岛往事

作　　者：梁宝星
责任编辑：李亚梓
特约编辑：赵　蓉
封面摄影：王　杨
装帧设计：守义盛创·段领君
出版发行：作家出版社有限公司
社　　址：北京农展馆南里 10 号　　邮　　编：100125
电话传真：86-10-65067186（发行中心及邮购部）
　　　　　86-10-65004079（总编室）
E-mail: zuojia@zuojia.net.cn
http://www.zuojiachubanshe.com
印　　刷：唐山玺诚印务有限公司
成品尺寸：142×210
字　　数：200 千
印　　张：8.375
版　　次：2023 年 5 月第 1 版
印　　次：2023 年 5 月第 1 次印刷
ISBN　978-7-5212-2218-0
定　　价：48.00 元